Phébus *libretto*

BERLIN SOUS LA BALTIQUE

HUGO HAMILTON

BERLIN SOUS LA BALTIQUE

roman

Traduit de l'anglais (Irlande) par
MARIE-CLAUDE PEUGEOT

Phébus *libretto*

Illustration de couverture :
Atelier Sacha Kleinberg / Photo Gamma

Titre original en anglais :
Surrogate City

www.phebus-editions.com

Nul n'est lui-même…

PAUL BOWLES

BERLIN

Elle vient de courir. Pourquoi ? Mais à présent elle a ralenti ; à bout de souffle, longeant, côté immeuble, le trottoir en mosaïque d'une rue de Berlin. Les trottoirs en mosaïque, c'est étourdissant quand on vient de courir.

Qu'est-ce qui peut faire courir une jeune femme ? En plein jour ? En pleine ville ? Elle s'est arrêtée et elle a regardé autour d'elle pour se repérer. Les immeubles se ressemblent. Les boutiques et les cafés se ressemblent, comme une même affiche reproduite sur des panneaux publicitaires. Rosenheimer Strasse, Eisenacher Strasse, Grünewald Strasse : toutes les rues ont la même consonance. Même Berlin sonne à peu près comme Dublin, ou London ou Boston. Quand on n'a plus de souffle, et les jambes qui flageolent. Quand on vient de courir.

On a l'air d'être en retard. D'avoir oublié quelque chose. D'être à la recherche d'une banque, d'un médecin ou d'un avocat. On a l'air de quelqu'un qui n'a pas de voiture. Qui rêvasse au petit déjeuner. Parle peu. Qui sait qu'il va pleuvoir. On a l'air de s'être fait piéger. D'être tombé sur des ennemis. On croirait qu'on vient de se faire agresser. Qu'on vient de s'enfuir d'Allemagne de l'Est. De sauter le mur de Berlin. On a l'air de quelqu'un qui a goûté à la liberté. Qui a vu une chose qui lui a fait rebrousser chemin. De quelqu'un qui un jour a cru comprendre ce qu'il désirait le plus.

Quand on court, on a l'air de quelqu'un qui a perdu quelque chose. Ou volé quelque chose. Ou dit quelque chose. Ou menti. On dirait qu'on regrette quelque chose. Qu'on sait quelque chose que personne d'autre ne sait. On a l'air de quelqu'un qui un jour a cru comprendre ce qu'il désirait le plus.

Elle a continué sans courir. Elle n'avait plus le courage de courir. Elle était perdue. En Allemagne, si on ne demande pas son chemin, on sait forcément où on va. Si on n'est pas *Ausländer*, on est forcément résident. Et si on court, on a l'air d'un Berlinois de fraîche date. Car les Berlinois ne courent plus dans les rues. Si on court dans la rue, on donne l'impression d'être d'ailleurs. Sans travail. Non allemand. Berlinois par raccroc.

Ça devait être une rue de banques. Elle avait dû s'égarer dans un quartier commerçant. Il y avait des drapeaux bleus tendus verticalement par intervalles sur la façade d'un immeuble. Il y avait une rangée d'arbres, tout le long du bord du trottoir. Il y avait un rond de sable autour de chaque arbre. Prolongé par un dallage de mosaïque en cercles concentriques. Les arbres étaient plantés à intervalles réguliers. Elle est passée devant une poubelle. Elle est passée devant l'entrée d'une banque.

Elle a continué à marcher, à tituber plutôt. Étourdie. Nauséeuse. Comme une femme qui avance dans la mer avec de l'eau jusqu'aux genoux. Elle s'est dirigée en chancelant vers le mur à sa gauche. Vers un renfoncement dans ce mur ; où se trouvait peut-être un distributeur de billets. Elle a encore eu un haut-le-cœur, et envie de vomir. Mais non, rien. Rien qu'un spasme incontrôlable de l'estomac, comme un sac à main qu'on retourne sur l'envers. Juste un peu de salive salée qui, longtemps après, s'est décrochée de ses lèvres pour tomber sur le trottoir au-dessous d'elle comme une pièce de cinq marks liquéfiée.

Pour une femme pâle, enceinte, rien n'a d'importance. Rien n'a d'importance quand on est perdue. Rien n'a d'importance quand un jour on a cru comprendre ce qu'on désirait le plus.

Elle a levé les yeux et elle a lu ce qui était écrit devant elle en lettres blanches sur fond turquoise. DRESDNER BANK.

Kann ich helfen? a demandé une voix derrière elle. Je peux vous aider ?

Elle n'a pas répondu. Mais en Allemagne, l'absence de réponse est aussi une réponse.

I

ABUS DE CONFIANCE

A Berlin, quand on voit s'effriter la façade d'un vieil immeuble, on a envie d'y aller avec les ongles. A chaque touffe d'herbe qu'on voit pousser dans les fissures du béton, on pense binette ou truelle. A voir des peintres en bâtiment au travail, on a envie de s'y mettre aussi. A voir des ouvriers en train de refaire un pavage en mosaïque, on a envie de s'arrêter pour leur passer les pavés, ou les aider à les disposer sur le lit de sable, ou au moins pour leur tenir le niveau. A voir quelqu'un courir, on a envie de poser des questions. C'est comme les journaux, qui demandent à être lus. Et le mur de Berlin, qui demande à être vu par les touristes. Comme tout demande explication.

Une jeune femme était assise dans l'autobus, côté fenêtre. Elle venait d'Irlande. Elle s'appelait Helen Quinn. Son voisin n'a pas pu s'empêcher de remarquer ses genoux, qui laissaient présager des cuisses parfaites sous sa jupe. Un coup d'œil en coin – c'est tout ce qu'on peut se permettre en autobus – lui confirme qu'elle est désirable, et pourtant, elle ne ferait rien pour chercher à l'être. Mais seulement, il ne sait pas qu'elle est enceinte. Comment le saurait-il ? Elle-même arrive à peine à y croire.

Elle n'a pas remarqué cet homme à côté d'elle. Elle est absorbée par les immeubles qui défilent et par le visage des passants dans les rues. Et par le fait qu'elle est là, assise dans un autobus à Berlin, enceinte, sans la moindre idée de ce que ça veut dire, être enceinte. A un certain moment, elle a tout de même dû se dire : Allez, peu importe ce qui arrivera. Advienne que pourra. Et puis à notre époque, le danger, ça se simule ; on évite les conséquences, comme les cascadeurs qui retombent sur des coussins. Elle a dû, à un certain point, trouver insupportable d'être prévoyante, ne plus écouter en elle la voix de la sagesse et dire : Au diable la prévoyance.

Il faut aider les gens qui manquent de prévoyance. Il faut leur expliquer. Il faut leur montrer à voir l'avenir. Les comprendre. Comme seul un numéro de téléphone confidentiel peut comprendre. Qui saurait résister à l'envie de comprendre une jeune femme qui cherche dans Berlin l'homme avec qui elle a manqué de prévoyance ? L'homme qui est encore loin de se figurer qu'il est presque père. Qui sait où il est ? Dieter. Qui résisterait à aider la jeune femme à le retrouver ?

Hadja a été bonne pour Helen. Hadja est la personne qui lui est venue en aide. Qui lui a fait pleinement confiance. Lui a laissé une pièce de son appartement sans même demander à Wolf, son ami, s'il était d'accord. C'est Hadja qui l'a pilotée dans Berlin au début et qui l'a aidée à rechercher Dieter, disparu. Mais sans grand succès.

Et alors, bien sûr, en contrepartie, on attend toujours de ceux qui acceptent de l'aide qu'ils satisfassent la curiosité de qui les a aidés. On attend d'eux qu'ils rendent compte de leurs faits et gestes honnêtement et ouvertement, qu'ils se confient à leurs bienfaiteurs et qu'ils se laissent comprendre. En contrepartie toujours, ils sont priés d'écouter les conseils, à défaut de les accepter. Les conseils que donne Hadja sont toujours directs et d'ordre pratique.

Berlin, c'est grand. Il n'est pas trop tard. On peut encore tout arrêter et repartir à zéro.

Tout porte à croire que Hadja est allemande. Née à Berlin, elle parle l'allemand comme tout un chacun car sa mère est allemande, née à Berlin elle aussi. Mais le père de Hadja est turc, d'où ce nom, Hadja, et le fait qu'elle parle le turc couramment aussi, et puis ce teint qui laisse deviner un tempérament d'Orientale. L'auburn de ses cheveux n'est pas naturel. Mais elle a bien les yeux noirs, elle les tient de son père. Elle est carrée des épaules et elle a la manie d'en projeter une en avant quand elle parle. Son nom de famille est Milic.

De sa place côté fenêtre dans un autobus de Berlin, Helen Quinn réfléchit à sa situation. Ses yeux la trompent. Quand l'autobus tourne dans une autre rue, elle est persuadée que les piétons au bord du trottoir vont se faire écraser les orteils par la roue arrière. Illusion d'optique. Les piétons paraissent sans crainte car tout est affaire de confiance. Une illusion d'optique, c'est de l'abus de confiance. Un visage reconnu dans la rue dans une ville étrangère est une illusion d'optique. Un homme qui a disparu de votre vie, c'est difficile à croire.

Tout porte à croire que Hadja est riche. Elle se sert de la voiture de sa mère parce que maintenant sa mère se sert de la voiture du père qui va en acheter une neuve, et qui d'ailleurs ne conduira plus guère dès lors qu'il se fait vieux et que les affaires de la famille sont presque entièrement entre les mains de Konrad, le frère aîné de Hadja. Logique !

Helen aurait-elle tourné en rond avec cet autobus ? Elle vient encore de reconnaître une rue, mais elle a vite compris que c'était juste à cause de l'enseigne qu'on voit partout : le logo du café Tschibo. Elle s'est demandé comment Dieter réagirait quand et si elle le retrouvait. Comment un homme réagit-il devant une femme enceinte ? Les hommes peuvent-ils vivre une grossesse par procuration ? Elle, elle ressentait ça comme une conspiration à l'intérieur de son corps, une chose sur laquelle, pour la première fois de sa vie, elle n'avait aucun contrôle. Un peu comme ces bruits que l'autobus continue à faire par en dessous, qui ressemblent au son mat d'un gros élastique tendu à fond quand on le lâche.

Hadja vit avec Wolf, son ami. Musicien. Compositeur de chansons. Assez connu en Allemagne. Il s'appelle Wolfgang Ebers. Il joue de la guitare, du saxophone, et il fait de la musique dans l'appartement, de la musique de toutes sortes, à toute heure du jour ou de la nuit. Ses amis viennent le voir n'importe quand, au point qu'on a parfois l'impression que l'appartement est ouvert au public. Hadja dit souvent qu'il faut que ça change. Il va falloir que Wolf se trouve une espèce de studio ou d'appartement à lui pour pouvoir répéter et faire toute la musique qu'il veut. Elle dit que c'est devenu impossible de vivre là avec tous ces disques, toutes ces bandes, ces instruments et ces fils qui traînent partout.

Hadja et Wolf n'ont rien à cacher. Ils se bagarrent souvent et n'hésitent pas à crier comme des fous, à claquer les portes, à flanquer des choses par terre. C'est souvent dans le grand couloir de l'appartement qu'ils se bagarrent. Ça leur est bien égal qu'on les entende.

L'autobus est passé par un de ces endroits de Berlin dont, au bout d'une semaine, on a déjà fait son lieu favori. Helen l'a déjà vu, mais sous un angle différent, de haut, la dernière fois qu'elle a pris l'*U-Bahn* ; au moment où le métro sort de terre quelques instants et passe sur un pont au-dessus d'une gare de chemin de fer désaffectée. Il reste encore une grande partie des voies et des quais. Les autres ont été mis à sac. Une voûte, qui était peut-être l'ancienne entrée de la gare, se dresse bizarrement en dehors de l'alignement des quais, où l'herbe pousse par touffes. Les voies aussi disparaissent sous le sable et la mauvaise herbe, comme si, à la longue, la nature allait partout reprendre ses droits.

Est-ce à cela que ressemblerait la mémoire, s'est demandé Helen, si on pouvait la voir en photo ?

Berlin a été construite sur le sable. Au sens biblique, on aurait pu mieux choisir. Il fut un temps où Berlin était entièrement recouverte par la mer. L'Atlantide à l'envers, si on veut. C'est la première chose qu'on vous raconte à l'arrivée. On vous dit ça comme si les eaux venaient tout juste de se retirer, alors qu'en fait ça remonte à des millions d'années. Et pourtant, chaque fois qu'on rencontre un chantier, on se croirait au bord de la mer, car partout on tombe sur du sable. On voit souvent les ouvriers assis sur le sable avec leurs sandwichs et leur bière. Autour d'eux, la circulation fait un bruit de ressac. A Berlin, en milieu de matinée, ou l'après-midi, la brise vient du large – encore de l'abus de confiance. Et pour peu qu'on ait vécu près de la mer, comme Helen à Dublin, on sera constamment en proie à des images d'eau et de climat marin. On connaît bien ce crachin qui de temps en temps tombe sur la ville. Et cette toute petite pluie fine qui n'est visible, de jour, que sur les cils des piétons, et, de nuit, sur les phares des voitures. Peut-être qu'à Berlin, les gens entretiennent dans leur subconscient l'idée que la ville a un bail avec la mer. Qu'un jour un raz de marée viendra reprendre possession des fonds marins et que les Berlinois se retrouveront à nouveau sous la Baltique.

Hadja et Wolf parlent comme des guides pour touristes, donnant sans arrêt des indications aux gens. L'itinéraire le plus direct pour le centre-ville. Le moyen le plus commode pour se rendre au mur de Berlin. Où trouver la meilleure pizza, le meilleur curry. Hadja et Wolf parlent comme *Tip*, le guide des spectacles. Ils vous donnent l'impression d'être au cœur des choses. Les films nouveaux, les nouvelles pièces, les concerts. Ils ne manquent rien. Ils vous disent où entendre Wolfgang Ebers en concert. Tout est marqué par leur histoire personnelle. Tout passe par eux.

A Berlin, les agents de voyages savent enflammer l'imagination des gens. Ils savent exploiter les origines maritimes de la ville. Les autobus qui vont vers le centre passent devant de nombreuses agences de voyages. Dans la vitrine de l'une d'elles, on vous montre juste un mur blanchi à la chaux, une table avec deux verres vides sous un dais décoloré par le soleil, et, dansant sur le mur, un simple reflet d'eau bleue. Les agents de voyages sont capables de changer une femme en sable. De changer un homme en chameau.

En Allemagne, quand on décide de vivre avec quelqu'un pour de bon, on apporte son moulin à café, c'est le code. Hadja et Wolf ont deux moulins à café, mais le dernier arrivé dans l'appartement ne sert plus à rien. Wolf est chez lui. Hadja a gardé son appartement de Sonnenallee, même si ça fait maintenant plus de trois ans qu'ils vivent ensemble. Il faut toujours se garder une position de repli en ville.

Heureusement pour moi, Hadja a généreusement décidé de me laisser son appartement de Sonnenallee tant que ça marche toujours avec Wolf. Vu la crise chronique du logement à Berlin, Hadja n'a été que trop contente de laisser son appartement à un des collègues musiciens de Wolf.

J'occupe actuellement le lieu qui doit servir à Hadja de position de repli.

De temps en temps Hadja et Wolf font l'amour le matin, après le café. Tout se passe tranquillement. On ne répond pas au téléphone. On laisse les fenêtres du salon ouvertes au bruit de la circulation en bas dans la rue. L'odeur du café flotte dans tout l'appartement. Et puis un cri, qui pourrait aussi bien être celui de quelqu'un à qui on renverse du café chaud sur les genoux. Un peu plus tard, Wolf émerge dans le salon où il se met à jouer de la guitare ou à souffler dans un saxo, noyant le bruit des voitures. Wolf joue de la musique pour tenir les gens à l'écart. Toute la journée, avec son saxophone, il va tenir Hadja à l'écart. A longueur de journée, Hadja fait celle qui n'entend pas le saxo. Quand elle sort, elle fait comme si Wolf n'était pas là.

Il faut claquer la porte de l'appartement pour bien la fermer. Consigne donnée à toute personne nouvelle dans l'appartement. Helen est nouvelle.

Les recommandations de Hadja sont simples et sans ambiguïté.

Berlin, c'est grand. On n'y retrouvera jamais un homme qui ne veut pas qu'on le trouve. Pourquoi chercher un père ? Tu te fais avorter, et tu recommences à zéro. Regarde mes cousines turques, dit Hadja. Toutes tellement pressées de se marier et d'avoir des enfants.

Pense à tout ce que tu vas perdre. Les enfants, ça vous fait passer à côté de plein de choses. Le cinéma, le théâtre, les concerts. Tu es jeune, dit Hadja. Et jolie. Donne-toi une autre chance. Oublie ce Dieter. Oublie cet enfant de lui. Repars à zéro.

Hadja ne sait rien de Dieter. Et pas grand-chose non plus sur Helen.

L'autre côté, personne n'a beaucoup de bien à en dire. L'autre côté du mur de Berlin, s'entend. A Berlin-Est, tout est de mauvaise qualité. On vit mal. On n'irait jamais y acheter quoi que ce soit. Sûrement pas des vêtements ni des appareils électriques en tout cas. De l'épicerie non plus. Des sacs de cuir, à la rigueur. Et des cornichons. Pour tout ce qui est à l'aigre, ça vaut la peine.

Hadja et Wolf ne voudraient même pas y acheter du chocolat. De temps en temps ils emmènent un nouvel arrivant ou un visiteur pour passer la journée de l'autre côté et lui montrer Alexanderplatz, ils boivent de la bière, ils épiloguent sur la différence de mode de vie, et ils essaient désespérément de dépenser leurs Ostmarks, qu'il leur est impossible de reconvertir en D-Marks. Ils n'arrivent pas à dépenser tout leur argent. Et puis quelqu'un fait observer que les livres sont bon marché à Berlin-Est, et alors ils achètent tout un stock de Kleist, de Goethe et de Heine.

Le nouvel arrivant est aussi instamment prié de jeter un coup d'œil au mur de Berlin. Qui vaut bien ça, de toute façon. Les barbelés. Les graffiti. Les sentinelles dans les miradors avec leurs jumelles. On se dépêche de placer son petit répertoire d'histoires drôles sur le Mur. Ainsi que l'histoire des soldats d'Allemagne de l'Est qu'on met toujours par deux pour être sûr qu'il y en aura toujours un pour tirer sur l'autre en cas de tentative d'évasion. Et celle du soldat qui, pendant que son collègue ne regarde pas, échange les fusils après avoir vidé le sien, et qui ensuite, tandis qu'il s'enfuit vers la liberté, entend dans son dos le déclic forcené et dérisoire du fusil vide.

Le Mur est un monument qui mérite une visite, comme la tour penchée de Pise. Mais après, si on reste à Berlin, on n'en entend plus jamais parler. Pour la plupart des gens, il n'existe pas. Bien sûr, il se trouvera parfois quelqu'un pour le comparer à une grande histoire d'amour qui a mal tourné – on se saisit de l'image pour placer sa propre biographie. Parfois aussi, un homme d'État en fera usage dans une prestation courageuse et hardie. Qu'on abatte ce Mur ! clament-ils tous à leur arrivée à Berlin, complètement à côté de la plaque, ne voyant pas qu'ici tout le monde essaie de ne plus y penser. De toute façon, les murs, c'est le passé. Les lignes de démarcation, voilà l'avenir. La guerre, c'est le passé ; l'avenir, c'est une politique agricole commune.

Chez Hadja et Wolf, il n'y a pas de verrou à la salle de bains. Quand Wolf prend un bain, il commence par ouvrir le robinet, puis, une serviette autour des reins, il arpente l'appartement en frappant à toutes les portes pour faire son annonce, comme un porteur dans une gare.

Letzte Möglichkeit zum Klo : Dernière limite pour les gogues. Wolf passe des heures dans son bain ; c'est tout un rituel.

Il faut que Helen puisse avoir accès aux toilettes à tout moment. Dans l'autobus, en réfléchissant à sa situation, elle repense aux salles de bains qu'elle a connues ailleurs. Chez elle. A l'école. Elle se souvient en particulier d'une salle de bains à l'arrière d'un pub de Kildysert, à l'ouest de l'Irlande, où elle a séjourné avec Dieter autrefois. Ça les faisait rire. Au-dessus de la baignoire, il y avait une image sainte, toute gondolée à force d'être si souvent exposée à la vapeur. L'émail de la baignoire était tout craquelé. Un jour que Helen avait des angoisses à cause de l'examen qu'elle passait, Dieter lui avait dit de penser à la salle de bains de Kildysert et à rien d'autre.

Helen se rendait compte à présent que toutes ses fonctions naturelles étaient entre les mains de cette conspiration à l'intérieur de son corps. Comme si une femme enceinte ne s'appartenait plus ; pareille à un camion réquisitionné en temps de guerre. A présent, elle n'a même plus le contrôle de ses fonctions les plus essentielles.

Dans leur salle de bains, au milieu des flacons d'huiles et de lotions, Wolf et Hadja ont un candélabre en argent pour table de salle à manger avec trois bougies blanches. A côté, sur le rebord de la fenêtre, il y a une boîte d'allumettes.

Leur salle de bains a encore une autre fonction. Celle de servir de temps en temps à Wolf de studio annexe – ce qui exaspère Hadja. Il prépare une maquette pour une maison de disques ; il met sur bande certaines de ses chansons, ce qui nécessite parfois l'isolation acoustique des divers instruments dans les différentes pièces, salle de bains comprise. Manière primitive de fabriquer une maquette, il le reconnaît, mais qui marche parfaitement, si on ne trouve pas gênant d'avoir tout du long du couloir des fils et des câbles allant dans toutes les pièces, y compris la salle de bains.

Un après-midi, en rentrant, Helen a trouvé une batterie dans la salle de bains, avec des micros fixés dessus.

Toute femme a cette angoisse peut-être absurde que, par inadvertance, ou pire encore, intentionnellement, on enregistre ses bruits les plus intimes et qu'on les fasse entendre après coup.

☆

D'un autobus, on voit tout plus beau. Berlin a l'air propre, accueillant, engageant. Tout paraissait facile. Elle se disait – pas pour la première fois du reste – qu'elle aurait bien voulu ne jamais descendre de cet autobus.

Sans cette conspiration à l'intérieur de son corps, elle aurait pu s'endormir, comme ça lui arrivait souvent dans le bus à

Dublin en allant travailler, ou au retour. Mais la conspiration de la descendance humaine la tenait éveillée. Rien, en fait, ne l'empêchait de tout arrêter. Sinon qu'elle avait l'impression de refuser la vie. C'était sa dernière chance de faire que l'humanité s'arrête à elle.

Désormais, l'avenir allait foncer sur elle. Bientôt, elle ne serait plus qu'une ancêtre, comme sa mère et sa grand-mère ; elle serait à l'origine de populations nouvelles qu'elle ne maîtriserait plus. Elle ferait partie de la marche en avant de l'humanité, se multipliant intérieurement, comme si, à l'intérieur de son corps, il y avait une ville en construction.

Une ville peuplée de sa descendance. Des générations de piétons, des autobus pleins de voyageurs, dont aucun ne la reconnaîtrait jamais et qui ne se reconnaîtraient pas entre eux. Des villes pleines de nièces, de neveux et de petits-enfants se serrant poliment la main, et peut-être, dans toute cette lignée, un acteur célèbre, ou un assassin notoire.

Heureusement, ça n'est pas en autobus qu'on prend des décisions. C'est un lieu où on peut rester à sa place et remettre toute décision à plus tard.

Ses yeux l'ont encore abusée. Comme l'autobus et tous ses bruits internes avaient ralenti momentanément, à l'encontre de tout scepticisme et de doutes compréhensibles, à l'encontre de toute coïncidence crédible, elle a vu Dieter sur le trottoir, là-dehors, juste au-dessous d'elle. Il a continué son chemin. Il allait du côté d'où venait l'autobus. Pas possible ! DIETER ! Là, à quelques mètres. DIETER, s'est-elle écriée tout fort, au point qu'on a dû l'entendre dans tout l'autobus. Ça ne pouvait être que lui, avec sa veste verte et son sac gris.

Elle s'est tournée pour frapper à la vitre aussitôt. Mais ça n'a pas fait assez de bruit pour attirer son attention. Seuls les voyageurs se sont retournés pour la regarder. Pas Dieter. Il a continué son chemin. Et après, le bus était déjà loin, et elle, elle continuait à regarder vers l'arrière. Les autres voyageurs regardaient toujours sagement devant eux.

Elle s'est levée. Instinctivement, son voisin l'a laissée passer et, d'un air gêné, il l'a suivie des yeux tandis qu'elle se précipitait à l'avant, en regardant toujours derrière elle, la tête baissée pour ne pas perdre de vue le dos de Dieter à travers la vitre arrière. Tout le monde la dévisageait.

Aussteigen bitte ? Elle a demandé au conducteur de la laisser descendre au feu rouge. Il a refusé. Sans même lui répondre ni faire non de la tête tout d'abord. C'est seulement quand elle a insisté qu'il a dit : *Nein !* Pas avant le prochain arrêt. Il n'ouvrait jamais les portières aux feux rouges. Sous aucun prétexte.

Je ne peux pas laisser les gens descendre quand ça leur chante, a-t-il dit bien fort, en s'assurant que tout le monde l'entendait.

En Allemagne, tout marche au consensus. Le conducteur s'adressait moins à Helen qu'à l'ensemble des voyageurs, car il avait besoin de leur appui.

Pas faisable, dit-il. On ne peut pas exiger de faire ouvrir les portières ici, mademoiselle.

Il était prêt à faire toute une histoire. Personne n'a bronché. Il l'avait, son consensus.

Helen s'est retournée encore une fois pour s'assurer qu'elle voyait toujours Dieter. Et, à nouveau, elle a supplié le conducteur.

Il faut absolument que je descende ici, a-t-elle dit. Je vous en prie. *Bitte*.

Rien à faire.

Mein Gott, a dit le conducteur, cherchant de nouveaux appuis. La demoiselle ferait bien de se rasseoir en attendant le prochain arrêt.

Alors, elle n'a pas trouvé d'autre solution que de s'évanouir. Elle s'est écroulée à genoux, de façon tout à fait convaincante. Elle s'est cogné la tête contre les sièges avant sans se faire mal.

Elle s'est effondrée comme une poupée, inanimée. Elle a peut-être forcé un peu sur la chorégraphie. Mais ça a marché. Les voyageurs se sont précipités à son secours. Instantanément, le conducteur a perdu tout soutien.

Il ne voit donc pas que cette jeune femme est malade ? a crié quelqu'un.

Est-ce que je pouvais deviner ? a dit le conducteur, comme pour se défendre. Elle aurait pu le dire.

Un homme et une femme l'ont prise par le bras en même temps, chacun d'un côté, pour l'aider à se relever. A présent, le consensus était en sa faveur. A l'arrière, les gens faisaient leurs commentaires sur l'intransigeance du conducteur.

Immer wieder! Ils sont toujours aussi mesquins, a dit quelqu'un. Ils ne changeront jamais à la BVG.

Le conducteur avait déjà arrêté l'autobus. Par réaction de défense, il levait les mains vers les voyageurs, paumes en avant, l'air sceptique. Que pareille chose ait pu se produire dans son autobus. Ça n'était pas lui qui l'avait rendue malade, plaidait-il. C'est alors que l'homme qui tenait Helen par le bras droit a élevé la voix.

Vous ouvrez ces portes à la fin, maintenant.

Sans un mot de plus, les portières s'ouvraient avec leur soupir automatique habituel, et on aidait Helen à descendre sur le trottoir. Elle a porté la main à son front. De façon convaincante. Tout le monde lui a demandé si ça allait.

Sur le trottoir, on essayait de la ragaillardir par des paroles gentilles. Les piétons s'arrêtaient pour voir ce qui se passait. Du haut des marches, le conducteur regardait d'un air inquiet, comme s'il craignait d'être tenu pour responsable. Après tout, il s'agissait d'un de ses voyageurs.

Elle regardait toujours du même côté, fébrilement, l'air inquiet. Il y avait quelque chose là-bas qui la rendait malade, se disaient-ils. Et puis, brutalement, elle a échappé à leurs gestes de sollicitude et elle s'est enfuie.

Elle ne voyait plus Dieter, mais elle était sûre de savoir dans quelle rue il avait tourné. Elle courait toujours. Les piétons la laissaient passer. Derrière elle, à l'endroit où le bus avait pris du retard sur son horaire, les voyageurs étaient scandalisés.

So was, ont dit certains.

Que dire de plus ? La sympathie qu'elle s'était attirée momentanément se reportait maintenant de façon unanime sur le conducteur. Il se sentait autorisé à l'impatience. Il a refermé les portières avec un soupir furieux, considérant que tout cet incident le restaurait pleinement dans son autorité.

Qu'est-ce que je disais ? déclara-t-il, parlant à la fois pour lui-même et pour l'ensemble des voyageurs. On ne peut pas se permettre de se laisser avoir par des gens comme ça.

Elle a couru jusqu'à l'angle de la rue suivante. Qu'elle n'avait pas quitté des yeux. Elle a pris une autre rue, elle n'a rien vu. Pas ce qu'elle croyait voir en tout cas ; pas les larges épaules de Dieter dans sa veste verte. Rien qu'une autre rue, d'autres vieilles maisons, à la façade effritée, ou couverte d'échafaudages.

Elle a encore couru jusqu'à l'angle de la rue suivante. N'en pouvant plus. Toujours rien. Il avait disparu. Et puis, il y avait autre chose : chaque fois qu'elle tournait dans une autre rue, elle s'attendait à voir au bout une large bande d'océan bleu. Encore un abus de confiance.

Elle était à bout de souffle ; épuisée. Au coin d'une rue, elle s'est trouvée devant un café avec des tables, des parasols et des fauteuils blancs en terrasse. Toute une partie du large trottoir était isolée par des jardinières et un écran d'arbustes. Haletante, elle s'est assise un instant dans un des fauteuils blancs. Elle avait encore perdu Dieter, se disait-elle. Un serveur est venu à sa table et lui a demandé sans la regarder : *Bitte*, qu'est-ce que ce sera ? Elle a secoué la tête et elle s'est levée pour partir. Elle s'est remise à marcher jusqu'à la rue suivante. Une rue commerçante cette fois. Une rue avec des trottoirs en mosaïque et des banques, une rue bordée d'arbres.

Ses mouvements étaient mal assurés. Elle a avancé lentement

le long du trottoir, en regardant les motifs du pavage qui se répétaient sous ses pas, tel un plongeur seul au fond de la mer. Elle s'est sentie mal, vraiment mal cette fois, et, du coude, elle a pris appui contre le mur. Un éclair turquoise lui a traversé l'esprit. Les mots DRESDNER BANK se sont détachés nettement sur le mur devant elle. Elle a baissé les yeux et elle a vu une pièce de cinq marks à ses pieds sur le trottoir. Mais rien n'a d'importance quand on se sent mal.

C'est là que Helen a rencontré Hadja. Hadja venait de sortir de la banque, et spontanément elle a proposé à Helen de l'aider.

En Allemagne, si on propose de l'aide à quelqu'un, c'est qu'il en a besoin.

II

PIERRE, CISEAUX ET PAPIER

Hadja est un manager-né. Elle sait ce qu'il faut faire. Elle sait ce qu'elle veut et comment l'obtenir. Elle sait aussi ce que veulent les autres. Hadja sait reconnaître ce que les gens désirent le plus. C'est une organisatrice par nature. Un maître de manège.

Autour d'elle s'accumulent les résultats de la mauvaise gestion et du manque d'ambition. Devant pareil gâchis, elle s'est tout naturellement élevée au rôle d'aide et de guide. Elle a de l'ambition pour le monde entier. A l'Université libre de Berlin, elle a étudié l'allemand et la philosophie. Il s'est avéré aussitôt que ses aptitudes pour ces deux matières allaient devenir les composantes d'un talent plus marqué pour le management. Sa curiosité fondamentale, assortie d'une imagination sans faille et d'une capacité très aiguë à se mettre dans la peau des autres, lui a donné une formidable avance au départ. Elle comprend tout de suite comment les gens préfèrent être manipulés. Ils savent rarement ce qu'ils veulent. Or, quand on sait reconnaître ce que veut quelqu'un, on le mène par le bout du nez.

Un jour, quand elle était élève, Hadja a eu un fantasme très fort, qui allait revenir sans cesse dans ses rêves et ses rêveries, et qui a fini par devenir une seconde nature. Cela remontait au jour où son frère aîné, Konrad, l'avait emmenée au cirque Roncalli. Elle n'avait jamais rien vu qui flattât autant son imagination que ces écuyères qu'elle voyait faire le tour de la piste debout, nu-pieds, sur la croupe de leur cheval. A toute heure du jour ou de la nuit, Hadja se voyait debout sur la croupe d'un cheval. Elle savait exactement quelles sensations ça procurait, sans jamais éprouver le besoin de la chose vraie. C'était si simple. Si elle perdait l'équilibre, ou si le cheval allait trop vite pour elle, elle retombait toujours sur ses pieds. Elle attendait simplement en imagination que le cheval repasse devant elle, et, d'un bond, elle reprenait sa place au tour suivant. Même plus tard, quand elle s'est mise à l'équitation pendant les vacances dans le sud de l'Allemagne, elle n'a jamais eu besoin de la chose vraie. Il lui suffisait du fantasme. Et quand d'autres désirs ont remplacé ce fantasme, l'image est restée. Elle retombait toujours sur ses pieds.

C'est peut-être ce rôle pilote qui donne à Hadja un tel ascendant sur les gens. La fortune considérable des Milic, la sécurité dans laquelle ils vivent, y sont peut-être aussi pour quelque chose – leur magnifique demeure de Charlottenburg[1]. Mais Hadja refuse fermement de considérer l'argent et le patrimoine comme des atouts. Il est si fréquent de voir les gens gâcher et amputer leur bien, qu'à son avis, ce qui importe avant tout, c'est d'avoir la tête sur les épaules ; c'est ça qui compte.

Pour l'instant, Hadja a choisi de poursuivre une carrière artistique. Elle fait du management artistique. Elle travaille avec Wolf.

Il lui arrive parfois de rencontrer quelqu'un qui, comme elle, a les pieds sur terre. Elle l'admire pendant un certain temps, puis elle commence à déceler des faiblesses. Les faiblesses, ça se corrige. Hadja aime faire donner aux gens le meilleur d'eux-mêmes. En fait, elle préfère avoir affaire à des gens qui ne sont pas parfaits. A des cas.

1. Quartier bourgeois de Berlin. (*NdE.*)

C'est par Wolf que j'ai connu Hadja. Cela fait-il de moi un cas ? J'en doute. Je dirais plutôt que Hadja a la spécialité de donner à tous les gens qu'elle rencontre un rôle de personnage à problèmes. Un rôle mineur.

Qu'est-ce que je fais à Berlin ? Pour l'instant, je m'en tire ; mais je suis en train de filer tout droit vers un problème.

L'après-midi. Le jour décline. Par la fenêtre ouverte du salon, Hadja parcourt la ville des yeux. L'appartement se trouve dans un immeuble d'angle ; les fenêtres du salon donnent sur la rue. Wolf parle à Hadja, mais elle n'a pas besoin de le regarder pour entendre ce qu'il dit. En bas, dans la rue, il y a déjà de la lumière dans certaines boutiques. D'autres sont restées éclairées toute la journée. Déjà, par moments, des gens sortent par petits groupes de la bouche de métro par l'Escalator et l'escalier. De la fenêtre, on dirait un trou dans le sol. Si elle peut lire l'heure à la pendule de la station du U-Bahn, c'est juste parce qu'elle sait quelle heure il est. Si elle peut lire des enseignes comme AMBAUM BÄCKEREI ou METZGEREI BÖSER à une distance de plus de trois ou quatre cents mètres, c'est qu'elle est souvent passée devant à pied.

Elle n'a pas toujours besoin d'entendre Wolf pour savoir ce qu'il dit. Si elle regarde dans la rue, c'est qu'elle préfère entendre le bruit de la circulation.

Il n'y a pas encore de lumière au *Tischtelefon*. Pour la bonne raison que d'habitude les clients ne commencent à arriver que dans la soirée, ou même tard dans la nuit. La nuit, chez Wolf et Hadja, si on n'allume pas dans le salon et si on ne tire pas les rideaux, la pièce s'éclaire d'une lueur rouge toutes les trente secondes. Le cœur rouge à l'entrée du *Tischtelefon* s'allume ainsi toute la nuit, simulant un cœur qui bat au ralenti.

Les gens sont tout petits. Hadja les voit là en bas dans la rue. Ils ont l'air d'avancer automatiquement, sans réfléchir. Ce qui les pousse, c'est qu'il fait encore assez froid dehors. Il doit y avoir un petit vent froid. Hadja sait tout ce qu'il y a à savoir sur ces gens dans la rue là en bas. Elle n'a pas besoin d'être piéton pour savoir ce que c'est. De la fenêtre, les gens ont l'air petits et impuissants. On les écraserait comme un rien. Pour rater cette nouvelle poignée de voyageurs qui sort de l'U-Bahn, il faudrait vraiment le vouloir.

Dès que Wolf cesse de parler, elle se tourne vers lui.

Je me demande pourquoi tu es contre, dit-elle. Je ne vois pas pourquoi, pour une fois, tu ne ferais pas l'effort de venir avec moi. Tu verras, ça sera bon pour toi qu'on te voie là-bas. Fais-moi confiance. Je sais ce que je dis.

Pas d'autre réaction de la part de Wolf. Il a dit son dernier mot. Il est occupé à changer les cordes de sa guitare. Il devrait allumer, mais il n'a pas besoin de voir ce qu'il fait.

Je ne vois pas ce qu'il y a de si atroce à aller au vernissage d'une exposition de peinture. Tu vas rencontrer des gens qui te seront utiles.

Hadja sait ce qu'il faut à Wolf. Elle sait le faire sortir de lui-même. Elle a l'art de ne pas vouloir comprendre.

Je me demande pourquoi tu tournes toujours le dos à ce qui est bon pour toi, dit-elle.

Cette façon de lui parler n'est pas nouvelle. A l'époque où ils se sont connus, elle a eu son effet ; à l'époque où Wolf flirtait encore avec la drogue. Il n'a jamais été un vrai drogué, mais peu s'en est fallu. C'est Hadja qui l'a sauvé. C'est à Galway, en Irlande, qu'ils se sont connus. Il était en train de sombrer. Il ne savait pas ce qu'il voulait.

Écoute Hadja, lui crie Wolf pour finir. C'est moi qui sais ce qu'il me faut. Et c'est sûrement pas toutes ces réceptions de lèche-cul où ton frère se fait tout le temps inviter. Moi, c'est de la MUSIQUE qu'il me faut… rien d'autre. Compris !

C'est de la MUSIQUE que je bouffe, dit-il après un silence.

Il contient sa fureur. S'appuyant au châssis de la fenêtre, Hadja le regarde avec calme. Il tend la corde neuve sur sa guitare. La basse. Il pince et repince cette corde avec son ongle, et, au fur et à mesure qu'il la tend, il en tire toute une échelle de notes.

Si quelqu'un sait ce qu'il te faut, c'est bien moi. Hadja a parlé.

Wolf lève les yeux vers elle. Sur sa silhouette. Presque noire à présent, se découpant sur le ciel du soir. Il n'a pas besoin de voir son visage pour savoir qu'elle sourit. Il est au comble de la fureur. Il cesse de tendre cette corde et va ranger la guitare dans son étui.

De la MUSIQUE... voilà ce qu'il me faut. Rien d'autre.

Si Wolf dit des choses de ce genre, c'est pour s'entendre les dire.

Il s'apprête à sortir. S'il y a une chose qu'une femme déteste, c'est d'avoir moins d'importance que la musique. La musique fait délaisser le reste. Personne n'aime être délaissé.

Ne t'avise pas d'oublier qui t'a aidé à découvrir ton talent. Qui t'a aidé à sortir de la merde. Sans moi, *mein Freund*, tu serais encore en train de sombrer dans le ruisseau.

Wolf n'a plus rien à dire. Quand on ne dit plus rien, c'est qu'on ne veut pas se trahir. Il enfile sa veste. De toute façon, il faut qu'il sorte. Il a rendez-vous avec quelqu'un; moi, en l'occurrence. Mais il utilise cette sortie à son profit.

Tu devrais m'écouter plus souvent, lui crie Hadja.

Wolf attrape une liste manuscrite et la met dans la poche de sa veste. Des titres de chansons. Par ordre d'exécution. Sa veste est en daim marron. Il se passe la main dans les cheveux, il regarde combien d'argent il a sur lui et il quitte la pièce. Mais il revient quelques instants plus tard car il a oublié quelque chose.

Tu as oublié tes clefs, dit Hadja.

Wolf est parti. Il a claqué la porte avec un maximum d'effet. Si Hadja peut rester si calme, tournant le dos à la ville et les épaules saisies par un petit vent frais, c'est qu'elle a souvent entendu claquer cette porte. Il faut la claquer pour bien la fermer.

Tu as plus besoin de moi que je n'ai besoin de toi, lui a-t-elle crié. Si Wolf peut faire semblant de ne pas entendre, c'est qu'il est déjà hors de portée de voix, dégringolant l'escalier avec sa guitare. Il ne prend pas l'ascenseur pour pouvoir filer plus vite. Il sourit en descendant l'escalier parce qu'il sait ce qu'elle a dit.

Les gens sont tout petits. Dans la rue, les lampadaires se sont allumés, bien qu'il ne fasse pas encore complètement nuit. Juste au-dessous d'elle, elle voit Wolf sortir de l'immeuble. Il longe le trottoir. Elle voit ses pieds se propulser devant lui. De la fenêtre, Hadja aurait pu très facilement lui cracher sur la tête. Il s'apprête à traverser. Hadja aurait pu très facilement lui dire à quel moment traverser. Et à quel endroit. Elle est bien mieux placée que lui pour voir la circulation. Il tourne la tête à gauche et à droite et à gauche et à droite, de façon comique, comme un pantin. Et puis ses pieds se propulsent sur la chaussée. De sa place, elle aurait pu l'attraper avec les doigts. Elle l'a suivi des yeux tout le long du chemin, jusqu'à la station du U-Bahn.

Quand est-ce une bonne chose de paraître petit ? Quand on est à distance. En transport en commun. Quand on se reflète dans les devantures. Parmi des millions de gens. Quand on va vers quelque chose et qu'on est sûr de devenir plus grand.

Quand est-ce une bonne chose d'avoir l'air perdu ? Quand on veut quelque chose. Quand on veut avoir l'air plus petit qu'on ne l'est. Quand on n'a rien à perdre. Quand on veut donner l'impression qu'on a tout à perdre.

Voilà comment Hadja fait l'amour. Elle se met dans une situation de détresse. Avec ou sans lumière, peu importe. Ce qui compte, c'est la proximité du danger. Elle aime bien faire croire, au début, qu'elle n'a besoin de rien. Qu'on ne peut rien pour elle. Mais elle aime qu'on la devine. Elle aime se cramponner aux barreaux de cuivre du lit et faire semblant d'être en parfaite sécurité alors qu'elle est en train de glisser au bord de l'abîme. Elle aime qu'on vienne à son secours et qu'on la ramène de force.

Voici comment Wolf fait l'amour. Il aime partir du principe que le monde est le plus grand désastre jamais vu. On ne saurait connaître pire. Société plus vaine, ville plus proche de l'agonie. Il aime se représenter un monde en furie reparti en arrière dans la marche du progrès. Ce qu'il veut, c'est secouer quelqu'un par les épaules. Hadja, en général. La secouer à lui en faire perdre connaissance, jusqu'à ce qu'elle finisse par lâcher les barreaux du lit.

Konrad, le frère de Hadja, a plus besoin de Kristl que Kristl n'a besoin de lui. Kristl est une ancienne camarade de classe de Hadja. Ses parents sont à la tête des boutiques de fleurs König. Kristl est fille unique et, vraisemblablement, c'est elle qui reprendra l'affaire un jour. Mais pour l'instant, elle est trop tête en l'air. Elle rit beaucoup. Elle parle avec l'accent berlinois, et elle se fiche de tout.

C'est exactement ce dont Konrad a besoin. Non qu'il ne s'entende pas avec sa femme, Gudrun. Mais il lui faut aussi quelque chose de moins intellectuel ; de moins sérieux. Avec Kristl, on s'amuse. Il va peut-être l'emmener avec lui la prochaine fois qu'il ira à Paris. Konrad a besoin de Hadja pour lui confier son secret. Et Hadja sait garder un secret.

Il n'y a qu'une meilleure amie pour donner des conseils d'importance. Chaque fois que Kristl met sa robe verte, Hadja se sent obligée de lui dire ce qu'elle en pense. Si pleine d'imagination qu'elle soit, Kristl a certains manques. Elle a beau avoir toujours vécu parmi les fleurs et les couleurs grâce au commerce de ses parents, elle n'a aucun sens de celles qui vont ensemble. Faiblesse que Hadja s'empresse de redresser.

Kristl, *mein Schätzchen*… ta robe à plastron rouge et blanc te va tellement mieux.

De plus, Hadja connaît les goûts de son frère.

On peut décider de jouer les paumés si on veut. En Allemagne, si c'est plus commode, on peut décider qu'on ne comprend pas bien l'allemand. Faire celui qui débarque tout juste. En fait, je comprends beaucoup mieux l'allemand que les gens ne veulent le croire. Mais ça paie de ne pas en savoir trop. Ça paie, par exemple, de ne pas savoir trouver un appartement en ville, car Hadja a fini par me prêter le sien. Il faut croire qu'on trouve un certain charme à un homme qui a des difficultés à se loger. Des difficultés à voyager en règle dans l'U-Bahn.

Il n'y a aucune ambiguïté dans les transports en commun en Allemagne. A Berlin, tout le monde doit avoir son ticket. Quand on ne sait pas ce qu'il faut faire, on demande. Je montre un ticket vierge, non validé. On commence par me regarder d'un air hésitant, et puis on comprend que je ne suis pas allemand. Qu'on m'a surestimé, qu'on m'a fait trop de crédit. Avec une patience ostentatoire, on me prend par la main et on m'apprend à valider un ticket correctement.

Vous devez introduire le ticket, comme ça…

Je hoche la tête en m'extasiant ostensiblement. Je suis très fort pour faire croire que j'en sais moins que je n'en sais réellement. Je hoche la tête avec le même air extasié quand Hadja m'explique que dans son ancien appartement de Sonnenallee, l'entrée de l'immeuble ferme à neuf heures pile et reste fermée à clef jusqu'à sept heures du matin. Seuls les résidants peuvent aller et venir avec leur clef. Elle m'a recommandé de ne jamais oublier ma clef et de bien demander aux visiteurs de toujours arriver avant neuf heures. Je suis très fort pour laisser entendre qu'on n'a pas besoin de me dire les choses deux fois.

C'est avec ce même hochement de tête admiratif que je reçois tous ceux qui viennent me voir à Sonnenallee. Avec ce même air profondément intéressé que je regarde toutes les Allemandes. J'aime qu'on me sous-estime. J'aime entrer dans une situation sans prémonition aucune. J'aime faire semblant d'avoir les yeux grands ouverts. Comme si je ne savais rien.

Voilà comment je fais l'amour. J'aime faire comme si c'était la première et la dernière fois. En fait, la plupart du temps, je n'ai pas besoin de faire comme si.

Tout devrait n'arriver qu'une fois, et puis plus jamais. Si seulement ça pouvait ne m'arriver qu'une fois, me dis-je toujours. Juste une fois. Sans répéter le scénario.

Voici une chose que j'ai faite une seule fois. Un matin, j'ai quitté l'appartement de bonne heure avec un ami qui était descendu chez moi. Nous allions vers le centre-ville pour prendre le petit déjeuner quelque part. Sur notre chemin, en passant devant les boulangeries et les cafés, nous sentions flotter sur le trottoir l'odeur si reconnaissable des petits pains frais. Sans nous laisser tenter, car nous avions rendez-vous en ville avec Wolf. Mais je n'étais pas pressé et, devant une de ces boulangeries, je me suis arrêté en disant : Regarde bien.

Je suis allé ouvrir la porte de la boutique. Il est sorti une bouffée tiède d'odeur de pain frais. A l'intérieur, devant le comptoir, on servait les clients.

Auf Wiedersehen, ai-je dit. Sans entrer vraiment. En fait, je n'étais jamais entré dans cette boutique de ma vie. Mais les mots *Auf Wiedersehen* ont immédiatement déclenché une réaction en chaîne par laquelle toutes les vendeuses se sont mises à répéter *Auf Wiedersehen* automatiquement, sans réfléchir.

Auf Wiedersehen!... Auf Wiedersehen! Danke schön! Auf Wiedersehen!

Autre chose encore, qui m'est arrivé un jour. J'avais une amie ici à Berlin. Gabi. Pour elle, il allait de soi que j'étais incapable d'aligner deux mots en allemand. Que j'étais ignorant. Étranger. A un moment, ça avait l'air de vouloir durer toujours. Mais voilà qu'un matin, elle a passé un long coup de téléphone à Hambourg, à une amie. Je n'étais pas censé comprendre quoi que ce soit. J'ai tout compris. Et quelquefois c'est affolant de comprendre des choses que l'on n'est pas censé comprendre. Parce qu'on voit bien à votre tête que vous en savez plus que vous ne voulez laisser paraître.

Ce matin-là, Gabi est partie après le petit déjeuner.

Dans l'U-Bahn, juste avant la fermeture des portes, on entend les mots *Zurück bleiben* – Ne montez plus. On fait demi-tour et on attend la rame suivante. Ça n'est pas grave. Les U-Bahns sont fréquents. On arpente le quai. On s'assied. On s'appuie contre le mur. Ou bien on reste debout, les jambes croisées comme une paire de ciseaux, le regard fixé sur les mégots qui traînent sur les voies en face de soi. Attendre, ça ne dérange personne. Le pire, c'est de se voir fermer les portes au nez. De s'entendre dire de ne pas monter.

Cela fait deux fois déjà que Helen va à Steglitz, le quartier de Berlin où habite la mère de Dieter. Les deux fois, Frau Penzholz était sortie. Ou n'a pas répondu, qui sait ? Cette fois, Hadja a proposé d'emmener Helen en voiture. Hadja n'aurait guère de raison d'aller à Steglitz. Mais elle est curieuse. Jouer les détectives, ça lui va. Ça pourrait devenir intéressant si la jeune Irlandaise se retrouve en face de Dieter, son ami. Et puis, un jeudi soir ; elle pourrait faire un tour dans les boutiques ensuite.

Elles ont décidé d'y aller à l'heure du thé. Frau Penzholz habite au cinquième. Elles sont tout essoufflées en arrivant devant sa porte. Au bruit de la sonnette, une flopée de petits chiens se met à aboyer à l'intérieur. Au bout d'un instant, une voix derrière la porte leur dit de se taire. Frau Penzholz piétine derrière sa porte tout en parlant. Elle met un bon moment pour ouvrir. Peut-être est-elle en train d'observer les deux jeunes femmes par l'œil magique.

La mère de Dieter est âgée. Berlin est pleine de personnes âgées. Elle les fait entrer. Elle dit aux chiens de se taire, mais on voit vite qu'elle n'a aucune autorité sur eux. Il y a une tablette de chocolat entamée sur la table basse. Le canapé est couvert de poils. Une autre tablette, du même chocolat, est restée sur l'accoudoir du canapé. Frau Penzholz en a cassé des petits morceaux pour les donner aux chiens, et ils ont tous fait le beau pour le prendre.

Ah, ja! La jeune femme d'Irlande, a fini par dire Frau Penzholz, quand Hadja a expliqué la raison de leur visite, disant qu'elles étaient à la recherche de Dieter. Mais elles ont vite compris que Frau Penzholz ne savait rien de Helen. Et qu'elle en savait encore moins sur Dieter, son propre fils.

Ja – Dieter? a dit Frau Penzholz. Je ne le vois plus jamais. Même pas une carte postale. Je crois qu'il vit en Irlande à présent.

Rien n'exaspère plus Hadja que des renseignements périmés. Des faits dépassés.

Ce qui l'exaspère encore plus, c'est la façon dont Frau Penzholz se met soudain à parler de la guerre. De la situation à Berlin quand elle y est arrivée. Hadja n'a pas de temps à perdre avec ça. C'est seulement en revenant poliment à la charge qu'elle parvient à ramener Frau Penzholz au sujet qui l'intéresse.

Dieter, ja? Où est-il à présent ? a répété Frau Penzholz.

Puis elle a proposé de leur faire du café. Pour essayer de faire durer cette visite inespérée. Mais Hadja, qui s'impatientait, a décliné. Les chiens n'arrêtaient pas de renifler dans ses jambes. Après coup, Hadja a déclaré qu'il valait encore mieux avoir des mouches autour de la figure que des chiens dans les jambes. Elle s'est levée pour partir, en disant à Frau Penzholz que, malheureusement, elles étaient pressées. Chose qu'une personne âgée n'a jamais envie d'entendre. Helen serait bien restée plus longtemps pour écouter tout ce que la mère de Dieter pouvait avoir à dire. Pour l'entendre parler de Dieter. Mais c'était Hadja qui conduisait.

Avant qu'elles ne s'en aillent, Frau Penzholz a pris deux lettres non décachetées sur le poste de télé et elle les a données à Hadja. On aurait dit qu'elles lui revenaient à l'esprit tout d'un coup.

Il est arrivé ces deux lettres pour Dieter, a-t-elle dit. Vous pourrez peut-être les lui remettre quand vous le verrez. Il ne vient plus jamais.

Elles avaient été postées en Irlande. Envoyées par Helen, toutes les deux.

Poignée de main à Frau Penzholz.

Dites, mesdemoiselles, a ajouté Frau Penzholz à la porte. La prochaine fois que vous verrez Dieter, vous ne voulez pas lui demander de passer voir sa mère un de ces jours ?

Ensuite, Hadja s'est arrêtée dans une boutique de mode de Steglitz pour jeter un coup d'œil. Elle mettait devant elle des robes et des chemisiers en se regardant dans la glace. De temps en temps, elle passait une robe à Helen en lui disant : je crois que celle-ci t'irait mieux qu'à moi. Mais Helen n'avait pas la tête à parler chiffons.

Il y a deux sortes de gens : ceux qui entreprennent et ceux qui voient venir. Ceux qui manipulent et ceux qui se laissent manipuler. On voit tout de suite dans quel groupe on doit mettre Hadja et son frère aîné Konrad. Mais il y a aussi ceux qui trouvent un avantage à se laisser manipuler. Apparemment, ils savent ce qu'ils veulent, et ils l'obtiennent en se soumettant ; en faisant mine d'avoir besoin qu'on s'occupe d'eux. Quelquefois, on ne sait plus très bien quels sont ceux qui manipulent les autres. Comme au jeu de PIERRE/CISEAUX/PAPIER, où chacune des trois choses peut matériellement l'emporter sur une des deux autres. Tout dépend de ce qu'on tire au sort.

Quand Hadja était encore à l'université, elle a fait la connaissance d'une étudiante iranienne du nom de Sulima. *Die Perserin*, comme elle l'appelait souvent. Généralement, Hadja essaie d'éviter de trop fréquenter les Orientaux, étant donné les liens étroits qu'elle a déjà avec les Turcs. Mais le cas de Sulima était trop tentant.

Sulima était promise en mariage depuis sa naissance à un Iranien qui était lui aussi étudiant à l'Université libre de Berlin, et se trouvait par conséquent fort bien placé pour la surveiller. Massoud – cheveux noirs, cils noirs et barbiche noire – était plus âgé que Sulima. Chaque fois qu'ils se voyaient, il la traitait comme une jeune sœur. Lui reprochant parfois de ne pas s'habiller de façon assez traditionnelle. Ils avaient beau avoir chacun leur appartement et ne pas habiter le même quartier, Massoud exerçait un pouvoir constant sur Sulima, et Hadja avait aussitôt décidé de le briser ; par des moyens intellectuels d'abord, en prônant les vertus de la liberté occidentale, et finalement, quand Massoud refuserait d'entendre raison, par l'action directe.

Sulima craignait Massoud. Elle disait qu'elle le haïssait et qu'elle n'avait nullement l'intention de jamais l'épouser. Elle aspirait à la même liberté que toutes les Occidentales de Berlin. Et Hadja s'est fait fort de lui montrer comment atteindre cette liberté. Bientôt, les contacts avec Massoud se sont espacés et Sulima s'est mise à profiter des possibilités illimitées que lui offrait la vie à Berlin. Elle ne s'est plus occupée de Massoud. Elle l'a même repoussé officiellement, dès que Hadja a démontré de façon incontestable que Massoud couchait avec des étudiantes allemandes. Hadja a réussi à faire confirmer la chose par une autre amie. Agissant en tout avec la plus grande discrétion, elle a eu tôt fait de gagner l'entière confiance de Sulima. A force d'incitation, elle a fini par la persuader de prendre à son tour pour amant un étudiant allemand. Ça a marché. Hadja s'est presque sentie fière de cette performance bien que Sulima soit restée muette sur toute l'affaire et se soit refusée à en parler avec la franchise et la liberté qui sont de mise entre Occidentales.

L'idylle de Sulima avec son étudiant allemand s'est prolongée. Des semaines, des mois. De temps à autre, on la voyait se promener avec lui ouvertement, un bras posé sur son épaule. Pour une raison quelconque, Massoud ne bronchait pas. C'est seulement quand Sulima a décidé de changer de coiffure que ça a mal tourné. Elle avait choisi une coupe provocante : cheveux courts et mèches hérissées – la coiffure à la mode à Berlin à ce moment-là.

Massoud a explosé. Il a arrêté Sulima un matin de bonne heure à l'entrée de l'université. On aurait dit qu'il avait passé la nuit là à l'attendre. Hadja se trouvait justement avec elle.

Tu ne peux pas faire ça, lui a-t-il crié. Tu n'as pas le droit de te couper les cheveux sans ma permission. Je suis ton futur époux. Je ne le tolérerai pas.

Il a lancé à Hadja un regard furieux, comme si c'était elle la responsable. Hadja a soutenu ce regard avec la même hostilité, prête à endosser la responsabilité. Elle n'en croyait pas ses oreilles. Il a semblé un instant que les comptes allaient se régler uniquement entre Hadja et Massoud. Mais Massoud s'est retourné vers Sulima en hurlant.

Rentre chez toi, a-t-il dit. Tu n'en ressortiras que quand tes cheveux auront repoussé.

Massoud tremblait. Il tripotait ses manches comme s'il allait frapper Sulima sur-le-champ, là, à l'entrée de l'université. Ce que Hadja espérait à moitié.

Sulima a d'abord reculé, effrayée. L'issue était plus que douteuse. Mais l'influence habile de Hadja a fini par l'emporter. Sulima a redressé la tête.

Chacun est libre de faire ce qu'il veut, a-t-elle dit.

Hadja a savouré ces paroles. Elle-même n'aurait pas mieux dit. Mais dans la bouche de Sulima, elles manquaient de conviction, comme chaque fois qu'on reprend les propos d'autrui.

Massoud a pris un air fin. C'était sa façon de réagir. Il a regardé Sulima droit dans les yeux avec un large sourire qui s'adressait autant à Hadja qu'à Sulima.

Hadja a eu le sentiment de remporter une victoire. Elle pouvait enfin être sûre que Sulima saurait se défendre. Sulima était passée à l'Occident. Mais sait-on jamais vraiment à qui va la victoire ? C'est un peu comme de jouer à PIERRE/CISEAUX/PAPIER.

En Allemagne, si on regarde quelqu'un dans les yeux, c'est qu'on espère y trouver quelque chose.

Hadja a une grande maîtrise de la communication par le regard. Parfois, pendant des jours et des jours, Wolf et elle ne communiquent que par le regard. Désormais c'est elle qui est officiellement chargée de la carrière de Wolfgang Ebers, elle lui sert d'impresario et d'agent. Elle a de quoi faire. Elle est experte à conclure une affaire, elle sait à quel moment user du regard pour établir le contact, à quel moment brouiller les négociations en se mettant soudain à regarder l'oreille ou le menton de son interlocuteur. Si Hadja vous regarde au menton ou à l'épaule au lieu de vous regarder dans les yeux, c'est pour savoir de quel bois vous êtes fait.

C'est toujours facile de regarder Wolf dans les yeux quand il joue de la musique. C'est un luxe. Car on n'y voit que du bleu à l'infini.

Helen a l'habitude de regarder les gens droit dans les yeux. A la boulangerie. A la laverie. Partout. Ce n'est pas quelque chose dont elle joue consciemment.

Helen et Hadja sont assises à une table au *Bar-o-Bar*. C'est le soir. Wolf doit passer sur scène plus tard. On les prend pour deux Allemandes.

Accoudé au bar un peu plus loin, regardant fixement dans la rue, il y a un grand type en pantalon de cuir noir. Sans quitter la rue des yeux, il arrive à trouver sa bière et à la porter à ses lèvres. Il a des gestes automatiques. Il observe les deux femmes. Si Hadja se sait observée, c'est que le type en pantalon de cuir a l'air de faire exprès de ne pas les voir. Et justement, chaque fois qu'il jette un coup d'œil rapide vers elle, Hadja regarde les musiciens. Les yeux de Helen sont plus faciles à capter. Elle regarde le type en pantalon de cuir comme s'il lui rappelait quelque chose. Il a le visage blême. Les cheveux longs, bruns. Comment pourrait-il savoir qu'elle est irlandaise ?

Un peu plus tard, il s'arrache au bar d'un air presque las et il vient jusqu'à leur table. Il prend le paquet de Lord et il commence à sortir une cigarette en disant : Permettez ?

La belle arme que voici, déclare-t-il en replaçant le briquet sur le paquet de cigarettes.

Il pose sur Helen un long regard appuyé, et il lui souffle sa première bouffée de fumée au visage, par-dessus la table. Il ne sait pas qu'elle est enceinte. Comment le saurait-il ?

Nous arrivons au *Bar-o-Bar*, Wolf et moi. On me présente Helen assez rapidement car je dois aller installer le matériel pour Wolf.

Le type en pantalon noir a changé de position. Quand on change de position, c'est pour voir autre chose. Il s'est tourné face au bar. Il a dû nous voir parler à Helen et à Hadja. Il avale sa bière en vitesse et il règle ses consommations. Avant de partir, il s'arrête à leur table encore une fois, en se penchant pour être juste en face de Helen. Elle sent l'odeur douceâtre de sa bière. Il lui parle en allemand.

Alors… *Meine Damen*, ça va ?

Il regarde Helen.

On n'a pas envie de venir prendre un verre avec moi au *Bleibtreu* ? demande-t-il.

C'est Hadja qui répond.

Interessiert uns nicht, dit-elle. Ça ne nous intéresse pas. On reste ici.

C'est là que j'ai fait la connaissance de Helen. Plus tard, une fois Wolf sorti de scène, on a bavardé un moment autour de cette table.

Helen et moi, nous avons tout de suite eu des choses à comparer. On a parlé de Dublin. De Berlin. De musique. Quand je cherche vraiment à connaître quelqu'un, je lui demande quelle musique il écoute.

Brusquement, Helen a proposé qu'on se retrouve tous le lendemain matin pour le petit déjeuner. Au *Café Trödel*. Vous connaissez ?

Comment pouvais-je savoir qu'elle était enceinte ?

III

PETIT DÉJEUNER EN VILLE

Je me suis levé de bonne heure. Il pleuvait. Quand il pleut, je crois toujours entendre un moteur silencieux au-dehors. Un moteur qui tourne à vide, sans ronfler. J'ai cette impression à cause du bruit incessant que fait la pluie, comme une bétonnière qui tourne quelque part au loin, à peine audible. Ça sonnait le creux humide dans la *Innenhof*, que je continue à appeler ainsi tout simplement parce que je n'en suis pas encore à traduire ce mot par « cour intérieure ». Au fond de la cour, les ouvriers avaient l'air d'oiseaux rares réfugiés dans les échafaudages qui, depuis des semaines, s'accrochent au mur d'en face. Il manquait le bruit de leur travail. Si on m'avait demandé à cet instant quel temps il faisait dehors, j'aurais répondu sur-le-champ : Ça tourne à vide.

J'ai changé quelques petites choses de place dans l'appartement, j'ai enfilé ma veste, j'ai refermé la porte derrière moi et j'ai pris l'escalier. En descendant le dernier étage, presque en bas, j'ai vu la Turque, avec son foulard sur la tête et sa blouse rose, qui époussetait la rampe. Elle s'est écartée et elle a souri. Elle a retourné son chiffon de l'autre côté pour repartir à neuf et elle a dit : *Guten Morgen*. Apparemment toute contente de pouvoir s'exercer à l'allemand, elle sautait sur l'occasion. Elle avait de l'or plein la bouche. De la curiosité plein les yeux. La porte du *Hausmeister* était restée ouverte. Si je dis *Hausmeister*, c'est tout simplement que je n'ai pas encore réussi à traduire son titre par « gardien », ni découvert en quoi consiste exactement la fonction de Hausmeister dans la société allemande. A l'intérieur de la loge du Hausmeister il y a eu un bruit de plateau d'aluminium qui dégringole, tout simplement parce que la Turque n'avait pas encore dit : *Gesundheit*, et que je n'avais pas encore identifié ce bruit intempestif comme étant un éternuement fracassant du Hausmeister.

Pour sortir dans la rue depuis mon appartement de Sonnenallee, il faut traverser la Innenhof, ce qui donne un avant-goût du temps qu'il fait, puis on passe sous le porche où sont rangées les poubelles, et on sort par les grandes portes. Ce sont ces portes-là qui restent fermées à clef la nuit. En passant, j'ai vu le jeune Herbert accroupi sous le porche, en train d'attacher ses lacets. Il portait un ciré jaune, court, qu'il avait enfilé par-dessus son cartable, ce qui lui donnait un peu une allure de bossu. Ainsi accroupi, il montrait un morceau de dos nu et de caleçon bleu clair. On voyait dépasser la marque du caleçon : Hertie. Herbert a douze ans. Il vit au premier avec sa mère ; sans son père. Je le vois souvent lambiner en rentrant de l'école : il lèche les vitrines, il se cache dans les entrées d'immeubles, et parfois il file les vieilles dames. Je sais à quoi il passe son temps, car moi aussi, au retour de l'école, je me fixais ce genre de mission impossible ; j'essayais, par exemple, de rejoindre ma base sans me faire repérer par un seul voisin. Parfois j'entends Herbert foncer et hurler comme une ambulance dans l'escalier, ou en traversant la cour, jusqu'à ce que le Hausmeister, ou quelqu'un d'autre, le chope par l'épaule pour le rappeler à l'ordre quant au silence à observer pour le bien de tous dans les immeubles collectifs. Je me sens visé personnellement par ces rappels à l'ordre. A un moment, je me suis lié d'amitié avec ce jeune Herbert – amitié à distance, certes. Comment devenir vraiment intime avec un garçon de douze ans qui louche un peu et vous regarde fixement derrière ses lunettes à hauteur du nombril. Un garçon qui n'a pas de père et dont la mère a manifestement été choquée d'apprendre que j'avais offert un Toblerone à son fils. Elle a interdit toutes relations ultérieures. Avait-elle découvert que j'étais non allemand? Ausländer? S'était-elle figuré qu'un étranger comme moi allait servir de père à cet enfant qui n'en avait pas? Ou bien se figure-t-elle que je suis une espèce de pervers qui se cache derrière un sourire affable?

Salut, Herbert, lui ai-je lancé en dépit des recommandations maternelles. J'avais l'impression de m'adresser à moi-même enfant; à l'époque où j'avais moi aussi des caleçons Hertie et des lunettes tout embuées. Herbert ne m'a pas répondu.

Dans la rue, les voitures faisaient un bruit de ruban adhésif qu'on arracherait à la chaussée. Tout simplement parce que j'avais une casquette sur les oreilles, et aussi parce que, par moments, je trouve les voitures un peu agressives. Agressives parce que, ne possédant pas de voiture, je ne savais pas encore que j'avais peut-être un désir de voiture. Pour la bonne raison que je ne connais pas encore tous mes désirs. Car pour connaître ses désirs il faut commencer par éliminer ce dont on a le moins envie. Je reste avant tout un être aux besoins et aux désirs ambigus, à qui l'erreur enseigne davantage que la réussite.

En marchant sous la pluie dans Sonnenallee, je me suis aperçu que Helen, l'Irlandaise, ne m'avait pas dit son nom de famille. L'idée m'a traversé que je l'avais peut-être déjà oublié. Dans ma tête, elle n'était encore que l'Irlandaise du *Bar-o-Bar*, après qui couraient les grands types en pantalon de cuir. Je suis comme la plupart des gens. J'aime ce qui plaît aux autres. Dans les bars le soir, on est pris des désirs des autres. Au petit déjeuner, c'est peut-être plus facile de ne pas montrer ce qu'on désire.

J'ai admiré la façon dont Helen a lancé cette idée de petit déjeuner. Qu'est-ce que vous diriez de nous retrouver demain pour le petit déjeuner? a-t-elle dit. Au *Café Trödel*? L'invitation s'adressait à tous ceux qui étaient à la table du *Bar-o-Bar*, Wolf et Hadja inclus. Mais personne d'autre que moi ne répondant, ça avait l'air d'un piège qu'on me tendait. Helen paraissait trop honnête pour ça. Elle a les yeux vifs. Des yeux qui posent des questions. Elle avait aussi une raison tout à fait plausible de proposer un petit déjeuner chez Trödel : un échange de biographies.

En descendant les marches de l'U-Bahn, j'ai senti, au lieu de la pluie, l'air chaud et sec du métro. J'ai ôté ma casquette. L'U-Bahn de Berlin a son climat propre, un climat sec qui trompe sur le temps qu'il fait à la surface. L'odeur me rappelle celle d'une sacoche en cuir neuf. Tout simplement parce que je ne connais pas vraiment l'odeur d'une sacoche en cuir. L'U-Bahn a une odeur qu'on n'arrive pas vraiment à identifier. Une odeur qui ne ressemble à rien. A rien du tout. Comme l'eau, qui n'a goût de rien, mais qui pourtant étanche la soif. Quand on prend l'U-Bahn, on a l'impression d'aller quelque part, mais c'est faux.

En Allemagne, il faut que tout soit clair.

On n'admet pas la moindre ambiguïté. Tout a son statut. En vertu de quoi on qualifie de neutre l'odeur de l'U-Bahn. On dira de la *Wurst* qu'elle est ordinaire, délicieuse, ou parfois insipide. On pourra dire de vêtements qu'ils sont *geschmackhaft* : élégants. D'un bon film qu'il est *stark* : fort. On peut dire des œufs qu'ils ont un taux élevé de cholestérol. De cigarettes qu'elles ont un faible taux de nicotine. On peut déclarer malsain un trop grand nombre de questions. Les usagers de l'U-Bahn se déclarent honnêtes en montrant leur ticket. En parlant clair, on élimine le stress. On dira qu'il pleut ; qu'il fait un temps de cochon ; qu'il ne fait pas beau. Si la pluie cesse, on dira que la pluie est passée, *vorbei*, comme on dit de l'histoire qu'elle est passée, *vorbei*, oubliée. Comme on dit des parapluies quand on n'en a plus besoin.

Les gens se déclarent affamés. Fatigués. Esseulés. Incompris. Amoureux. Désirables. Vieux. Nouveaux venus. Propres. Les hommes sont déclarés amants, amis, maris ou pères. Personne n'échappe à la nomenclature; tout doit avoir un titre. Parce que la nomenclature réduit les risques de méprise. Parce que ici, dire clairement ce qu'on veut et ce qu'on est est un mode de vie. Et que le pire des maux c'est de ne pas avoir de nom à mettre sur une chose.

Quand j'ai franchi la porte en glace du *Café Trödel*, j'ai vu tout de suite que personne n'était arrivé avant moi. J'ai pu me déclarer le PREMIER.

On ne peut plus dire de Berlin qu'elle est la capitale de l'Allemagne. Même si certains tiennent encore à l'appeler ainsi. Berlin est une ville en Allemagne de l'Est. La partie dont on parle toujours s'appelle Berlin-Ouest. Berlin-Ouest est une île. Ce qui tend à montrer combien les choses dégénèrent; combien un titre est provisoire.

On pourrait dire de la réunification de l'Allemagne que c'est une vieille rengaine.

On pourrait dire de Dieter qu'il est berlinois, car les gens se disent berlinois des deux côtés du Mur. Mais en fait, n'importe qui peut se dire berlinois. On pourrait dire de Dieter, l'homme que Helen cherche dans tout Berlin, que c'est un très bon nageur. Parce qu'il est grand et bien bâti et glisse dans l'eau, comme un phoque. Et aussi parce qu'il a remporté des trophées de natation autrefois à l'école. En Irlande, il a essayé d'apprendre à nager à Helen, mais il faut bien dire que Helen est une mauvaise élève. Dans l'eau, elle n'est pas dans son élément. Et, en Irlande, la mer est trop froide pour apprendre à nager. Helen a préféré regarder nager Dieter parce que, lui, on peut dire qu'il est dans son élément.

Quand il arrive quelque chose, toute la nomenclature est

soudain bousculée, puis réorganisée. Toutes les dénominations et définitions antérieures sont effacées et remplacées par d'autres. Il faut que Dieter soit porté disparu. Et Berlin déclarée ville profonde.

Il faut bien dire que Helen, à Berlin, n'est pas dans son élément.

Toute chose dépend du nom qu'on lui donne. Un nom est comme une cage.

Nous parlons de tout ça, Wolf et moi, tard dans la nuit, en buvant et en regardant la pièce rougeoyer toutes les trente secondes quand s'allume l'enseigne palpitante du *Tischtelefon*. Les yeux de Wolf s'enflamment comme des braises. Dans son exaltation, il balance la jambe. Pour lui, penser, ça doit être comme chanter.

Un mauvais titre, ça peut être la mort, dit-il.

Je voudrais que vous entendiez Wolf et Hadja se traiter de tous les noms ! En public, elle le présente comme un chanteur / compositeur. Lui la présente comme son impresario.

Les titres, c'est fait pour subjuguer, dit Wolf.

Qu'est-ce que tu veux dire ?

Si tu ne peux pas mettre un nom sur une chose, tu es foutu, dit-il.

Continue.

Tant qu'on ne les a pas décrites, les choses sont dangereuses. Si on n'a pas de nom à mettre sur une chose, on ne comprend rien, on est dans l'ignorance. C'est comme ça qu'est né l'esprit humain, si on remonte à l'origine des temps.

Wolf a sur moi un avantage. Il est allé à l'Université libre de Berlin.

A l'origine des temps, dit-il, toutes ces créatures primitives étaient là à tourner en rond et tout les effrayait – les pierres, les arbres, le vent, le tonnerre, le lointain. Tout était un ennemi en puissance. Dans ces conditions-là, si tu passes un jour à côté d'un rocher en dents de scie et que plus tard dans la journée ta femme se fait piquer par un serpent, va savoir si ça n'est pas ce rocher en dents de scie à qui tu dois ça. On vivait dans une terreur et une ignorance folles. Et puis on s'est mis à conquérir la nature, à expliquer les choses, à appeler une pierre une pierre et un arbre un arbre. Ça a été la première approche scientifique. Et tout ce qu'on n'a pas réussi à expliquer ou à nommer, on l'a tout simplement appelé Dieu.

On pourrait dire du père de Hadja qu'il est promoteur immobilier. Il est propriétaire de plusieurs maisons dans un quartier de Berlin appelé Kreuzberg. La plupart de ces immeubles sont dans des rues destinées à être rénovées. Kreuzberg est un quartier de Berlin auquel on donne souvent le nom affectueux de *Klein Ankara* : la Petite Ankara, délabrée, presque entièrement détruite pendant la guerre, et maintenant habitée en grande partie par des immigrés turcs. Une des maisons appartenant au père de Hadja, celle de Grossbeerenstrasse, où Hadja encaisse les loyers, est occupée exclusivement par des Turcs, dont certains ne sont même pas en règle à Berlin. On pourrait les déclarer en situation irrégulière.

Nombreux sont les Berlinois qui se disent des fans de la Turquie. *Ich bin ein Fan*, déclarent-ils. Beaucoup d'entre eux donneraient n'importe quoi pour aller en Turquie, à Ankara ou ailleurs, mais jamais ils ne voudraient mettre les pieds à Klein Ankara.

On peut dire des pâtisseries allemandes qu'elles sont les meilleures. Et du touriste allemand à l'étranger qu'il est un véritable explorateur car il revient chez lui avec des renseignements de première main et des éléments de comparaison précis. Il n'y a rien de mieux au monde que l'*Apfelstrudel*, ou les beignets berlinois.

La supériorité est une chose universellement respectée. Sur un chantier de construction, en Allemagne de l'Ouest, la supériorité appartient à l'ouvrier qui peut se dire le plus empressé à mener la tâche à bien tout en disant de ses collègues qu'ils sont moins intelligents, qu'ils sont lents et maladroits. Ça n'est pas comme ça qu'on s'y prend, commencera-t-il par dire maintes et maintes fois à ses collègues autour de lui avant de leur montrer comment il faut faire. Tout est dans la manière de présenter les choses.

A quoi sert l'intelligence ? Wolf s'assied au fond du canapé en levant sa canette de Schultheis, prêt à boire. L'espace d'un instant, il s'attend effectivement à ce que je réponde, je crois.

Il revient en avant, boit une gorgée, et je reste là à attendre, en écoutant les bulles rebondir à l'intérieur de la canette.

Elle sert à identifier une chose en la nommant, dit-il. Comme quand on plante un drapeau sur le Cervin. On met dans le mille. Ou quand on appelle un terroriste un terroriste : c'est pas ça qui le fait disparaître, mais ça permet à tout le monde de dormir plus tranquille. On apprivoise la chose en la nommant, si tu veux. Le ciel a cessé d'être un danger quand on lui a donné le nom de Cieux. Les lions ont cessé d'être dangereux quand on les a appelés des bêtes sauvages. Quant à tout le reste, tout ce qu'on n'arrivait pas à saisir, comme l'infini, l'espace, la mort, on a fourré tout ça avec Dieu. Il a fallu trouver un nom pour l'inconnu. Car on a toujours trouvé plus rassurant de savoir qu'il existe quelque chose de supérieur à soi, quelque chose de plus grand, et d'ailleurs nous continuons à préférer penser qu'il y a des choses qui nous dépassent.

En Allemagne, si on veut faire disparaître quelqu'un, il suffit de le traiter de *Arschloch* ou de *Schleimscheisser* – on ne peut guère trouver pire injure. Wolf a beau traiter Hadja de tout ce qu'il veut, elle ne disparaît jamais complètement.

On pourrait dire que Berlin-Ouest rend claustrophobe. La claustrophobie est un état affectant les gens qui se sentent menacés par des limitations de l'espace. Mais ça n'a rien à voir avec le mur de Berlin ou le fait que Berlin est une île. A Berlin, ce qui rend claustrophobe c'est de voir ce que possèdent les autres. De voir ce qu'ils sont, ce qu'on aurait pu être soi-même. Car tout dépend à quoi on mesure la claustrophobie. En Allemagne, ça n'est pas une question de mètres cubes ou de manque d'espace, mais seulement de proximité des autres. D'espace vital et de propriété privée.

Wolf parle de l'amour. Il dit que c'est un symptôme de claustrophobie, rien d'autre.

Il tient une autre canette de bière entre ses genoux, donnant l'illusion d'avoir deux mains de rechange. Puis il fait sauter la capsule.

L'amour, dit-il, est encore une de ces dénominations inutiles, non spécifiques et rassurantes dont on ne cesse de se servir quand on ne comprend pas ce qui se passe autour de soi. On se sent bizarre, alors on appelle ça de l'amour. Et Wolf est bien placé pour le savoir car, dans ce qu'il compose, il s'intéresse beaucoup à la question tout en se défendant de jamais utiliser le mot dans les paroles de ses chansons. Ce qu'on appelle l'amour, dit-il, est un mélange d'angoisse, de nostalgie, de manque de choix, de symptômes de la grippe, de carences alimentaires et de pulsions sexuelles contenues. Wolf prétend pouvoir décomposer n'importe quel mot en un nombre illimité d'éléments.

On peut dire désormais du Kurfürstendamm que c'est l'artère principale de Berlin-Ouest. Et aussi parfois un vrai défilé de mode. C'est là qu'on voit des femmes dans des toilettes hors de prix, qu'elles ne portent qu'une fois dans leur vie, et qu'elles relèguent dans leur penderie pour les remplacer par des toilettes nouvelles, également hors de prix. C'est là qu'on voit des hommes avec des sacoches de cuir. Et des femmes bras dessus, bras dessous avec des hommes fumant le cigare. Tout cela étalé aux yeux de travailleurs immigrés qui viennent dans l'artère principale les jours de repos pour voir ce que la ville a à offrir.

Les seins d'une femme sont propriété privée. Mais sur le Kurfürstendamm, la propriété privée rend claustrophobe. Quand le soleil de l'après-midi éclaire, à travers une robe légère, les seins, les jambes ou la croupe tremblotante d'une femme qui se promène au bras d'un partenaire tirant sur un cigare, on a envie de partager. C'est un appel au socialisme. Au marxisme. Sur le Kurfürstendamm, en cinq minutes, on voit déambuler plus de propriété privée que ne pourrait en acquérir un *Gastarbeiter* en une vie entière.

En revanche, Berlin offre un grand nombre d'endroits qui guérissent de la claustrophobie, ou du moins la soulagent pour un temps. A cet effet, on trouve un grand nombre de cinémas porno et de sex-shops, car le sexe est reconnu récréatif, thérapeutique, et même cardio-vasculaire. Il a aussi pour effet de réduire ou d'accroître pour un temps l'espace et la distance entre deux personnes.

C'est dans ce genre d'affaire qu'est spécialisé le *Tischtelefon*, l'établissement qui se trouve en face de chez Wolf et Hadja. A l'intérieur, il y a un bar et un grand salon avec des tables numérotées. Sur chaque table il y a un téléphone à l'ancienne qui permet au client d'entrer en contact avec la table de son choix. Par téléphone, on peut parler argent et s'entendre sur les moyens de réduire la claustrophobie. L'argent est un maquereau, a dit Marx.

C'est par claustrophobie que Wolf est parti pour l'Irlande. Il voulait voir l'Atlantique. Comment le manquer ? D'une voiture, du siège du passager, il a vu l'océan s'étendre devant lui. *Mensch*, regardez-moi ça, s'est-il dit en lui-même. Ça ne suffisait pas. Il faut souffrir de claustrophobie soi-même pour comprendre ce qu'il a ressenti à ce moment-là. On cherche de nouveaux mots, d'autres appellations possibles. L'Atlantique est une peau d'éléphant grise, a-t-il dit. Pour lui, c'étaient les mots qui convenaient. La voiture a plongé dans un creux et la mer a disparu un instant, pour ressurgir devant lui au sommet de la côte suivante. Le conducteur de la voiture lui a à peine parlé, il l'a laissé à Milltown Malbay, où Wolf est allé prendre un verre tout seul. Quelques semaines plus tard, il a rencontré Hadja. Depuis, la vaste image de la mer lui brûlait la rétine, et puis il est rentré à Berlin et il a écrit une chanson. La chanson a pour titre *Atlanticsucht* : « Le Mal de l'Atlantique ».

En Allemand, ça se fait de coller des mots ensemble, tout simplement, pour fabriquer un nom nouveau. Par exemple, *Schadenfreude*. Et *Wahrheitsliebe* : le goût de vérité. *Unschuldswunsch* : le désir d'innocence, ou nostalgie de l'avant-holocauste. Il y a un mot nouveau à Berlin maintenant. *Überfremdung* : l'excès d'étrangers. Hadja elle-même s'invente des noms à l'usage de Wolf. *Spasspferdchen*, par exemple : son petit cheval de plaisir.

Le matin, chez Wolf et Hadja, l'arôme du café tout chaud emplit l'appartement, et on oublie les titres de la veille. En général, Wolf n'a pas besoin de titres parce qu'il se remet tout simplement à jouer de la musique. Et la musique est comme un nom sans fin désignant tout au monde, et une chanson est comme un titre lent qui tourne en rond, comme une boucle sans fin.

Sous la pluie, on réfléchit vite. C'est le moment de passer rapidement en revue un nombre de choix limité. Helen sait comment atteindre le *Café Trödel* ; ça n'est pas bien loin, mais il se trouve qu'il pleut très violemment, alors elle décide de foncer sous un store au coin de la rue. Elle n'a rien pour se protéger. Du coup, ça donne aux autres un air d'agressivité à l'égard de la pluie.

On pourrait dire de Helen qu'elle est réfléchie. On pourrait dire que sa façon d'avancer et sa situation actuelle relèvent de l'improvisation. Manquent de prévoyance. De ses cheveux, on dirait qu'ils sont abîmés par la pluie.

Elle a quitté son abri en partant du principe puéril que plus on marche vite et plus on passe entre les gouttes. Elle a longé une boutique de cadeaux et une boutique chic, tout embuées dans la moiteur de leur confort intérieur, et elle est enfin arrivée au *Café Trödel*, où elle a reçu en plein visage une bonne odeur de fournil, comme un oreiller tiède. Elle a longé le comptoir vitré avec ses rangées de gâteaux et, l'espace d'un instant, elle a eu envie de se jeter dessus. C'est alors qu'elle m'a vu au milieu de la salle. Je devais avoir un sourire amusé.

Vous êtes trempée, lui ai-je dit. Mais le qualificatif était faible, s'agissant de sa personne à ce moment précis. Elle avait l'air de sortir de la douche. Et puis, quand on se retrouve pour le petit déjeuner, on dirait qu'on vient de sortir du lit.

Je sais, bon sang, a-t-elle dit. On ne voyait pas bien ce qu'elle entendait par là.

Vous êtes ici depuis longtemps ? m'a-t-elle demandé.

Non, dix minutes, pas plus.

A Berlin, je veux dire ?

Ah ! me suis-je esclaffé. Je croyais que vous vouliez dire… Ça fait plus d'un an maintenant. C'est pas mal. Ça me plaît bien.

Pouvait-on dire de moi que j'étais sur la défensive ? Comme si on me pressait de rendre des comptes ?

J'ai fait la connaissance de Wolf en Irlande, dis-je. Il m'a donné son adresse à Berlin, et voilà.

Pourrait-on me définir comme quelqu'un qui ne peut pas s'empêcher de mentir ?

Et vous ? lui ai-je demandé. Vous connaissiez déjà Wolf et Hadja avant de venir ?

Non, j'ai rencontré Hadja par hasard.

On pourrait dire des yeux de Helen tout ce qui suit : qu'ils sont vifs, interrogateurs, qu'ils inspirent confiance. Qu'ils sont ouverts. Tristes. Ce sont des yeux qui ont l'air d'avoir une histoire à raconter. Mais aussi qui se dérobent à toute enquête. Les questions de Helen en disent bien plus long que ses réponses.

Dites-moi, m'a-t-elle demandé. Hadja, comment est-elle ? Elle a été très bonne pour moi, mais je ne sais pas quoi penser.

Je n'ai pas levé les yeux tout de suite, et puis j'ai regardé Helen en face, puis la serveuse, qui a toujours l'air de venir vers la table qu'on occupe, et puis Helen à nouveau. Peut-on dire que j'ai eu une attitude équivoque ?

Hadja est quelqu'un de formidable, ai-je dit. Mais il y a intérêt à être d'accord avec elle. Je l'ai vue remettre des gens en place. Je l'ai vue crier plus fort qu'un agent dans la rue. Et je l'ai vue se disputer avec Wolf. Elle est dangereuse.

Ça oui, je sais, a dit Helen.

Ça n'arrête pas entre eux.

Ça n'est pas facile de vivre avec eux, a-t-elle dit. Ils crient tout le temps.

Helen et moi, on hochait la tête, on était bien d'accord. Je l'écoutais et je disais des choses du genre : « Absolument », ou « Oui j'imagine ». Elle savait que j'étais un ami de Wolf et de Hadja, mais elle trouvait que j'avais plus de choses en commun avec elle qu'avec eux. Et des gens qui hochent la tête ensemble au petit déjeuner parce qu'ils sont d'accord pourraient se définir comme des intimes. Helen a dit que ça ne lui plaisait pas d'être chez Wolf et Hadja.

Qu'est-ce qui vous a amenée à Berlin ? lui ai-je demandé brusquement. Voilà Helen forcée à faire une déclaration d'intention.

C'est une longue histoire, a-t-elle dit.

Eh bien, on n'est pas pressé, ai-je répondu avec un sourire en baissant les yeux.

On peut dire que se restaurer est une distraction.

La serveuse est arrivée avec un plateau en inox chargé d'assiettes, de tasses, de couverts, de café, d'œufs brouillés à la tomate, de petits pains et de confiture de fraises, et elle a disposé tout ça sur la table en quelques secondes. Elle a fait tout ça en silence, comme si elle en voulait aux gens de leur intimité au petit déjeuner. *Guten Appetit*, a-t-elle dit, et elle a disparu.

J'ai brisé un des petits pains blancs comme si je m'appliquais à rompre l'échine d'un petit animal. Helen attendait que je commence, et après elle faisait comme moi. Je mange sans bien mâcher. On pourrait me traiter de vorace. Helen, elle, mâchait d'un air pensif, comme si ça l'aidait à se souvenir. Elle mange lentement. On peut déclarer le petit déjeuner chose intime. Et quand on mange ensemble le matin on a l'air d'avoir dormi ensemble.

En fait, je cherche quelqu'un dans Berlin, a dit Helen.

Qui ?

Pour les œufs brouillés, pas besoin de mâcher.

Eh bien, un type de Berlin que j'ai connu à Dublin. On a été longtemps ensemble. Il faut que je l'informe de quelque chose. C'est tout.

Helen avait l'air de lire ce qu'elle disait dans son assiette.

Vous savez où il est ? ai-je demandé.

J'ai déjà cherché partout, a-t-elle dit. Berlin, c'est grand.

Je vous aiderai à chercher si vous voulez, ai-je proposé spontanément.

Elle n'a pas répondu. Elle a seulement continué à mâcher lentement.

De quel genre de chose est-ce que vous devez l'informer ?

D'une chose que les hommes n'ont pas toujours envie d'apprendre, apparemment.

Je prends le risque, ai-je dit avec un nouveau sourire.

Pourrait-on me déclarer naïf ?

Voici une description de l'homme porté disparu, Dieter. Grand. Berlinois. Sympathique. Bon nageur. Cheveux châtain clair. Vêtu d'une veste verte et de chaussures montantes à lacets. Vu à Dublin pour la dernière fois en mars. Vu à Berlin pour la dernière fois d'un autobus en marche. Insensé dans ses rapports avec les gens. Ignore le fait qu'il pourrait être père.

Voici comment Helen s'est trouvée enceinte. Quand elle habitait à Dublin avec Dieter, un soir en rentrant de son travail, elle est descendue de l'autobus 46 A et elle est allée jusqu'à l'épicerie Kearney. Là, elle a acheté un pain, des sardines, et le journal du soir. Elle est rentrée à l'appartement et elle a vu que Dieter n'était pas encore revenu. Elle a supposé qu'il était parti faire un tour à pied. Ou à vélo. Elle a posé le pain qu'elle venait d'acheter sur une planche, elle l'a entamé parce qu'elle avait faim et qu'elle s'impatientait, elle s'est beurré une tartine et elle s'est mise à manger. Elle a ouvert le journal et elle s'est mise à regarder les annonces. Les offres. Les demandes. Elle a entendu Dieter ranger son vélo dans le couloir en bas, et commencer à monter l'escalier. Elle a rempli la bouilloire. Elle savait qu'elle était enceinte mais elle n'a rien dit.

On pourrait déclarer Berlin ville immense. Où les impôts rentrent bien. Lieu d'asile pour qui veut échapper au service militaire. Ville de personnes âgées. Une adresse dans le vent. Le bord de l'Occident.

On pourrait déclarer Hadja et Wolf faits l'un pour l'autre. Dire que Hadja a les cheveux châtain clair. Un bel avenir devant elle.

On pourrait déclarer Berlin ville hospitalière. Dire qu'en Allemagne les Turcs sont des hôtes. Gastarbeiter. On dit que Berlin a deux ciels.

On pourrait dire que Helen et moi nous sommes devenus amis sur-le-champ. On peut dire qu'il est des amitiés désespérées. Comme le hasard peut faire partie d'un plan. On peut dire que le *Café Trödel* appartient au passé. Que Helen va de l'avant. Que Tauentzienstrasse est trop longue à remonter à pied. Qu'à Berlin tout est lent. Qu'on est au moment de l'année où l'été arrive à grands pas.

IV

ÉCLAIRAGE DE RUE

Les choses commençaient à se gâter chez Hadja et Wolf. Je sentais venir le vent. Je sentais que ça n'était pas un lieu pour une femme enceinte. Simple question de temps : Hadja allait tomber sur Wolf à bras raccourcis et l'appartement deviendrait inhabitable, livré à la guerre ouverte. Wolf s'était mis à fricoter avec une étudiante du nom de Lydia ; il la retrouvait l'après-midi dans des cafés, ou le soir. Et comme j'ai des rapports professionnels très étroits avec lui, je suis toujours au courant de ce qui se passe. J'étais là quand il a rencontré cette Lydia pour la première fois. Wolf me dit tout. L'ennui c'est que Hadja s'en est aperçue, alors chaque fois qu'elle veut savoir quelque chose, elle vient me trouver, et il faut que je fasse très attention à ce que je dis.

A la fin du mois, Wolf a un grand concert prévu à l'Aula Max de l'Université libre de Berlin. Il y a déjà quelque temps que les affiches sont en place. Wolfgang Ebers : *Liedermacher*. Jusqu'ici, c'est Hadja qui a fait presque tout le travail. Le téléphone n'arrête pas de sonner dans l'appartement et elle se donne à fond pour assurer la couverture dans la presse, faire mettre d'autres affiches, etc. Il faut qu'on accorde de l'attention à tout ce qu'elle fait, il faut qu'on en parle, sinon elle a toute chance de se mettre en rogne. Dans l'appartement, on sent une réelle exaltation, car c'est une occasion importante pour Wolf. L'Aula Max est un grand truc. Mais la tension a centuplé. Ce qui me fait dire que Wolf n'a vraiment pas choisi le bon moment pour avoir une aventure avec Lydia. Ce ne sont pas mes affaires, mais je vois bien ce qui va se passer.

Une chose était certaine ; l'appartement de Wolf et de Hadja n'était pas un lieu pour Helen. Je savais que Hadja avait des soupçons. Ça allait être la guerre. J'ai dit à Helen qu'elle pouvait venir s'installer à Sonnenallee dans la chambre libre en attendant de trouver un lieu à elle. Je le lui ai dit, comme ça, en passant, un certain nombre de fois. Sans la bousculer. Elle serait juste plus au calme chez moi, me semblait-il, car je ne suis presque jamais là. Elle m'a remercié, elle m'a dit qu'elle allait réfléchir, et j'en étais réduit à supposer qu'elle songeait toujours à retourner en Irlande ; qu'elle n'allait pas rester à Berlin, puisqu'elle n'avait pas retrouvé celui qu'elle cherchait. De toute façon, ma proposition restait valable et je n'ai plus parlé de rien. Mais j'ai pris la précaution de dire à Wolf de ne jamais venir chez moi avec Lydia, même dans l'après-midi. En plus, je ne voulais pas que Hadja les trouve dans mon appartement ; l'appartement qu'elle m'avait donné. J'étais déjà assez collabo comme ça.

Il faut savoir qui est son vrai patron. Je travaille avec Wolf. Je suis à la régie lumière. Je m'occupe aussi du son quelquefois, mais en fait, ma partie, c'est l'éclairage. Si je voulais me donner un vrai titre, je me dirais expert-conseil en éclairage. Depuis que Hadja est passée manager, c'est elle qui me paie et qui décide de tout ce que je fais, alors je suis bien obligé de me rendre à cette réalité qu'elle est mon employeur. Je fais aussi des petits boulots pour elle, à la demande. Par exemple, une fois par semaine elle va encaisser les loyers dans un des immeubles de son père, et elle a besoin d'un garde du corps. J'ai l'impression qu'elle se défendrait bien mieux que moi s'il devait arriver quelque chose, mais elle aime l'idée d'être sous la protection d'un homme. Et je ne peux pas vraiment me permettre de refuser du travail, surtout que Wolf n'a pas encore besoin de moi à plein temps pour la régie lumière. Alors, pour l'instant, je fais un petit peu tout. La régie lumière. La régie son. Les tournées. Et je sers aussi de garde du corps et d'encaisseur de loyers.

En fait, j'ai travaillé à plein temps à la régie lumière dans un des opéras de Berlin. Mais ça n'a duré que trois mois. J'étais chargé d'un seul projecteur, et chaque soir, à un moment donné, j'étais censé braquer ce projecteur sur une seule personne, le Don Juan au torse puissant, au moment où il s'apprêtait à descendre aux Enfers. La place était bonne. Mais c'est encore mieux de travailler pour Wolf.

Avant ça, j'ai été employé dans une entreprise d'éclairage de scène et d'extérieurs où on avait un dada : l'éclairage des défilés et des photos de mode. On était censé ne regarder les mannequins qu'en fonction de la façon de leur éclairer les jambes pour obtenir un effet maximum tout en ménageant assez d'ombres pour préserver le mythe. J'étais affecté au service d'un photographe qui ne travaillait qu'avec des femmes. Un peu plus Bermudes là à gauche, me disait-il. Ou encore : Vas-y d'en haut, à la Michel-Ange. Ses directives d'éclairage étaient des atmosphères. Il jaugeait la toilette, il jaugeait le mannequin, et puis il me gueulait ses instructions, que j'étais censé comprendre par intuition. Une pluie londonienne et des oranges d'Ouganda. Ou encore, s'il voulait éclairer le mannequin par le bas, il me demandait de la faire se refléter dans un fleuve. Tu me la fais flotter sur le Nil, me disait-il.

Avec un autre photographe j'ai eu le plaisir un jour d'être chargé de l'éclairage pour le portrait d'un grand industriel qui avait eu l'oreille gauche abîmée pendant la guerre. Il nous a demandé de ne pas montrer son mauvais profil. Alors j'ai tout simplement liquidé cette oreille en la plongeant dans le noir.

Wolf est en train de faire de moi un menteur. Je cautionne par mon silence tous les mensonges qu'il raconte à Hadja.

Comment déjouerait-il les soupçons ? La vérité de son aventure avec Lydia doit se lire sur son visage. Ou sur le mien.

Lydia a les pommettes saillantes. Ce qui lui sied le mieux, c'est un éclairage par le haut. Pour mettre en valeur ses cheveux blonds et ses yeux noisette il faudrait sans doute une lumière bleue à gauche. Avec un éclairage approprié, je pourrais lui donner un air plus songeur, plus mûr, plus meurtri peut-être. Je pourrais donner plus de consistance à son regard ; la vieillir et lui ôter un peu son air d'étudiante. Avec un puissant éclairage par l'arrière, je pourrais lui donner une grand-mère polonaise, ou en tout cas des origines russes.

Wolf dit que, déshabillée, elle n'est plus la même.

La nudité est signe d'intimité. D'hostilité aussi parfois, ce qui revient au même. Quand, d'un autocar, les supporters d'une équipe de football montrent leur postérieur aux passants, il faut sans doute voir dans leur geste à la fois de l'affection et du défi. Quand Hadja se promène nue dans l'appartement, cela devient à la foi témoignage d'amitié et provocation. La marque de son avantage territorial.

Ça a été le cas précisément le matin où Helen a décidé de partir de chez Wolf et Hadja. Le téléphone a sonné dans l'entrée et Hadja est allée répondre sans rien mettre sur elle. C'est l'été, certes, mais ça n'est pas une raison. Hadja a parlé un bon moment au téléphone comme si elle était tout habillée, et la personne qui était au bout du fil ne pouvait absolument pas deviner qu'elle était nue, appuyée au mur, et que de temps en temps elle se passait le plat de la main sur le ventre et se frottait le tibia avec la plante du pied.

Helen était dans la cuisine. La porte était ouverte, lui offrant une vue complète sur la large croupe de Hadja, qui discutait au téléphone.

Helen était déjà descendue acheter des petits pains frais. Elle avait fait du café et elle prenait son petit déjeuner. Elle était tout habillée, ce qui rend plus voyante la nudité de quelqu'un qui ne l'est pas. La bonne odeur du café a dû titiller les narines de Hadja, car au lieu de retourner dans sa chambre, elle est allée tout droit s'asseoir à la cuisine.

Ah – Kaffee, a-t-elle dit en attrapant une tasse dans le placard.

Hadja a de très gros seins. Une chose attire parfois l'attention rien que par sa grosseur. Et Helen qui, elle, a de petits seins ne manque pas de succomber à une fascination grotesque. Des seins si gros, on en croit à peine ses yeux. De même qu'on a peine à croire à l'hostilité des autres, mais, une fois qu'on l'a vue, on ne peut plus s'empêcher de la chercher partout.

Hadja a pris un petit pain frais et l'a ouvert avec ses deux pouces. Elle y a fourré un morceau de Wurst et elle a commencé à manger. Avec un grognement satisfait à la première bouchée.

Je crève de faim. Ça donne faim de s'envoyer en l'air, a-t-elle ajouté la bouche pleine. Et elle s'est mise à rire.

Helen n'en croyait pas ses oreilles. Elle s'est arrêtée de manger, car manger c'est surtout une envie, et rien n'est plus facile que de couper l'appétit à une femme enceinte. Helen ne pouvait plus détourner son regard des seins énormes de Hadja, qui semblaient la dévisager eux aussi.

Scheisse, a dit Hadja. On m'avait promis d'autres affiches pour ce matin. Et maintenant je ne les aurai que ce soir.

Hadja parle comme si ce qu'elle a à dire était d'un intérêt universel. De même qu'elle croit son physique d'un charme irrésistible. Helen buvait son café à petites gorgées. Quelque chose la tracassait.

Hadja. Il faut que je te dise quelque chose.

Oui. Quoi donc ?

J'ai trouvé à me loger ailleurs. Et puis, comme si elle voulait effacer un affront involontaire, elle a remercié Hadja de tout ce que celle-ci avait fait. Mais il y avait aussi en elle cette joie que l'on ressent à laisser les choses derrière soi.

Ah bon, eh bien c'est parfait. Je suis ravie pour toi. Alors où vas-tu ?

Helen a hésité.

Eh bien. Il y a une pièce à ma disposition chez Alan Craig. Il a beaucoup de place dans l'appartement et il me semble que ça sera plus calme là-bas.

Hadja s'est aussitôt mise à rire aux éclats. Elle en avait les seins qui brimbalaient en tous sens, et même de gauche à droite. Quand elle s'est renversée en arrière, Helen a commencé à se dire que les seins de Hadja riaient tout seuls.

Chez Alan Craig… scandait Hadja. Je ne peux pas y croire.

Tu entends ça, Wolf ? a-t-elle continué avec des éclats de rire en passant dans l'entrée. Elle va vivre avec Alan Craig.

Mais Wolf soufflait déjà ses premières gammes dans son saxophone au salon.

Ce jour-là, Helen n'a pas cessé de se croire à la fin d'un film. L'après-midi, elle est restée un moment seule dans l'entrée de l'appartement, à se dire très lucidement que c'était la fin de quelque chose. Quelque chose était fini. Puis elle est sortie et elle a tiré la porte derrière elle. Elle a dû s'y reprendre à trois fois pour fermer. Ça n'a pas été si facile. Et plus tard, elle est restée un moment dans l'entrée plus sombre et plus étroite de mon appartement de Sonnenallee. Ses affaires se réduisaient à peu de chose. Elle avait apporté quelques provisions : du fromage, des œufs, un pot de confiture de fraises et un peu de mayonnaise fraîche, à mettre au frigo tout de suite, a-t-elle dit.

Certains diraient que je suis *light-jockey*. Une sorte de disc-jockey, mais pour l'éclairage. Moi, je préfère le titre de régisseur de la lumière. Ma tâche est d'illuminer des objets choisis. De présenter les choses en les rehaussant.

Un projecteur est comme une extension de l'œil, une antenne qui donne un premier nom informulé à tout ce qu'elle touche.

Berlin bei Nacht. J'ai vu presque tout Berlin de nuit. A travailler dans la musique avec Wolf, c'est à peine, certaines fois, si je vois la lumière du jour. Il m'est souvent arrivé de rentrer au petit matin ; par le premier métro, avec les gens qui commencent à se rendre à leur travail. Le matin, tout est d'un calme ! La lumière est trop vive. Et quand on croise les gens, on a l'impression d'aller dans le mauvais sens. Mais j'aurais l'impression d'aller dans le mauvais sens même si je prenais leur place.

En revenant chez moi le matin, je vois souvent des gens qui font faire une promenade matinale à leur chien. Un jour, en traversant Schöneberg à pied, j'ai croisé un homme avec deux caniches. Mais quelque chose en lui m'a fait deviner que ces chiens n'étaient pas à lui ; une certaine gaucherie, une certaine manière de regarder au loin en direction d'Innsbrücker Platz. C'était un Turc. J'en étais sûr à ses pommettes, à ses yeux bruns et à sa moustache. Ça devait faire partie de son travail de sortir les chiens de son maître. Il y avait dans son attitude quelque chose de contraint et de peu naturel. Il était trop grand pour avoir des caniches.

On n'a jamais l'air à l'aise quand on fait le travail d'un autre.

Au petit matin, les premières lueurs du jour donnent souvent aux choses un air idiot et incongru. Toutes ces lumières qui, la nuit, donnaient à la ville si belle allure se mettent à pâlir et à faiblir quand vient le jour. La lumière est une imposture. Au jour, tout ce qu'on voit est diminué de moitié. A la lumière, tout s'amplifie.

Un soir, j'ai descendu Tauentzienstrasse avec Helen. Nous étions plus grands qu'au naturel, amplifiés par les phares des voitures qui arrivaient en face de nous. Nous marchions doucement, parlant de choses et d'autres et faisant sur Berlin des remarques de touristes. Le ciel avait dû se couvrir, car au-dessus de nous, il était d'une teinte rougeâtre, il reflétait la lueur de la ville. Nous devions avoir le visage inondé des lumières de la rue. Des visages au néon. Quand nous avons pris l'U-Bahn à Wittenbergplatz, on aurait dit que la lumière très vive du wagon imposait à tous les voyageurs une égalité et un silence universels.

Les limites territoriales et les postes de contrôle frontaliers sont toujours des lieux très éclairés. La lumière naturelle suffit rarement à délimiter une frontière. Le long du mur de Berlin, il y a une bande de terrain qui ne connaît plus l'obscurité depuis des années. Dès les premiers signes du crépuscule, les puissants projecteurs s'allument comme sur un match de football en nocturne dans un stade.

A la lumière, tout vieillit rapidement.

Une fois rentrés à l'appartement, à Sonnenallee, nous nous sommes assis à la table ronde de la pièce de séjour avec une tasse de thé. J'ai laissé la fenêtre ouverte et les lumières éteintes. Seule la lumière venant de la cuisine filtrait par la porte. Il faisait assez clair pour que nous puissions nous voir et continuer à parler de tout ce qui nous passait par la tête. Helen a parlé de son père et de sa mère. De son frère. De ses oncles. Moi j'ai parlé de mon travail. De musique. Des amis que j'avais. Dehors, dans la cour, nous avons vu s'éteindre les unes après les autres les lumières des appartements voisins.

Helen refusait toujours de croire que la lumière s'éteint à l'intérieur du frigo quand on referme la porte. Ça ne changera jamais. Son frère a eu beau lui expliquer quand elle était petite, elle n'y a jamais cru. Ce qui tend à prouver qu'on peut tout à la fois croire à quelque chose et ne pas y croire. Tout comme on peut délibérément s'autoriser à faire une chose qu'on n'a pas cessé de s'interdire. J'ai dit à Helen que la seule solution c'était qu'elle se mette dans le frigo et qu'elle referme la porte.

Helen est sensible à la lumière. Elle tourne le dos instinctivement à des phares de voiture trop violents comme si ça la faisait souffrir. Elle tressaille quand on allume quelque part. Elle sait que la lumière peut être une arme, car elle se souvient de son frère sortant la nuit quand ils étaient chez leur oncle à la campagne pour rejoindre à la rivière des jeunes du pays qui aveuglaient le poisson à la torche électrique avant de le gaffer. Son frère lui racontait des tas de choses sur la pêche. Il lui expliquait pourquoi les poissons ont généralement le dos tacheté et le ventre blanc, c'est pour qu'on ne les voie ni du dessus ni du dessous.

Helen a le teint clair. Les cheveux bouclés. De grands yeux ronds. Un sourire qui tire vers la gauche. Elle met peu de bijoux ; une bague, une montre et une chaîne tout au plus. Elle porte des tenues pratiques mais plutôt amusantes. Elle a des mains petites et fines. Autres signes distinctifs : front droit, peau blanche et nombreuses taches de rousseur, surtout sur les épaules et sur les bras. Elle craint la lumière. Se déshabille à l'écart de la lumière, le dos tourné. Elle aime qu'une lampe reste allumée, ou même la radio, bien après qu'elle s'est endormie.

Un matin de bonne heure Hadja m'a téléphoné pour me demander si j'étais au courant. Je n'étais pas encore bien réveillé mais j'ai tout de suite compris de quoi il s'agissait. Ça devait arriver. Il ne me reste qu'à faire l'idiot.

Quoi ?

Cette femme ?

Quelle femme ?

La bonne femme de Wolf, qui d'autre ? Je t'en prie, Alan. Ne fais pas l'imbécile.

Wolf ?

Alan, je t'en prie, je veux tout savoir. Je suis la dernière à m'en apercevoir, c'est ça ? Tout le monde est au courant sauf moi, j'imagine. Et toi tu sais depuis le début et tu ne m'as rien dit.

Je ne sais pas de quoi tu parles, Hadja. J'en étais encore à me demander si c'était du bluff ou pas.

Tu sais très bien de quoi je parle. Je parle de Lydia Stanjeck. C'est bien ça, c'est son nom ?

Écoute, Hadja. Ce ne sont pas mes affaires. Je ne me mêle pas de la vie privée de qui que ce soit.

Alan, ne bouge pas. J'arrive. Je veux te parler. Je suis là dans dix minutes.

On n'arrange pas forcément les choses en les éclairant, il y a lumière et lumière. Si on braquait une torche électrique sur le mur de Berlin sous les feux des projecteurs, est-ce qu'il en serait mieux éclairé – est-ce qu'un verre d'eau augmenterait le volume des mers ? Ou bien la lumière donne-t-elle un double des choses ?

Hadja était tout essoufflée en arrivant chez moi. Parce que c'est un immeuble sans ascenseur. Elle est entrée et elle s'est assise sans un mot. Les restes du petit déjeuner étaient encore sur la table. Il y avait une assiette avec une coquille d'œuf mise à mal et du sel un peu partout. J'ai débarrassé et j'ai demandé à Hadja ce qu'elle préférait, thé ou café. Helen n'était pas encore levée.

En revenant de la cuisine la cafetière à la main, j'ai vu Hadja, très droite, jeter un regard inflexible sur une photo qu'elle venait de sortir de son sac. Elle a levé les yeux vers moi d'un air accusateur. Mais elle a attendu que j'aie servi le café pour me mettre la photo sous le nez.

C'est elle ? m'a-t-elle demandé en me regardant droit dans les yeux.

Franchement, Hadja, je n'en sais rien. Je ne comprends pas pourquoi tu me poses toutes ces questions.

Allons donc, ne fais pas l'idiot. Tu es au courant de tout ce que fait Wolf. Tu es tout le temps avec lui. Alors, c'est elle ?

Écoute, Hadja, si tu demandais ça à Wolf ? Je n'ai rien à voir là-dedans.

A ne pas répondre, on répond tout de même. Hadja devait lire ma pensée, car elle a repris la photo et elle l'a rangée dans son sac.

Je ne veux pas qu'il sache que je sais, a-t-elle dit. Le salaud. Il va me le payer. Surtout, Alan, ne va pas lui dire que je sais qui est la fille, ou quoi que ce soit. Tu ne lui dis rien, tu m'entends ?

Tout ce que fait Hadja a pour but de lui fournir des réponses. Elle a donné son coup d'œil dans l'appartement. Près de la fenêtre, elle a vu des cartons dans lesquels je mets mon matériel ; des ampoules de rechange, des câbles, des interrupteurs, des spots, une table de mixage. A côté d'un fauteuil, elle aurait vu les chaussures de Helen si elle n'avait porté son regard à l'extérieur, dans la cour. Elle devait se revoir occupant elle-même cet appartement autrefois. Ça devait lui rappeler certaines choses. Les débuts. Mais elle n'avait qu'une idée en tête.

Ne dis rien à Wolf. C'est clair ? Pas un mot. Il va me le payer.

On peut toujours faire tourner les choses en sa faveur. Hadja a l'art de renverser une situation défavorable, quelles que soient les circonstances.

Je voudrais bien pouvoir en dire autant en ce qui me concerne. Mais je suis persuadé au contraire que c'est la personne agissante qui devient la victime. C'est l'éclairagiste qui se fait aveugler. Tous les soirs, pendant des mois, j'ai braqué les projecteurs sur Don Juan, mais je me suis aperçu au bout d'un temps que c'était moi qui descendais en enfer à chaque fois. De même qu'à présent je me sens pris au piège parce que je sais ce qui va arriver à Wolf. Hadja a découvert son manège. Elle ne va pas le rater.

La maison que possède le père de Hadja à Kreuzberg est un immeuble de six étages à la façade écaillée. Il y a toute chance pour qu'elle soit incluse dans la zone d'aménagement et de rénovation d'ici quelques années, alors ça n'aurait pas de sens d'y faire des travaux. Cette maison ressemble à un village turc, un village tout en hauteur, ou un village de montagne, car chaque logement abrite une famille ou un groupe de travailleurs immigrés. Ceux-ci sont venus travailler en Allemagne pour subvenir aux besoins des leurs, restés au pays. Certains logements, divisés en chambres ou simplement en emplacements pour dormir, sont occupés par des hommes à superbe moustache, qui fument, assis bien droits, et paient leur loyer sans mot dire. Dans chaque logement, un poste de radio ou un lecteur de cassettes palpite au rythme farouche de la musique turque. Les occupants n'ont pas tous les yeux noirs et une moustache superbe. Ils n'ont pas tous un permis pour travailler en Allemagne. Ils ne sont pas tous fiers de décliner leur nom.

Actuellement ces anonymes travaillent essentiellement pour le frère de Hadja sur des chantiers de construction en ville. Hormis cela, ils n'ont pas d'existence. Ils ne figurent sur aucune liste. Sur aucun registre du personnel. Leur loyer est retenu à la base. La promesse d'un statut légal leur tient lieu en partie de rémunération – complicité à laquelle ils se prêtent volontiers, collusion étroite avec leur employeur/propriétaire.

Les logements les moins agréables sont situés au rez-de-chaussée, par ordre de proximité avec les toilettes, d'où émane une puanteur fatale qui empeste le corridor. Pour franchir le couloir d'entrée, il faut vraiment être bien décidé et marcher vite. Inversement, les logements les plus enviables sont ceux de l'étage supérieur, où la porte des toilettes est verrouillée, et dont on se passe la clef d'un logement à l'autre avec la plus grande circonspection. Il en résulte une légère disparité de loyer du haut en bas de l'immeuble. Les occupants de l'étage supérieur sont également plus éloignés de la petite cour voisine, qui sert surtout de dépotoir. Bien que les ordures soient dûment enlevées par la municipalité, les résidants de la maison de Grossbeerenstrasse entassent dans cette cour des objets de rebut, des meubles cassés par exemple. A tel point parfois que les occupants de l'étage supérieur n'ont plus qu'à jeter leurs ordures par la fenêtre. Enfin, les lieux sont déclarés insalubres quand les chats ou les rats se mettent à proliférer parmi les ordures, et alors, les autorités municipales désignent une équipe de manœuvres, des Turcs essentiellement, pour procéder au nettoyage.

Sous l'escalier, un jour, Hadja et moi avons trouvé des enfants qui jouaient avec un chat mort ; ils lui enfonçaient des bâtons dans le corps. Mort, un chat a encore plus l'air d'un chat, mais en réduction.

Généralement, après l'encaissement des loyers, Hadja m'offre un café et une part de gâteau à la crème. Pour me faire oublier cette misère noire, j'imagine.

Ça ne me regarde pas, lui ai-je dit un jour, mais je trouve ça plutôt abominable d'exploiter ses compatriotes de cette façon.

Alors elle s'est expliquée clairement sur le sujet une fois pour toutes. Je ne le croirais sans doute pas, m'a-t-elle dit, mais en fait, c'est un grand service que son père rend à ces gens-là. Ne voyais-je donc pas, a-t-elle poursuivi, que chacun de ces immigrés gagne de quoi assurer la survie de presque tout un village, là-bas en Turquie ?

Nous ne parlons plus jamais de la maison de Grossbeerenstrasse. On ne discute pas avec Hadja.

C'est seulement le soir que le mur de Berlin prend sa vraie dimension. Il est plus marquant, on y croit davantage. Ce qui tend à prouver que ce sont les projecteurs qui créent la frontière. Sans eux, on l'oublierait peut-être.

A Berlin, il y a plus de lumières que d'habitants. Lumières des rues et des boutiques, qui restent allumées toute la nuit, phares des voitures et projecteurs de l'Église commémorative, lumières dans les entrées et les ascenseurs, et les milliers de lampes qui, dans les appartements, rappellent aux gens leur propre existence et leurs propres limites.

A l'arrière du *Tischtelefon*, il y a une salle plus petite avec un bar et une scène sur laquelle, toutes les heures, est présenté un numéro de strip-tease. L'éclairage compte beaucoup. Il est très réduit. Une petite ampoule rouge, de la grosseur d'une perle ou d'un clitoris, placée au bon endroit sur le slip en V noir de la danseuse, clignote au rythme de la musique. Elle attire l'œil des spectateurs, des hommes pour la plupart, ayant pour la plupart aussi de superbes moustaches et des yeux noirs, dans lesquels se reflète la minuscule lumière rouge. L'éclairage, par ailleurs, est très discret. Car souvent les choses périssent à la lumière. La lumière fait périr l'imagination. Le jour est meurtrier.

En arrivant à l'université, j'ai remarqué une nouvelle rangée d'affiches devant l'entrée. Wolfgang Ebers ! Wolfgang Ebers ! En double exemplaire, il n'est plus le même. Et ces affiches sont vraiment superflues puisque, de toute façon, ce sera un concert à guichets fermés.

J'ai passé la matinée à installer l'éclairage. Comme on avait loué des spots de couleur supplémentaires, ça a pris plus longtemps que d'habitude. Mais ça va faire beaucoup plus d'effet. J'ai travaillé tranquillement à côté de Willy, l'opérateur du son, qui vient de Westphalie. Hadja est arrivée de bonne heure elle aussi.

L'après-midi, Wolf est venu vérifier le son et l'éclairage. Il tient à régler à l'avance tous les effets, ce qui m'arrange, car ainsi tout est parfaitement prévu d'avance. Pas de risques d'incidents. C'est un concert important. Hadja était partout. Elle est encore plus maniaque que moi. C'est une perfectionniste. Elle est restée là à regarder la répétition intégralement. De tout l'après-midi, j'ai été dans l'impossibilité d'approcher Wolf en particulier. Je voulais trouver un moyen de le prévenir. Finalement, j'ai tout de même réussi à le suivre aux toilettes pour l'avertir un peu.

Tu sais, Wolf, elle te file, lui ai-je dit. Par moments je me demande pourquoi je me suis montré si loyal envers lui. Il n'a pas paru surpris le moins du monde. Il est resté calme, indifférent presque. Il avait d'autres soucis en tête, je suppose. Il ne pensait sans doute qu'à une chose : sa musique.

Wolf, tu m'entends ? Hadja est au courant pour Lydia et toi.

Il s'établit une loyauté, une camaraderie étrange entre deux hommes qui pissent en parallèle dans les urinoirs. Yeux baissés, coups d'œil obliques, pleins de duplicité ; reconnaissance fraternelle. A part ça, il n'y a guère que les carreaux de faïence à regarder.

Je vois, a dit Wolf, en fixant la céramique à quelques centimètres devant lui. Alors Hadja est au courant. Oui… bon, eh bien, entre dans son jeu. T'en fais pas. Entre dans son jeu.

Plus tard, quand j'ai regagné ma place à la régie, l'Aula commençait à se remplir. Hadja était déjà là. Elle fonçait de tous les côtés dans l'auditorium, et quand elle est venue me voir, elle m'a tendu la photo de Lydia. Pourquoi me donnait-elle cette photo ? J'ai refusé de la prendre. Elle a insisté. Et puis je me suis aperçu que ça n'était pas l'original, et qu'elle avait fait faire d'autres tirages pour Willy, l'opérateur du son, et pour chacun des types du service de sécurité.

Si tu la vois, préviens-moi tout de suite, m'a-t-elle dit.

J'ai rangé la photo sans y faire attention. Tout ça ne me regarde pas. Je n'ai revu Wolf qu'au moment où il est entré en scène avec sa guitare. Il aime la lumière. Il ne serait pas chanteur professionnel s'il ne tolérait pas si bien les feux des projecteurs. C'est bon de travailler avec quelqu'un qui n'a pas peur de la lumière.

L'Aula était comble. Il y avait des gens debout dans les travées latérales. De temps en temps, j'apercevais Hadja près des portes, ou tout en bas devant la scène. Elle avait le droit de circuler dans l'auditorium comme elle voulait. La cinquième chanson de Wolf était celle sur l'Atlantique. J'avais la liste devant les yeux. C'est pas que j'aie vraiment le temps d'écouter les chansons quand je travaille. Elles ne sont plus guère que des points de repère pour produire un éclairage particulier. Pour l'Atlantique, Wolf chante sur un fond bleu et froid, et il est pris dans un puissant projecteur blanc. Je peux lui donner l'air d'être tout au bord des falaises de Moher. Et si je coupais le projecteur blanc, il disparaîtrait ; le public penserait qu'il est tombé dans le vide. Il a le visage grave quand il chante, comme s'il chantait par un grand vent qui a goût de sel.

J'ai bien vu Hadja venir près de moi, mais je me concentrais sur la fin de la chanson car c'est le moment où la lumière doit baisser comme dans un coucher de soleil accéléré.

Je la tiens, m'a-t-elle chuchoté. Je la tiens, la garce.

Un instant plus tard, la chanson était finie et les applaudissements éclataient à l'unisson dans l'Aula. Wolf disparaissait dans la pénombre.

Je la tiens, la garce, me répétait Hadja à voix basse. Mais plutôt comme en criant. Je faisais la sourde oreille, mais à force de l'entendre répéter le mot « garce », j'ai fini par être obligé d'écouter.

Là, près de la porte, criait-elle tandis que les applaudissements diminuaient. Elle est là, près de la porte.

Je veux que tu braques le projecteur sur elle, m'a-t-elle ordonné.

Je n'ai pas bougé.

Braque le projecteur sur elle, a-t-elle répété.

Je ne peux pas faire ça, ai-je dit en prenant l'air très occupé. Les applaudissements avaient cessé.

Braque le projecteur sur elle, a-t-elle dit encore une fois. Sinon c'est PUTAIN moi qui vais le faire.

Ça n'était pas le moment de rire d'une faute de langue. Je savais qu'elle ne plaisantait pas. J'ai fait ce qu'elle me demandait, j'ai déplacé le projecteur.

Lydia est apparue magnifiquement dans un mince rayon blanc. L'éclairage de la scène est resté en veilleuse. Dans la salle, les lumières étaient toujours éteintes. Les applaudissements se sont tus complètement, laissant un vide. Et puis le son a été coupé, laissant Wolf sans micro et sans parole.

J'ai été presque fier de Lydia, aveuglée par la puissance du projecteur et par les regards du public qui, ayant suivi le faisceau lumineux, étaient braqués sur elle. Elle n'a pas bougé. Elle est restée immobile. Il aurait suffi qu'elle se déplace d'un mètre sur le côté pour sortir de la lumière.

V

LE BAISER-MORSURE

Jusque-là, Helen avait bien fait tout ce qu'il fallait. Elle s'était soustraite à l'emprise de Hadja. Elle avait fait une déclaration de résidence à Berlin, à Sonnenallee, sous son propre nom. Et elle n'avait pas cessé de poursuivre ses recherches concernant Dieter ; elle était retournée voir la mère de Dieter à Steglitz deux autres fois, mais sans rien apprendre de nouveau.

Maintenant elle voulait trouver du travail. Dès le départ, elle avait tenu absolument à se prendre en charge, à payer sa part du loyer de Sonnenallee le temps de faire ses recherches. Dans le pire des cas, si elle ne retrouvait pas Dieter, elle se mettrait en quête d'un appartement. Pour l'instant, elle avait besoin d'argent.

Au bout d'une semaine, elle travaillait à la *Weinstube*, dans le centre, près de l'opéra et du théâtre. La *Weinstube* de Berlin fait partie d'une chaîne de restaurants qu'on trouve dans toute l'Allemagne. Le travail consistait à préparer les légumes, à empiler la vaisselle et parfois à faire marcher le lave-vaisselle. Helen était occupée de deux heures de l'après-midi à minuit et demi ou une heure du matin, selon l'affluence. Ce qui lui laissait largement le temps de continuer ses recherches dans la journée.

Au début, je l'ai laissée faire ce qu'elle voulait de son côté. Quand nous nous voyions, au petit déjeuner ou au déjeuner, elle me disait où elle en était. Elle ne progressait guère. De temps en temps elle venait nous retrouver au *Bar-o-Bar* après son travail. Le *Bar-o-Bar* était le quartier général de Wolf. J'ai commencé à me prendre au jeu. J'avais envie de savoir si elle parviendrait à un résultat quelconque. Elle ne capitulait pas. D'une certaine manière elle ne doutait pas qu'elle finirait par retrouver Dieter. Sa détermination était contagieuse. J'ai entrepris de l'aider.

J'ai suggéré qu'on s'adresse au *Polizei Präsidium*. Au Centre des impôts. A la compagnie d'assurance maladie AOK et à toute autre institution susceptible d'avoir le nom de Dieter dans ses dossiers. J'ai servi d'interprète à Helen. J'ai passé des coups de téléphone à sa place. La plupart du temps on s'apercevait qu'on n'était pas sur la bonne piste. Il y avait un autre Dieter Penzholz à Berlin ; un homme âgé. Quant à celui de Helen, on a fini par retrouver sa trace dans un certain garage Rennbahn. Mais il avait cessé d'y travailler depuis un certain temps. Apparemment, une fois de plus, c'était l'impasse. Pourtant, Helen était tellement décidée qu'un matin elle s'est levée de bonne heure pour aller jusque-là. Elle avait l'intention d'interroger tous les mécaniciens pour voir ce qu'ils savaient. Je l'ai accompagnée. Le matin, je n'avais pas grand-chose à faire. A la réception, ils ne savaient rien. Quant aux mécaniciens, je les voyais faire non de la tête les uns après les autres jusqu'au moment où l'un d'entre eux s'est souvenu de quelque chose. *Pension Potsdam*. C'était une maigre indication.

Au moment du déjeuner, on est allés s'installer dans un petit café plein de monde pour discuter de la stratégie à adopter. On a commencé par adopter le style d'un film policier britannique ou américain. Helen arrivait à prendre ses distances et à rire de sa situation. C'est sa détermination qui rendait la plaisanterie possible. On imitait les plus connus des détectives privés de la télé. Je fredonnais des indicatifs de séries télévisées. On a bien ri. Tout cela dans un fracas extraordinaire de tasses, de soucoupes et de cuillers. La machine à expresso sifflait et pétaradait. Il n'y avait aucun risque qu'on nous entende.

Laisse-moi faire, ai-je dit avec une véhémence outrée, d'un ton faussement profond et courageux.

Elle a ri.

Non, Alan, a-t-elle répliqué, avec une inquiétude feinte. Tu ne peux pas y aller seul.

Je le retrouverai, ai-je dit en scrutant la rue à travers la vitre.

La seule arme du détective, c'est son imagination. L'imagination sert à reconstituer les choses. La plaisanterie sert à préparer le terrain.

Laisse-moi t'accompagner, a-t-elle dit avec un grand sourire.

Quelqu'un a crié : *Zwei Mokkas und zwei Espresso*. A nouveau, il y a eu un fracas de tasses. J'ai fait non de la tête.

Non Alan… Pas d'héroïsme, a-t-elle dit. Et elle a pouffé de rire.

Plaisanter sert à dire la vérité. A être honnête de façon déguisée. A établir une confiance réciproque. Ça sert aussi de retranchement. *In risu veritas*.

Helen m'a rappelé qu'il était bientôt temps qu'elle parte travailler. Il était une heure et demie. J'ai dit qu'il ne fallait pas plus de cinq minutes pour aller jusqu'à la *Weinstube*. Là-dessus, on s'est mis à parler sérieusement. Ça ne me paraissait pas souhaitable, ai-je dit, que je l'accompagne à la *Pension Potsdam*. Il valait sûrement mieux qu'elle y aille seule.

Je ne trouve pas que ce soit une bonne idée que Dieter nous voie arriver ensemble, tu comprends. On ne sait jamais, il pourrait s'imaginer toutes sortes de choses.

Ne sois pas bête.

Après tout, on partage le même appartement, non ? Il est en droit d'avoir des doutes.

Comment ? s'est-elle écriée, presque furieuse. Il est bien le dernier qui puisse prétendre à des explications. Les questions, c'est moi qui les poserai.

Qu'est-ce que tu vas lui dire ?

Je ne sais pas encore.

Alors, est-ce que tu vas lui parler de nous ?

Helen m'a regardé. Elle avait l'air de trouver ma question déplacée. Elle a terminé son café. La machine à expresso gémissait comme si elle avait mal.

Très franchement, Helen, je ne comprends pas comment Dieter a pu te faire ça. Ça me dépasse qu'on puisse te traiter comme ça.

La franchise sert à en dire beaucoup plus qu'on ne voulait. A faire savoir de quoi on est capable. A nouveau, Helen m'a regardé. Dans les yeux. Elle a failli dire quelque chose, mais finalement elle s'est levée pour s'en aller. Je l'ai regardée partir en direction de la *Weinstube*. On oublie qu'elle est enceinte.

Le lendemain, elle s'est rendue seule à la *Pension Potsdam* à la recherche de Dieter. Je l'ai retrouvée le soir au *Bar-o-Bar*. Elle y est venue après son travail et je l'ai vue s'asseoir. Elle avait l'air fatigué. Dès que j'ai eu un moment libre, je suis venu auprès d'elle et je lui ai offert un jus de pomme. Elle ne peut pas boire de bière.

Elle m'a raconté combien elle avait été mal reçue, à la *Pension Potsdam*. Elle n'avait pas compris ce qu'on lui disait. Tout ce qu'elle avait saisi, c'est que Dieter n'habitait plus là. Mais, à la réception, on s'était refusé à lui donner tout renseignement. L'employé ne réclamait qu'une chose : de l'argent, deux cents marks. Il lui avait montré le sac de Dieter, qu'il gardait, semblait-il, pour pouvoir se faire payer ce qui restait dû. Ce n'était pas la première fois que Dieter partait sans régler sa note d'hôtel. Helen n'était pas vraiment surprise. Mais elle ne comprenait pas pourquoi le gérant ne voulait pas la laisser regarder dans le sac pour voir si elle ne trouverait pas une autre adresse. Il n'avait fait que lever les bras au ciel en répétant : *Interessiert mich nicht*, ça ne m'intéresse pas ! Il avait écrit le chiffre 200 sur le comptoir de la réception avec son index, et puis il n'avait plus dit un mot.

J'irai régler ça avec eux, ai-je dit.

La bravade, ça sert à aller trop loin.

L'information coûte cher. Deux cents D-Marks.

Il y a en Allemagne un vaste commerce d'information. Le Produit national brut est entièrement basé sur l'échange commercial d'information. On paiera n'importe quel prix pour obtenir les faits exacts. Certains paient même pour ne pas être informés ; pour être maintenus dans le noir et aller à l'opéra ou au théâtre Schiller. De grandes industries se sont bâties autour de ce commerce interne des faits. Si l'on s'en remet à la théorie de la relativité, on a l'impression que la propriété et le statut de propriétaire demeurent complètement statiques. Ce n'est pas la propriété qui change de mains, mais ce que l'on en sait. Ce que l'on sait de quelqu'un est la seule chose qui fasse changer sa situation dans le monde. C'est ce qui fait que les gens ont de la chance ou n'en ont pas. Les chanceux sont obsédés par la malchance. Et les malchanceux par la chance.

Pourquoi la grossesse ? Par instinct de conservation ? Pourquoi fait-on l'amour ? Par instinct de conservation ou par besoin d'échanger ce que l'on sait ? Par souci eugénique ?

Les *Weinstube* sont une chaîne de restaurants allemands qui vendent de l'information. L'objectif premier est de vendre des vins allemands : vins de Moselle, du Rhin et niersteiner. Mais on y vend aussi de l'ambiance et des plats qui ont pour but d'informer les gens. C'est comme si on vendait l'Allemagne aux Allemands. C'est de l'information brute, traditionnelle, chaleureuse, *gastfreundlich*. Le caveau de la *Weinstube* tout entier fait penser à ces intérieurs massifs à poutres apparentes, à une salle de banquet médiévale avec de lourdes tables de chêne et des chaises recouvertes de coussins brodés.

Les serveuses sont habillées en *Dirndl* traditionnel. Pardessus, elles portent un tablier blanc marqué de l'écusson de la *Weinstube*. Leur corsage blanc à manches ballon, bouffant sur la poitrine, contribue encore à l'impression générale d'abondance et de prodigalité. La lumière cuivrée est d'un effet incomparable à la naissance des seins pour accentuer leur côté chaudement maternel. La serveuse de la *Weinstube* est experte à déboucher une bouteille de vin en la tenant serrée entre ses genoux. Quand le bouchon saute, toute sa poitrine en tremble. Helen aurait été engagée comme serveuse si elle savait un peu mieux l'allemand.

Mais elle travaille dans les coulisses, à la cuisine. Jamais la moindre information en provenance de la cuisine ne filtre dans le restaurant. Le personnel de cuisine n'a jamais à entrer dans la salle de restaurant. On ne demande jamais aux serveuses d'entrer dans la cuisine. Les carottes sont coupées en biseau. Les tranches de pain sont disposées en escalier dans les corbeilles. Un plat est un logo. Il ne faut pas oublier le persil. Le lave-vaisselle est réglé en permanence sur le programme A. Jamais il n'arrive que les règles d'hygiène soient contournées, qu'on enlève son bonnet blanc de marmiton, qu'on réutilise les restes, qu'on réchauffe un plat, qu'on se dispute par le passe-plat, car cela pourrait s'entendre du restaurant. Le personnel de cuisine reste anonyme. Des toilettes réservées aux employés assurent la ségrégation, conformément aux arrêtés municipaux. L'hygiène n'est qu'information. Comment être fier de ce qui va de soi ?

L'information venant du restaurant reflue continuellement vers la cuisine, surtout après dix heures du soir, quand les gens sortent de l'opéra ou du théâtre. Il y a le babillage de la conversation, les rires, les verres de vin et la musique. Mendelssohn ; Chopin, les concertos pour mandoline ; les violons, les flûtes, les quatre-mains. Des bouchons sautent. Des verres tintent.

Des femmes rient. Des hommes disent *Bitte, bitte*. Les serveuses appellent des numéros par le passe-plat, et de nouveau on entend le *Canon* de Pachelbel, un violon lointain, aigu et dégoulinant, dont le son est assez semblable à celui qu'on obtient en frottant en rond un index mouillé sur le bord d'un verre de vin. Le personnel de la cuisine comprend deux hommes et deux femmes : Lothar, le chef allemand; Assar, l'aide-cuisinier; Fatma, la femme qui s'occupe du lave-vaisselle; et Helen. Helen a été embauchée comme *Aushilfe* : auxiliaire. Pour le travail en cuisine, le sexe ne compte plus. On oublie que Helen est une femme.

Je suis passé chercher Helen à la *Weinstube* après son travail. J'avais promis d'aller à la *Pension Potsdam* avec elle, pour éclaircir la situation. Pour voir pourquoi on ne voulait pas lui donner le sac de Dieter. Il y avait peut-être moyen de s'arranger. Si je voulais l'accompagner c'était peut-être pour prouver que ça ne servait à rien, plutôt que pour essayer d'obtenir quelque chose.

Quand je suis arrivé, le restaurant était fermé. Helen est sortie par la lourde porte de chêne et nous nous sommes mis en route le long du trottoir un peu humide. Il avait plu, mais peut-être pas partout, car le sol était mouillé à certains endroits, et sec à d'autres. Nous marchions vers un même but, Helen et moi. Avec le sentiment étrange que notre détermination nous unissait comme un couple qui a une histoire, ou une vie à deux. Même si nous étions à la recherche du père de son enfant, nous avions sûrement plutôt l'air de partenaires en nous promenant ainsi dans les rues désertes de Berlin. Il était tard. Les gens dormaient. Les lumières étaient éteintes et les volets tirés. Encore qu'apparemment personne ne dorme jamais vraiment la nuit derrière les volets. On avait l'impression que tout le monde attendait l'aube, éveillé, dans le noir, à l'écoute des gens qui passaient dans la rue sous les fenêtres en bavardant.

Helen a parlé de son travail ; son travail à la *Weinstube*, la seule possibilité pour elle. Elle m'a décrit le découpage méthodique, chaque jour, pour commencer, de vingt à trente pains au cumin, à disposer en tranches de grosseur croissante dans des corbeilles. La tâche toujours recommencée de préparer les légumes et d'empiler la vaisselle. Elle m'a décrit tout cela avec beaucoup d'exaltation. Il n'y avait RIEN au monde de plus ennuyeux. Le PIRE, c'était le nettoyage des assiettes. En plus, à la cuisine, on ne se dit PAS UN MOT. Elle avait l'air tout émoustillée de me raconter ça. Même les tâches les plus viles constituent une information passionnante.

Tu devrais lâcher tout ça, lui ai-je dit.

Je ne demanderais pas mieux, mais j'ai besoin de cet argent.

Tu mérites mieux.

Les rues sentaient la pluie. Dieu sait pourquoi, je trouvais que la pluie avait l'odeur d'un appareil électrique neuf ; un grille-pain ou un radiateur neuf. Une voiture a filé à toute allure dans une rue voisine. On est passés devant une menuiserie fermée par un grand portail. Un chien de garde s'est jeté contre le portail à notre passage, et Helen a eu peur. Par de petites ouvertures, on voyait le chien aboyer sans bruit à l'intérieur. Il avait dû être opéré du larynx.

Nous avons continué notre chemin. Nous approchions de Potsdamerstrasse. Une chose me trottait par la tête dont je voulais parler à Helen ; une chose qui devait être dite, me semblait-il. Et que je m'étais déjà dite intérieurement. Je me suis donc arrêté ; elle ne s'en est aperçue que deux ou trois pas plus loin, et alors elle s'est retournée.

Franchement, je ne comprends pas comment quelqu'un peut te faire une chose pareille, lui ai-je dit.

Apparemment, elle s'attendait à cette remarque. Elle a souri.

Je ne comprends pas qu'il te traite de cette façon. Enfin tout de même, il n'aurait pas pu te prévenir ou t'en parler, au lieu de disparaître et de se cacher comme ça ?

Elle a trouvé amusant qu'on se mette à discuter de cela en pleine rue, au beau milieu de la nuit. Et puis elle a dû deviner les véritables questions cachées derrière ces interrogations. Pourquoi se prêtait-elle à cela ? Comment pouvait-elle le supporter ? Nous restions là à nous regarder.

Tu ne comprends pas, Alan. Dieter doit avoir une idée en tête. Il ne sait pas encore qu'il est père.

Alors, qu'est-ce qu'il peut bien fuir ?

Qui sait ?

Si tu veux mon avis, c'est un imbécile. N'importe quel homme donnerait très cher pour être à sa place, je te le garantis.

Pour défendre Helen, je me sentais en droit d'attaquer Dieter. Comme je l'aimais bien, je ne supportais pas qu'on la malmène ainsi. Elle m'a écouté donner mon point de vue et, s'avançant vers moi, elle m'a pris le bras.

C'est drôle. On ne peut pas oublier quelqu'un en une nuit. C'est aussi bête que ça. Je ne sais pas à quoi ça tient. A l'enfant peut-être. Ou à moi, simplement. Mais je me sens pour le moins obligée de retrouver Dieter et de lui dire ce qu'il en est. J'ai le devoir de l'informer, même s'il n'a pas envie de savoir.

Écoute, Helen. Je veux que tu saches ceci : je ferai tout pour t'aider. Vraiment. J'ai envie que tu t'en sortes. Mais je ne supporterai pas qu'on te fasse faire n'importe quoi. J'y mets cette condition. Je refuse de le voir te traiter comme de la merde.

Toi, c'est tout à fait autre chose, m'a-t-elle dit en me fixant dans les yeux.

Helen est un peu plus petite que moi. Elle a appuyé sa tête contre ma poitrine et elle a mis ses bras autour de ma taille, comme pour prendre mes mesures. Elle a serré fort, et elle a lâché. J'ai posé les mains sur ses épaules ; où aurais-je pu les mettre, là, en pleine rue, au beau milieu de la nuit ? Elle a levé les yeux vers moi, elle m'a attrapé par le menton et elle m'a embrassé. Au début c'était pour me remercier, mais après c'est devenu autre chose. Elle a les lèvres fraîches et tièdes à la fois. Douces et charnues, moites et sèches – tout cela amplifié par l'imagination quand on ferme les yeux. Elles ont le goût des métaux élémentaires. Le rouge est une couleur primaire. J'ai trouvé que ses cheveux sentaient la cuisine : la *Weinstube* sans doute ?

Un baiser s'entend mieux que des paroles. On oublie que les gens dorment. On en oublie où l'on est. Et qui on est. J'ai pris Helen dans mes bras, fermement, et puis plus doucement, craignant d'écraser quelque chose. On oublie qu'elle est enceinte.

Autour de nous, il n'y avait que des voitures en stationnement et des immeubles silencieux. Et des gens qui s'acharnaient à dormir.

Helen s'est renversée en arrière, elle m'a souri et elle a levé les yeux tout droit vers le ciel. On en oublie le ciel. Puis elle s'est penchée vers moi à nouveau, elle a ouvert la bouche, et elle m'a mordu au visage, sur le côté. J'ai senti ses dents saisir le bas de ma joue gauche. J'ai fait un mouvement en arrière en m'écriant :

Qu'est-ce que ça veut dire ?

La nuit, dans la ville, il y a souvent des voix qui vont et viennent comme ça dans la rue, traversant vaguement le sommeil des gens, avant de repartir plus loin. Nous avons continué notre route dans Pallas Strasse ; Helen était accrochée à mon bras. Au croisement, nous nous sommes engagés dans Potsdamerstrasse avec un but nouveau.

A la *Pension Potsdam*, nous n'avons pas obtenu grand-chose. Le portier s'est montré hostile dès l'abord. On avait l'impression que, des gens de notre espèce, il en voyait tous les jours, et que la vie était trop courte pour qu'il perde son temps en paroles. Il était assis de biais derrière le comptoir de la réception, les jambes allongées. Une petite lampe de bureau lui éclairait le visage d'un seul côté. Il se refusait absolument à toute négociation concernant le sac, et il en revenait toujours à ses deux cents marks. Chaque fois que je disais quelque chose, il répliquait par une question. Trouverais-je normal qu'on ne me fasse pas payer ma chambre ? Dans quel supermarché me laisserait-on sortir avec une dette de deux cents marks ? *Nein, meine Herrschaften*, disait-il.

J'ai eu une idée. J'ai raconté au portier que Dieter était schizophrène et qu'il ne savait sûrement pas ce qu'il faisait. Seulement, il fallait bien commencer par le retrouver, lui, pour pouvoir lui parler de son sac. Bien entendu, on réglerait les deux cents marks. Là n'était pas le problème.

Le portier a eu un petit sourire narquois. On peut dire ce qu'on voudra à un portier de nuit, apparemment il a déjà entendu ça quelque part. Ce que j'avais à dire ne l'intéressait pas, a-t-il déclaré. Il savait bien, en somme, que si nous jetions un coup d'œil à l'intérieur du sac, nous risquions fort de changer d'avis et de décider que ça ne valait pas la peine de le reprendre.

La *Pension Potsdam* était aussi crasseuse que Helen l'avait décrite. Le papier peint était beige, avec des feuilles d'arbre marron au pointillé. L'encadrement des portes était marron. Dans le hall étroit, il y avait des sièges de cuir un peu roux et, sur une table, un lampadaire à abat-jour bleu pâle. Quand on choisit des couleurs pareilles, il faut savoir ce qu'on fait.

Il y avait deux femmes assises sur les sièges marron quand nous sommes arrivés. Elles étaient manifestement en tenue habillée, prêtes pour une sortie. Elles avaient un but. L'une d'elles fumait. Toutes deux nous écoutaient, l'air de penser qu'on ne pouvait guère imaginer sujet moins intéressant. Elles ont regardé Helen de la tête aux pieds. Elle perdait son temps, on pouvait les en croire. Elles avaient vu tout ce qu'il y avait à voir. Leur expression en disait encore plus long sur Dieter. Sur le genre d'homme que c'était. La *Pension Potsdam* en disait long.

J'ai poussé Helen à partir. Elle m'a regardé comme si je pouvais encore faire quelque chose. Elle ne comprenait donc pas à quel genre d'endroit nous avions affaire ? Elle ne voyait donc pas où elle était ? J'ai fait un dernier effort, proposant au portier une caution de trente marks, car c'est tout ce que j'avais en poche, simplement pour qu'il nous laisse regarder dans le sac si on ne trouverait pas une adresse quelconque. Mais il n'a même pas écouté.

En interprète discipliné, je me suis tourné vers Helen avec un haussement d'épaules. Alors partons, a-t-elle dit. Une fois dans la rue, elle a décidé qu'elle essaierait d'obtenir une avance sur son salaire à la *Weinstube*. Je lui ai demandé si c'était bien raisonnable. A mon avis, c'était payer fort cher un sac que Dieter ne semblait pas avoir lui-même envie de récupérer. Ce n'est pas le sac qu'elle veut. C'est ce qu'il peut lui apprendre.

Je lui ai dit que je lui prêterais l'argent. Elle n'a rien voulu entendre.

Quand on est enceinte, on a intérêt à savoir ce qu'on fait. Jusqu'ici, Helen faisait tout ce qu'il fallait. Elle allait régulièrement chez son gynécologue. Elle regardait le calendrier. Elle s'était renseignée sur les congés de maternité. Elle surveillait ses jambes pour s'assurer qu'il n'y avait pas trace de varices. Elle se mettait de profil devant la glace en se tenant le ventre. Elle réfléchissait au progrès. A l'avenir en expansion. A sa mère. Là-bas chez elle.

Elle a demandé une avance à la *Weinstube*, mais on lui a dit que ça prendrait un certain temps parce que ces choses-là dépendaient directement du siège social. Elle a supplié qu'on fasse une exception. Pour deux cents marks, on devait bien pouvoir les prendre dans la caisse, non ? Mais le gérant a prétendu que c'était absolument contraire au règlement. Il regrettait. Il ne pouvait rien faire pour elle. Helen est retournée couper du pain.

Même l'odeur toxique des graines de cumin a parfois un effet rassurant. Le grésillement de la viande dans une poêle à frire suffit à vous transporter ailleurs. Le *Canon* de Pachelbel à vous réjouir le cœur. Et à la vue d'une serviette bleue froissée, marquée aux armes de la *Weinstube*, qui trempe dans un reste de soupe à l'oignon, il arrive qu'on se sente bien. Les rires qui parviennent de la salle de restaurant permettent parfois de rêver. Le travail en cuisine permet d'oublier. Un simple sourire de l'aide-cuisinier, c'est mieux que rien.

Une plaisanterie, même mauvaise, permet de ne plus voir ce qui se passe à l'intérieur. Les minutes mêmes se changent en heures.

Avant que Helen n'obtienne une avance quelconque de la *Weinstube*, il aurait fallu des semaines. A ce moment-là, normalement, elle aurait touché son premier mois de salaire. J'ai décidé d'aligner les deux cents marks et de récupérer moi-même le sac de Dieter, juste pour en finir une fois pour toutes. L'argent, je m'en fichais. J'étais content de pouvoir faire quelque chose pour elle, mais en même temps, ça fait mal de se faire arnaquer pour un sac. Un sac qui n'est même pas à soi, en plus. Je devinais bien ce qu'il pouvait contenir.

Plus tard le soir même, je suis allé attendre devant la *Weinstube* que Helen ait fini son travail. Les derniers clients quittaient le restaurant et sortaient par la porte de chêne. J'ai vu une femme accompagnée d'un homme qui avait une veste négligemment jetée sur les épaules.

Le sac de Dieter était sur le trottoir. Je savais que Helen serait contente en le voyant. Je n'avais pas besoin de l'ouvrir pour savoir ce qu'il contenait. J'étais à peu près sûr que ça ne pouvait être que du linge sale. Mais pour Helen, ce serait quelque chose de tangible.

Le patron est venu à la porte et m'a demandé d'attendre. *Abwarten*, a-t-il dit en levant la paume de la main. J'étais venu bien trop tôt. Helen en avait encore pour au moins vingt minutes. Je ne lui plaisais pas plus qu'il ne me plaisait. Il a refermé la porte et il est rentré dans la salle de restaurant. Il m'avait l'air de quelqu'un à qui on a donné trop tôt trop d'éclaircissements. L'*Aufklärung* avait peut-être été prématurée. *Aufklärung*, en allemand, c'est ce qui désigne les réalités de la vie. Il avait l'air troublé.

J'ai attendu dehors. Pas très loin de moi, il y avait un car de luxe pour touristes garé le long de la chaussée. Il était tout allumé à l'intérieur, mais il n'y avait pas un seul passager à bord. Au début, j'ai fait le joint avec la *Weinstube*, me disant que j'allais bientôt voir émerger du restaurant une cargaison de touristes. Mais aucun autre client n'est sorti. Apparemment, ce car était juste garé là provisoirement avant d'aller chercher ses passagers ailleurs pour leur faire traverser l'Allemagne en voyage de nuit. A bord, il y avait une femme occupée à enlever méthodiquement les housses blanches des appuie-tête sur tous les sièges. Elle ne cessait de parler à un homme assis à la place du chauffeur, et qui avait les pieds en l'air. Je n'entendais rien. Mais je la voyais s'arrêter de temps en temps pour insister sur quelque chose. Au bout d'un moment, elle est retournée à l'arrière du car et elle s'est mise à fixer des housses propres sur les appuie-tête, en procédant de droite à gauche. Toujours de droite à gauche.

On oublie vite à quel point tout a cessé de bouger. Il suffit de voir un car à l'arrêt pour ne plus tenir en place. Il suffit de voir un travail accompli méthodiquement pour s'impatienter et être pris de l'envie d'arpenter le trottoir. Il suffit d'être vu avec un sac qui n'est pas le sien posé par terre à côté de soi pour être pris pour un voyageur.

Le car est parti. Helen a fini par sortir. Elle s'est jetée à mon cou spontanément. Et puis elle a vu le sac par terre et elle a dit : Tu n'aurais pas dû. Elle m'a donné un baiser en guise de remerciement. C'est une chose que je te devrai, a-t-elle ajouté. Je m'attendais à la voir se mettre à genoux et fouiller le sac de Dieter immédiatement pour trouver des indices. Elle s'est retenue. J'ai empoigné le sac. Elle m'a pris par le bras et elle s'est mise en route.

Je t'offre un verre, m'a-t-elle dit.

C'est encore une chose qui m'a bien plu chez elle. Cette façon de dire merci une fois et d'en rester là. Elle ne continue pas à se sentir redevable éternellement. Elle passe à autre chose. On s'est arrêtés en chemin dans un petit bar et on a pris un ou deux verres. Elle a même voulu goûter un peu de bière elle aussi. On a parlé du patron de la *Weinstube*. Jamais, m'a-t-elle dit, elle n'avait rencontré quelqu'un de si TOTALEMENT dépourvu d'imagination.

Elle a fini par ouvrir le sac de Dieter et elle a jeté un rapide coup d'œil à son contenu. Comme je m'y attendais, il n'y avait pas le moindre indice, pas d'indication d'une autre adresse. Rien que des vêtements en tapon et quelques magazines. Le seul objet d'une certaine valeur était une torche électrique. Quant aux vêtements, je me doutais qu'ils ne tarderaient pas à passer à la lessive et à trouver leur place dans mon placard comme s'ils faisaient partie de mes affaires.

Nous sommes revenus à notre sujet. J'ai dit à Helen qu'elle devrait quitter la *Weinstube*. Ça n'était pas un lieu pour elle. Elle n'était pas faite pour ce genre de travail. Et en plus, elle était enceinte. Il ne fallait pas qu'elle reste debout aussi longtemps.

Personne n'était fait pour travailler à la *Weinstube*, m'a-t-elle dit. Personne n'était fait pour avoir des enfants.

Si on boit, c'est pour perdre la tête.

Pourquoi ne pas arrêter de travailler ? Donne ton préavis. Cet argent, tu n'en as pas vraiment besoin.

Je ne demanderais pas mieux que d'arrêter, a-t-elle dit.

Voici comment Helen fait l'amour.

Elle pousse des cris. Elle réfléchit. Par moments, elle rêve. Elle envoie tout promener. Puis elle devient d'un calme étonnant. Elle est imprévisible, brusque, et même violente. Parfois elle fait semblant de crier.

J'ai pris la précaution de fermer la fenêtre. Mes voisins de Sonnenallee ont l'oreille sensible. Le sommeil léger.

Debout, appuyée au mur de la chambre, Helen m'a laissé l'embrasser. D'une main, elle m'a saisi par la nuque. Au bout d'un moment, elle s'est écartée un petit peu et elle s'est mise à m'embrasser le visage. Et puis soudain elle m'a mordu la joue, juste au-dessous de l'œil.

Ne fais pas ça, bon Dieu, ai-je dit en reculant.

Elle a ri. Et montré les dents.

Ne mords pas. J'étais furieux.

Bon, c'est promis. Je ne mordrai plus.

Elle a bondi sur le lit et elle a commencé à se déshabiller. Elle agit vite mais sans précipitation. Elle a sauté par terre pour aller rouvrir la fenêtre, elle est restée là un instant, puis, d'un bond, elle est retournée sur le lit. Elle était à genoux et elle tenait un oreiller contre elle. Elle m'attendait.

Dans ton état, tu ne devrais pas sauter comme ça dans tous les sens.

Pourquoi pas ?

C'est plus fort que moi, je me dis que tu vas abîmer quelque chose.

Quoi donc ?

L'enfant, voyons. Tu ne crois pas que tu devrais faire attention ?

Elle s'est relevée d'un bond et elle m'a lancé l'oreiller. J'ai réussi à refermer la fenêtre avant qu'elle se mette à crier. Je me suis assis sur le lit et je l'ai embrassée à nouveau. Ça l'a calmée. Mais il faut qu'elle parle. Elle a une voix chaude qui donne exagérément confiance. Elle dit tout ce qui lui passe par la tête simplement pour dire quelque chose. Spécialiste de l'information. En plus, elle aime garder les yeux ouverts. Quand elle les ferme, c'est pour me voir. Quand elle se tait, c'est pour m'entendre.

Tu ne crois pas que je vais t'écraser ? Et l'enfant ?

Tu es fou. Ne t'inquiète pas comme ça. J'ai à peine grossi. Il est encore minuscule. Il ne peut rien arriver. Je te jure. On ne sent même pas la bosse.

Toutes les fenêtres étaient fermées. Les lumières éteintes. Les voix se perdaient. Les rues de Berlin étaient désertes. Même l'absence de bruit peut être lourde de sens.

Helen a donné des coups de pied. Elle m'a mordu l'épaule. Elle a poussé des cris. Elle a joui la première et elle a eu le privilège de m'attendre. Même immobile, on continue à bouger. Même les voisins ont dû finir par s'endormir.

C'est fait. J'ai pris la place de Dieter.

Le lendemain matin, j'ai dit à Helen de ne pas retourner travailler. Laisse tomber, lui ai-je dit. Ça donne une mauvaise odeur à tes cheveux. Je vais téléphoner pour dire que tu es malade.

Arbeit macht frei, a-t-elle dit en riant.

Tu parles ! *Arbeit macht krank !* Je vais leur dire que ce travail te rend malade.

Elle a pris une douche et elle est retournée se coucher. Je lui ai apporté du thé. Elle ne supportait pas la vue de la nourriture. Tout ce qu'elle voulait, c'était revivre le passé. Elle m'a attiré près d'elle. Quand on refait une chose, c'est pour croire à ce qu'on voit.

VI

INTIMITÉ, AFFICHES ET INFIDÉLITÉ

Wolf et Hadja ne cessent de se prendre à la gorge.

Depuis l'incident de l'Aula, l'atmosphère est tendue constamment. Mais on dirait aussi qu'ils n'ont ni l'un ni l'autre franchement envie de faire la paix. Ça n'a pas de sens de se réconcilier trop vite. Pour une raison ou une autre, l'harmonie est reportée à plus tard. Wolf a beau dire et redire que tout est fini avec Lydia et qu'il a rompu toute relation avec elle, Hadja refuse de le croire. Peu lui importe. A moins qu'elle n'ait envie de le faire souffrir un peu. De lui faire payer ça.

Leurs disputes orageuses commencent de bonne heure le matin et se poursuivent jusque tard dans la nuit. Ma présence même ne les retient pas. Ayant le privilège de servir de bras droit à Wolf pendant le montage de sa maquette pour les maisons de disques, je deviens du même coup témoin direct d'un bon nombre de leurs querelles enflammées et passionnées. Rien ne les arrête.

Hadja se refuse désormais à tout contact physique. Ce qui déprime Wolf.

Qu'est-ce que je peux faire ? Elle ne veut pas qu'on en parle. Elle ne veut pas que je m'explique. Elle ne veut pas me faire l'amour. Je n'ai même pas droit à un baiser.

Ne t'en fais pas, Wolf. On est en pleine période électorale.

Mais il ne saisit pas la plaisanterie. En fait, je ne pourrais guère tomber plus mal. Hadja est justement en train d'aider son frère Konrad en posant des affiches électorales dans tout Berlin. Konrad est au SPD. Il met ses ressources à la disposition du parti. Hadja doit ce service à son frère. Et le SPD en sera redevable à Konrad.

Wolf, lui, est redevable à Hadja. Or, pour le moment, Hadja a cessé de s'occuper des affiches de Wolf pour s'occuper de celles de Helmut Schmidt. C'est plus que Wolf n'en peut supporter. Témoin de cette tension : son port de tête. La fréquence de ses regards vers le sol. Son comportement de plus en plus contradictoire : il allume le plafonnier dans une pièce et, quelques instants plus tard, il éteint tout. La virulence et le trouble avec lesquels il déclare ne plus trouver des objets aussi indispensables que tournevis, médiators ou ruban adhésif. Le nombre de *Scheisse* et autres jurons qu'il profère. La vitesse à laquelle il a pris l'habitude de manger, en balançant la jambe. La confiance et l'admiration exagérées qu'il m'accorde pour tout ce qui est d'ordre technique. Le rythme effréné auquel il se lance dans son travail. Comment Hadja peut-elle le mettre dans un état pareil ? A vrai dire, c'est exactement ce qu'elle cherche à faire.

Tu aurais dû ménager mes sentiments, lui reproche-t-elle une fois de plus, après le dîner.

La satisfaction gastronomique alimente les querelles domestiques. A estomac plein, esprit lourd.

Ça te va bien de parler de sentiments, lui rétorque Wolf d'un ton cassant. Le regard hostile qu'il lui jette, du fauteuil où il se prélasse à l'autre bout de la pièce, est alourdi par les éléments nutritifs. Le rot qu'il réprime ôte du poids à ses paroles.

La nourriture tue.

Les sentiments, répète-t-il. Tu peux toujours en parler ! Tu les respectes à peu près autant qu'une *Autobahn*.

De sa place, Hadja lui adresse un *Scheisse* bien senti.

Nous y voilà, dit-elle. Tu ne comprends rien à ma sensibilité, c'est simple. Tu ne penses qu'à toi, à ta musique et à cette fille, cette Lydia.

Écoute Hadja, braille-t-il. C'est peut-être pas la peine de revenir sur tout ça. C'est fini. Tu comprends ? Fini. *Fertig – aus !* Basta !

La musique facilite la digestion.

Wolf se lève pour mettre un peu de musique. Il se dirige vers une table d'enregistrement et il se met à rembobiner des bandes montées bout à bout. Puis il cherche dans une boîte une cassette à écouter après le dîner. Ses enregistrements sont tous soigneusement étiquetés de sa propre main. Le temps qu'il met à choisir sa musique, en procédant par élimination, prouve son embarras. L'intensité avec laquelle Hadja suit des yeux chacun de ses mouvements est le reflet de l'intensité de l'activité intestinale postdînatoire. Il est trompeur d'attribuer les éclats de voix ou l'hostilité ambiante à la qualité des aliments ingérés.

Wolf a des centaines de cassettes dans sa collection. La pièce n'a qu'une lampe. Hadja n'a qu'une chose en tête. Pour le moment, il y a des fils électriques qui courent partout dans la salle de séjour. Des fils qui passent dans l'entrée et vont dans la salle de bains.

De toute façon, dit Wolf, il me semble qu'on avait pour principe bien établi la non-ingérence dans les affaires personnelles de l'autre.

La non-ingérence ? hurle Hadja. Elle ouvre tout grands ses yeux bruns. La confiance et l'honnêteté, c'était ça nos principes.

Il me semblait entendu qu'on ne ferait pas d'histoires pour des petites liaisons sans importance ou des rapports amicaux avec d'autres, dit Wolf. Je croyais qu'on s'accordait mutuellement une certaine liberté de mouvement, non ?

Très bien, dit Hadja. Alors je vais en faire autant. Je vais prendre le premier Grec ou le premier Italien qui me tombe sous la main et le mettre dans mon lit. C'est ça que tu veux ? Je suis sûre qu'il y aura la queue, qu'ils seront tous là à tirer la langue. Alors, ça te va comme ça ?

Enfin, Hadja, sois raisonnable.

Est-il déraisonnable d'associer une langue pendante au désir physique ? De mettre sur le même plan l'appétit et le désir ? D'établir un rapport entre l'occasion et le besoin ? On oublie vite les hommes avec lesquels on a couché. Les hommes faciles à oublier sont des repas rapides.

Si j'allais voir un peu ce qui se présente ? dit Hadja.

Wolf s'énerve. Il veut s'expliquer raisonnablement. Hadja refuse. Rationaliser, c'est digérer. Opérer un métabolisme. Oublier.

Si j'allais me chercher un jeune musulman costaud, dit-elle, quelqu'un qui guérit vite, ajoute-t-elle après un temps d'arrêt.

Arrête ces paroles de merde, crie Wolf.

C'est une erreur d'établir un rapport entre le mot *Scheiss* et le métabolisme. Hadja a les bras croisés. En formation de combat. Elle a sur les lèvres un sourire qu'on pourrait, à tort, attribuer à la gentillesse plutôt qu'à l'hostilité. Elle a le regard affamé. Wolf n'a toujours pas trouvé de musique pour l'après-dîner. Il parcourt la pièce d'un pas hésitant, poursuivi par le regard tenace de Hadja. C'est une erreur d'établir un rapport entre l'indécision et la variété du régime alimentaire. Peut-être Wolf essaie-t-il en ce moment de trouver une musique qui soit aussi blessante pour Hadja que les dernières paroles qu'elle vient de lui adresser. Le cours de leur dispute fait penser à un robinet mélangeur de douche qu'on pousse dans un sens et dans l'autre, millimètre par millimètre, entre la flèche rouge et la flèche bleue.

Tout d'un coup Wolf trébuche en se prenant le pied dans les fils qui traînent par terre.

Kruzifix ! s'écrie-t-il.

Sourire aide à digérer. Les injures ont fait place à un long silence pénétrant.

Fais ce que tu veux, ça m'est égal, dit Wolf brusquement, mais assez calmement.

Arschloch, réplique Hadja. Si seulement j'avais gardé mon appartement de Sonnenallee, j'y retournerais tout de suite.

Ce n'est qu'une menace. Déjà proférée en d'autres occasions.

Mais une menace tout de même, et qui suffit à faire déborder le vase. Wolf ne dit rien, mais il se met à fouiller frénétiquement dans une boîte, qui contient des bandes de toutes sortes. On ne peut pas ne pas répondre à une injure, et Hadja attend la réplique. Apparemment, Wolf a fini par trouver ce qu'il cherchait. Il y a maintenant dans ses gestes une assurance qui ressemble assez à de la satisfaction. Il place une petite bobine sur la table de lecture verticale, il fait passer l'amorce du côté vide et il commence à rembobiner.

Il appuie sur ARRÊT. Puis sur MARCHE. On entend le son d'une trompette braillarde mais lointaine. Il arrête, il revient plus loin en arrière. Il tapote du doigt sur l'appareil avec impatience. Nouvel arrêt. Marche. Bruits de voix. Avance rapide. Marche.

Au début, rien. Rien que le bruit de la bande elle-même. Ambiance. Il met plus fort. Un vague sifflement. Hadja écoute. Vient alors le bruit bien net d'une porte qui se ferme. De quelqu'un qui tousse, ou grommelle, et puis qui marche ou évolue dans un lieu clos. Suivent des bruits étouffés de respiration. On tire sur du tissu. Alors un bruit très net retentit. Celui de quelqu'un qui pisse. Qui pisse, oui, aucun doute possible. C'est si bruyant que Hadja lance un regard horrifié à l'autre bout de la pièce. Avec une fureur grandissante, qui ressemble fort à un intérêt personnel très marqué, elle commence à comprendre. On croirait entendre une vache. Le bruit est exagéré, amplifié. Mais il n'y a aucun doute possible. Quand Wolf pose son regard sur elle, Hadja n'a plus qu'à se rendre à l'évidence de ce qu'elle a déjà deviné : ce qu'elle entend, c'est elle en train de pisser. Il a enregistré ses bruits intimes. Et maintenant il les lui fait écouter. Elle en est presque muette.

Blöder Schuft, crache-t-elle vainement.

Elle se lève et elle sort. Avant même que le bruit de la chasse d'eau ne sorte des haut-parleurs, elle a déjà quitté les lieux en trombe et claqué la porte derrière elle. Claquer les portes a perdu tout effet. Ainsi que tout ce par quoi on essaie généralement de délimiter les choses. Rien ne se termine plus au point prévu. Est-ce le moment où on ne dit plus rien qui marque la fin d'une dispute ? Peut-on dire que les gens disparaissent au moment où on ne les voit plus ?

J'ai intérêt à favoriser l'harmonie et la réconciliation entre Wolf et Hadja. Sinon, Hadja pourrait avoir envie de récupérer son ancien appartement. L'instabilité de la situation entre eux pourrait avoir une conséquence directe sur la stabilité de la situation entre Helen et moi-même. Hadja pourrait nous demander de libérer Sonnenallee afin de se sentir plus indépendante. N'oublie pas ça, me dis-je sans cesse. Je collabore avec eux autant que je le peux.

C'est par souci d'assurer la stabilité et la confiance en l'économie que des élections se tiennent actuellement en Allemagne de l'Ouest. Dans tout Berlin, la première série d'affiches est en place sur les panneaux depuis des semaines déjà. On débat des problèmes sur tous les réseaux de radio et de télévision. On a espoir en l'Allemagne. Les candidats parlent d'enthousiasme nouveau dans l'âme du peuple. De planification rationnelle. Dix fois plus grands que nature, ils vous regardent, ces candidats, du haut de leurs affiches, avec une sincérité qui ressemble assez à la confiance implicite dans le sourire des parents.

Quand est-il bon d'avoir l'air allemand ?

A six heures du matin devant les bureaux de l'*Arbeitsamt*, des hommes se rassemblent par petits groupes ou attendent chacun de leur côté, les uns en fumant, les autres les mains dans les poches, et tous guettent avec impatience les voitures qui viennent dans leur direction. Certains sont allemands. Parmi les autres, il y a des Grecs, des Turcs, des Italiens et des Yougoslaves. Ils cherchent du travail, ce qui se présentera. Bien que les bureaux de l'Arbeitsamt n'ouvrent pas avant neuf heures, c'est là qu'il faut se trouver. C'est un lieu d'embauche.

Tôt ou tard, on verra arriver une fourgonnette ou un camion qui, se détachant du flot des voitures, viendra s'arrêter le long du trottoir devant l'Arbeitsamt. Tous s'avanceront comme un seul homme. Cette attitude solidaire ferait presque d'eux des camarades ou des amis, provisoirement du moins. Un homme sautera de la fourgonnette ou, debout sur le marchepied, se penchera par la portière ouverte en scrutant l'ensemble du groupe.

Il a besoin de huit hommes pour déménager du mobilier pendant deux jours. Des bureaux à Friedenau. *Arbeit* pour personnel robuste et expérimenté. Ce mot *Arbeit*, c'est comme la monnaie du pays.

Tous ces visages empressés ont les yeux levés. Comment paraître plus fort qu'on ne l'est ? Moins impatient, moins étranger, plus intelligent ? L'homme debout sur le marchepied choisira huit visages. Huit hommes s'entasseront au fond de la fourgonnette, qui démarrera aussitôt pour rejoindre le flot de voitures, laissant les autres se disperser à nouveau, réconfortés de voir qu'il n'est pas impossible de trouver du travail, et déçus de ne pas avoir été choisis.

Parfois, une camionnette viendra interpeller ces visages en attente, mais avec à son bord des hommes qui, en fait d'employeurs éventuels, s'avéreront être des fonctionnaires de l'Immigration, qui se mettront aussitôt à interroger les visages étrangers et à exiger des cartes d'identité. Ce lieu d'embauche devant l'Arbeitsamt, ce n'est plus le moment de s'y trouver quand on n'a pas de papiers. Pour travailler à la place des autres, il faut être en règle. La main-d'œuvre d'appoint n'est pas une race clandestine.

Quand est-il bon d'avoir l'air turc ?

Hadja a eu son frère Konrad au téléphone. Il lui a demandé d'aller immédiatement recruter à Kreuzberg trois hommes capables. Le moment est venu de faire poser partout en ville la deuxième série d'affiches de Helmut Schmidt. Il faut des hommes qui travaillent vite. L'opération doit se faire rapidement et à moindres frais.

Hadja doit couvrir les lieux d'affichage prévus pour les quartiers de Schöneberg et de Wilmersdorf. Elle se rend à Grossbeerenstrasse où elle est saluée par tous à la fois comme une égale et comme un employeur. Elle a l'air d'une Allemande, mais elle a aussi quelque chose d'une femme turque, elle est un peu des leurs. Elle leur inspire confiance à tous. Elle choisit trois hommes aptes à la tâche, qui s'entassent dans sa voiture et qu'elle emmène au bureau des élections du SPD de Schöneberg pour prendre les affiches, les brosses, la colle et les échelles.

C'est plus que Wolf ne peut en supporter. A se représenter Hadja en train de mener l'opération avec trois Turcs à sa disposition, il a l'esprit en feu. Les affiches de Helmut Schmidt plus grand que nature l'empêchent de se concentrer.

Le petit groupe de Hadja travaille avec calme et efficacité, passant d'un point d'affichage à un autre. Certains panneaux sont plus grands que d'autres et on ne peut pas toujours coller l'affiche en une seule fois. D'abord la gauche du visage, puis le menton, le côté droit, et enfin la casquette de marin démocratique. Chaque affiche est collée avec soin et attention. Aujourd'hui en Allemagne, il y a de l'espoir, de l'enthousiasme, on a hâte d'être à demain. Il y a de la vie dans le regard de Helmut.

Ils y passent l'après-midi. Il faut de dix à vingt minutes pour coller une affiche. Il y a quelque chose d'intime dans ce travail. Ce tête-à-tête répété avec l'affiche d'un dirigeant vue de si près donne aux hommes le sentiment de relations humaines plus étroites ; s'ils croisaient Helmut Schmidt dans la rue, ils auraient l'impression de bien le connaître.

C'est plus que Wolf ne peut en supporter. Cette extraordinaire infidélité de Hadja.

Quand est-il bon d'avoir l'air meurtri ?

Ce soir, au *Bar-o-Bar*, Wolf est sur scène, il redonne une fois de plus le récital de sa vie. Ni Hadja ni Lydia ne se trouvent dans la salle. Lydia ne vient plus. Et Hadja veut marquer son hostilité. Wolf chante comme si elles étaient toutes deux présentes, assises chacune à un bout de la salle, séparées seulement par quelques tables, de la fumée, et un petit espace mal éclairé. Elles constituent l'une et l'autre son public intérieur, celui pour qui il peut chanter à tout moment, qu'elles soient présentes ou pas. Il a besoin de chanter pour elles, plus que pour quiconque ; il a besoin de leur compréhension, de leur sympathie. De leurs exigences et de leurs désirs. C'est peut-être l'idée que Wolf chante pour Lydia, que Lydia fait désormais partie de son public intérieur, qui met Hadja dans une telle fureur. Sur scène, Wolf a l'air d'un homme meurtri, généralement incompris et mis à mal. Par des effets de lumière, je peux exploiter ça au maximum. C'est à moi d'exagérer cette meurtrissure à son avantage.

Les applaudissements en sont une preuve. De même que la tournée générale offerte par un anonyme. Et le fait que les gens n'aient pas envie de partir tout de suite. Après le tour de chant, un homme s'approche pour me demander quand Wolf va sortir un album. Très bientôt, dis-je, tout en continuant à ranger le matériel et à enrouler les câbles, et il s'en retourne satisfait et plein d'espoir. Il y a là deux femmes qui habitent Munich et qui ne sont à Berlin, disent-elles, que pour peu de temps. Comme elles sont munichoises, elles voudraient savoir où elles pourraient revoir Wolf encore une fois avant de s'en retourner chez elles.

Au bar, un peu plus tard, Wolf a l'air pensif et déchiré. Quand presque tout le monde est rentré chez soi ou parti prolonger la soirée ailleurs, il s'appuie sur ses coudes en tenant son verre à deux mains, dans la pose de quelqu'un qui va faire une déclaration importante au fond de son verre.

Hadja me torture, dit-il. Elle ne veut pas me parler. Elle ne veut pas discuter de quoi que ce soit. Elle ne veut pas me faire l'amour.

Il me force à les imaginer au lit ensemble, Hadja et lui. Elle, agrippée à la couette, juchée de son côté, et lui, inerte du sien, la mine glacée et tragique.

Elle est toujours ton impresario ?

Ach, oui, bien sûr. Mais pour l'instant elle s'occupe aussi des affiches électorales du SPD. Ça rend les choses encore plus douloureuses pour moi. Je ne supporte pas qu'elle me fasse ce coup-là. Je ne supporte plus qu'elle me torture comme ça.

Elle est au SPD maintenant ?

Non, bien sûr que non. C'est juste un service qu'elle rend à son frère Konrad. Ici, ils se doivent tous des services.

Il vaut mieux ne pas être débiteur, dis-je.

Wolf approuve de la tête. Il n'y a plus personne maintenant, il ne reste que le barman, qui vaque encore d'un pas traînant à ses petites tâches interminables : il range des verres, passe son chiffon un peu partout, et remet des bouteilles à leur place. Wolf continue à hocher la tête.

Pour l'instant, dit-il d'un air profond, c'est Hadja qui tient tout. Elle veut exploiter la situation sans se presser, en me faisant souffrir. Elle prend plaisir à entretenir ce déséquilibre.

Déséquilibre qui a pour effet de rendre Wolf très productif. Fécond et imaginatif sur le plan artistique. Pour l'art, il y a intérêt à ce que le déséquilibre soit en faveur de Hadja. Pour l'imagination, il y a intérêt à ce qu'on pose des affiches de Helmut Schmidt à Schöneberg et à Wilmersdorf.

Wolf se met à parler de Helen et de moi. Et vous deux ? me demande-t-il.

Est-il déraisonnable de refuser que Helen et Hadja soient mises sur le même plan ? Est-il déraisonnable de mettre Wolf et Helmut Schmidt sur le même plan ?

J'aime beaucoup Helen, ai-je dit. Je ferais n'importe quoi pour elle. N'importe quoi, vraiment.

Est-il insensé de se laisser fasciner à ce point par le travail méthodique d'un barman taciturne ? Est-ce que ça porte malheur de dévoiler ses sentiments ?

Tu l'aimes ? me demande Wolf. Elle t'aime ? Vous couchez ensemble, pas vrai ?

Oui, dis-je, en regardant le fond de mon verre. Elle est adorable. Je n'ai jamais rencontré quelqu'un comme elle. J'espère juste que ce Dieter ne va jamais reparaître.

Comment ça, Dieter ? dit Wolf, l'air furieux, prenant fait et cause pour moi. Il l'a quittée. Abandonnée. C'est toi qui l'as recueillie, qui t'es occupé d'elle quand elle avait besoin de quelqu'un, pas vrai ? Dieter n'a rien à dire. Il n'a pas le droit de reparaître.

Est-il déraisonnable de simplifier les choses ? De céder au besoin de mettre de l'ordre, de passer le chiffon et d'empiler des verres ?

Helen fait partie de mon public intérieur. Je parle comme Wolf, je me prends pour un chanteur, je chante pour elle.

Je rêve d'une vie aussi simple que la tienne, dit Wolf. Je rêve de vivre un amour simple, comme toi.

Je comprends ce qu'il veut dire, mais je fais semblant de ne pas comprendre.

Je rêve d'être aimé sans rien devoir en retour, dit-il. Ici en Allemagne, on dirait qu'ils doivent tous quelque chose à quelqu'un. Si tu n'as pas ce que tu veux, c'est que tu l'as voulu. T'es un inadapté, pas vrai ?

Wolf parle tout seul. J'approuve de la tête. Le barman continue à rincer des verres et à refaire éternellement la même chose.

Ici, en fait, ajoute Wolf, on est tenu moralement de rechercher la satisfaction. Il n'y a pas un pays où la satisfaction soit mieux récompensée. Plus obligatoire.

Wolf lève son verre de schnaps entre le pouce et l'index. Il boit d'un trait et marque un temps d'arrêt. Puis, à nouveau emporté par l'émotion, il commence à s'adresser lentement et résolument à une rangée de bouteilles de l'autre côté du bar.

Je voudrais vivre au sein d'une minorité, dit-il. D'une petite race qui n'a plus rien à perdre. Les Palestiniens. Les Kurdes. Un peuple dépossédé.

Quand est-il bon d'avoir l'air ivre ?

Ne plus bien entendre est un privilège. Ne pas être très stable est un luxe, un avantage certain que nous avons, Wolf et moi, sur cet Helmut Schmidt plus grand que nature qui nous dévisage du haut de ses affiches à Innsbrücker Platz sur le chemin du retour. J'ai remarqué que, dans ses yeux, l'éclat du regard est donné par un carré blanc à gauche de chaque pupille. Il y a de la vie dans son regard. Il n'a pas l'air d'avoir bu. Les deux piétons que nous sommes dans Schöneberger Strasse font partie de son public intérieur, que ça nous plaise ou pas. Nous sommes forcément des électeurs qui rentrent chez eux à une heure tardive. Se moquer d'affiches inertes rend impuissant. Pisser dans la rue rend sourd. S'attaquer aux hommes politiques laisse une impression de vide.

Wolf m'a supplié de l'accompagner pour un dernier verre au *Tischtelefon*. Il n'avait pas le courage d'affronter Hadja, soi-disant. Nous sommes donc entrés et nous avons traversé la grande salle où nous avons vu des hommes et des femmes assis à des tables numérotées devant un téléphone, une petite lampe rose et un seau à glace, avant d'atteindre le petit bar du fond, où la lumière vient essentiellement d'un petit écran sur lequel apparaissent des scènes sylvestres et érotiques en noir et blanc. Indifférents à celles-ci, nous sommes allés droit au bar. Comme toujours dans la semi-obscurité, il est difficile de voir si l'endroit est désert ou plein de monde.

Wolf s'est affalé sur le bar et il a commandé un calvados. Petit à petit, mes yeux ont accommodé et j'ai distingué quatre ou cinq hommes seuls assis sur des sièges bas, en train de regarder les scènes sylvestres. Une femme est arrivée dans notre dos et elle nous a pris par la taille.

Faites pas cette tête, *meine Herren*, nous a-t-elle dit.

J'ai remarqué le dessous de ses bras nus, blancs et charnus, tout en muscles avachis et flasques. Rien que de très normal en quelque sorte.

Allons, *Kumpel*, faites pas cette tête. Vous avez rien perdu. Le spectacle va commencer tout de suite.

Wolf l'a ignorée complètement. Elle méritait plus d'égards. J'ai d'abord réagi par un signe de tête, et puis je lui ai dit que je serais content de voir son numéro. Ça a eu l'air de lui faire plaisir. Au bout de dix minutes, brusquement, les scènes sylvestres se sont éteintes. On a vu s'éclairer un petit plateau couvert d'un tapis violet. Des haut-parleurs cachés ont commencé à diffuser discrètement une musique pour cuivres.

De la musique couleur de chair, a dit Wolf, sans se retourner.

La femme a paru sur scène et s'est mise à danser. Mais ses mouvements de bras et de jambes semblaient d'une vigueur excessive. Elle avait peut-être des hanches artificielles ? Et puis je me suis aperçu que la chair de son ventre était également blanche et molle. D'une texture si lâche et si flasque qu'on l'aurait crue totalement insensible ; sous anesthésie locale en permanence. Par curiosité, j'aurais voulu la pincer pour faire l'expérience. On est partis.

Le jour rend aveugle.

Il faisait grand jour quand je suis enfin arrivé à Sonnenallee. C'est ce que m'a dit Helen quand je me suis réveillé le lendemain vers midi. Elle tournait en rond dans la chambre en attendant que je me réveille, comme une enfant qui attend qu'on lui donne la permission de parler. Elle avait dû tourner en rond comme ça dans l'appartement toute la matinée, à attendre.

Je n'ai pas dormi de la nuit. Je ne savais pas où tu étais.

J'étais avec Wolf, ai-je répondu aussitôt. Tu ne devrais pas t'inquiéter comme ça.

Je t'ai attendu. Toute la nuit. Comment suis-je censée savoir où tu es ?

Accuser est une preuve d'intérêt.

Tu aurais dû te douter que j'étais avec Wolf, je pensais que ça allait de soi, dis-je.

Se défendre est une preuve de capitulation.

J'attendais, a-t-elle répété. Tu ne comprends pas que ça me semble long de rester seule ici la nuit ? Tu crois que c'est un plaisir de passer son temps à attendre toute seule ?

Helen a de grands yeux ronds. Là, en face d'elle, j'avais l'impression de ne pas valoir mieux que Dieter et je n'ai rien trouvé à dire. Je ne pouvais que lire à nouveau la tristesse sur son visage. Pour la première fois, je m'apercevais que mon absence pouvait l'empêcher de dormir. Qu'elle risquait de devenir folle à passer des heures interminables seule dans l'appartement. Et que sa grossesse était une forme d'emprisonnement. Maintenant qu'elle ne travaillait plus à la *Weinstube*, elle avait trop de temps pour réfléchir. Elle passait trop de temps à attendre.

Tu rentres en plein jour. Soûl comme un âne. Apparemment, la violence initiale de sa colère avait décru. De temps en temps, il nous arrivait de nous disputer ainsi. Mais toujours poliment. Rien de commun avec ce qui se passait entre Wolf et Hadja.

Et puis tu es venu te coucher et tu m'as touchée partout avec tes mains glacées comme du poisson mouillé. Tu t'es mis à dire que j'avais une balle de tennis dans le ventre.

Comment ?

Oui, tu as les mains froides comme du poisson mort.

Les redites sont un signe de solitude. L'humour est un signe de chagrin. Chaque fois que Helen parle sérieusement, je devrais peut-être me dire qu'elle plaisante.

Elle est allée ouvrir la fenêtre, faisant entrer un petit air frais qui m'a balayé le visage, et le bruit agressif des travaux dans la cour.

Ah, Helen, s'il te plaît. Pas ça. Tu sais bien que je ne supporte pas le bruit des ouvriers.

Bien fait. Ça t'apprendra à ne pas rentrer de la nuit.

Le bruit du travail des autres me rend fou. Je me suis assis et je l'ai regardée.

Qu'est-ce que ça peut te faire l'heure à laquelle je rentre ? Je travaille la nuit.

Elle a eu un mouvement de recul et elle s'est tue.

Moi au moins, je reviens. Je suis là, non ? Tu ne peux pas en dire autant de Dieter.

Qu'est-ce que je dois comprendre ? a-t-elle répliqué avec fureur.

Sa colère s'était ranimée. Son regard ne trompe pas.

Si tu crois que je compte sur toi pour remplacer Dieter, tu te trompes, mon ami.

Elle avait haussé le ton. L'agressivité est un signe d'attirance.

Si tu crois que c'est pour combler le vide que je suis venue ici, tu te trompes. Tu ne vas pas te mettre à te comparer à lui. Je n'ai pas besoin d'un suppléant.

Je ne suis pourtant rien d'autre, en fin de compte, me suis-je écrié, me laissant aller, dans ma colère, à formuler certaines questions que je me posais intérieurement. Alors qu'est-ce qui se passera quand tu auras retrouvé Dieter ? Qu'est-ce que tu vas faire quand il reviendra ?

Comment peux-tu poser une telle question ? a-t-elle dit en tournant la tête vers la fenêtre. Je ne peux pas parler à sa place, ni à la place de personne. Je ne peux rien dire sur l'avenir. Sur une possibilité aussi vague.

Pourtant, tu continues à le chercher, non ?

Il faut bien. Je porte son enfant.

Qu'est-ce qui se passera quand tu l'auras retrouvé ? On me virera, on me laissera tomber. C'est bien ça ? Je ne suis qu'un substitut en quelque sorte.

Ne sois pas idiot. Où as-tu pris cette idée ? Je ne dépends ni de toi, ni de lui, ni de personne à vrai dire. En rien. Ici, on ne fait pas de promesses. Tant que je suis là avec toi, je t'aime. Je ne peux rien dire de plus. Si Dieter reparaît, la situation change complètement.

De toute façon. Qui te dit que j'ai envie de le voir revenir ? Je ne peux rien dire sur l'avenir, tu comprends.

Le bruit des travaux dans la cour était intolérable. Je me suis rallongé sans rien dire. Le silence fait mesurer combien on a été au bord de dire quelque chose que, finalement, on décide de garder pour soi. Helen s'est remise à tourner en rond. Rien n'est plus convaincant que l'action. Il m'a suffi de voir ses épaules, sa nuque et sa manière de se déplacer pour comprendre qu'elle s'était mise à pleurer. A nouveau, il m'a semblé que c'était moi qui l'avais abandonnée. A nouveau, j'ai eu l'impression de ne pas valoir mieux que Dieter.

Helen, ai-je dit en essayant de l'attirer vers moi. Mais elle m'a regardé avec ses grands yeux ronds embués de larmes et elle a voulu sortir de la chambre. Je l'ai rappelée.

Helen, viens ici. Assieds-toi sur le lit.

Pour la première fois, j'avais besoin de savoir pourquoi elle pleurait. Pourquoi elle était inquiète. Pourquoi elle se sentait seule. Si ses parents lui manquaient. Et Dieter. Ce qu'elle pensait de moi. Pour la première fois, j'avais besoin de savoir ce qui se passait dans sa tête d'un instant à l'autre. Pour la première fois, j'avais besoin de la voir sourire.

Par souci de calme, je lui ai demandé de fermer la fenêtre. Elle s'est assise sur le lit à côté de moi, toujours peu disposée à me regarder droit dans les yeux. Elle pressait un doigt contre sa narine.

Ça n'est pas moi qui pleure, a-t-elle dit. Je ne sais pas ce que j'ai. C'est juste que je suis enceinte. C'est sans doute une histoire d'hormones. Ça n'est pas moi.

Je lui ai pris la main et je l'ai serrée fort, comme si je pouvais arrêter ses larmes. Je me suis mis à parler comme si j'étais en quelque sorte investi du pouvoir d'organiser l'avenir. Je me suis mis à faire des promesses.

Désormais, tu me suivras partout, lui ai-je dit.

Parler fait mesurer à quel point on a été au bord de ne rien dire. Promettez, et le monde entier n'est plus que promesse. C'était une promesse extravagante. Impossible, irréaliste même, je le savais, mais, d'une certaine manière, ça semblait la chose à dire, et je n'ai pu qu'attirer Helen dans mes bras pour sentir la trace de ses larmes sur mon épaule nue. Elle s'est mise au lit sans un mot.

C'est par souci de sécurité qu'on porte des chaussures à bout d'acier sur les chantiers de construction. C'est par souci d'efficacité qu'on expédie les choses en urgence. C'est par souci démocratique que les candidats sourient. C'est par souci de stabilité qu'on promulgue des lois, qu'on admire ce qui rapporte, qu'on oublie le passé, qu'on fait des promesses, qu'on échange des regards, qu'on abandonne pour un temps toute conviction et toute logique. C'est par souci des voisins qu'on fait le moins de bruit possible.

Par souci de progrès, on ignore les voisins, on se déshabille, on oublie Dieter, on met la grossesse au placard, et les voix se confondent.

VII

POLIZEI

Ces temps-ci, Hadja est d'une activité fébrile, c'est presque plus fort qu'elle. En plus de tout le reste, elle est taraudée par un petit souci supplémentaire. Une sorte de malaise subconscient qui ne veut pas la lâcher. Elle a lu dans une revue que ce sont ces petits problèmes non résolus qui perturbent le plus l'esprit et mettent le plus les nerfs à l'épreuve. En ce moment, ce qui la tracasse surtout, c'est une de ces préoccupations secondaires. Il y a des mois qu'elle n'a pas vu Sulima et qu'elle n'en a pas de nouvelles.

A présent, Sulima est devenue une obligation essentielle dans sa vie. Elle craint qu'après s'être convertie à la vie berlinoise, Sulima n'ait ressombré dans son ancienne soumission à la tradition islamique. Hadja est à sa recherche, mais elle ne la trouve pas. Elle craint que Sulima ne coure toujours le risque de tomber entre les mains de cet étudiant iranien à qui elle a été promise en mariage par arrangement.

Au cours des quelque six semaines qui se sont écoulées depuis le concert de l'Aula, elle a réfléchi plus sérieusement au problème. Comme elle ne va plus guère à l'université maintenant, le contact régulier avec Sulima est rompu. Elle est sûre que Sulima est désormais suffisamment pénétrée des principes de la liberté occidentale pour ne pas tomber dans le piège de ce mariage convenu. Elle veut, en quelque sorte, s'assurer que sa propre influence n'a pas faibli.

Sans qu'on sache pourquoi, Sulima ne répond pas au téléphone. Elle n'accuse pas réception non plus des messages laissés pour elle à l'université. Quand finalement Hadja est allée s'enquérir d'elle à la faculté de pharmacie, on lui a dit qu'il y avait des mois qu'on n'avait pas vu la jeune Iranienne. Hadja s'est alors rendue à Steglitz, chez Sulima, mais là non plus elle n'a pas obtenu de réponse. C'est inquiétant. Une jeune étudiante seule à Berlin.

L'urgence de cette obsession m'amuse. Voilà que tout d'un coup, il est capital que j'accompagne Hadja pour une deuxième expédition d'investigation à Steglitz. Je la soupçonne de vouloir se défouler sur Massoud, l'Iranien, faute de pouvoir se défouler sur Wolf. Mais elle prétend que c'est une question de vie ou de mort. Sulima est retombée sous l'emprise de l'Islam.

Enfin Hadja, il faut regarder les choses en face. Tu ne crois tout de même pas que tu vas changer le destin de l'Islam ?

Je me sentais en droit de poser cette question, puisqu'elle semblait décidée à me mêler à l'affaire. J'essayais de me défiler, disant que ça ne me regardait pas, que je n'avais pas à fouiner chez les autres. Pourquoi moi ? Pourquoi ne demandait-elle pas plutôt à Wolf ? Ça n'intéresserait pas Wolf, a-t-elle répondu.

Qu'est-ce qui te fait croire que ça m'intéresse de changer le cours naturel des événements ?

Voyons, Alan. Il faut que nous aidions Sulima. Elle est en difficulté. C'est à nous de faire quelque chose.

A nous ?

Tu sais comment ces musulmans sont faits. Tu sais de quoi ce salaud de Massoud est capable.

Non.

Ah, je préfère ne pas y penser. Ne pas me représenter ce que ce serait d'être moi-même en difficulté sans personne pour seulement chercher à savoir ce qui m'arrive.

Mais pourquoi Hadja veut-elle que je m'en mêle ? Et pourquoi s'excite-t-elle périodiquement sur des cas de disparition ? Je ne peux pas me permettre de refuser, et elle ne veut pas admettre mes réticences. Elle a besoin de moi pour la protéger de ce fou d'Iranien, encore qu'il s'agisse plutôt d'un secours moral que physique, je suppose. Il lui faut quelqu'un qui puisse la soutenir dans son inquiétude légitime. Et s'il m'agresse ? me dit-elle. Je suis déjà dépassé, je le vois bien, par son imagination galopante.

Comme tous les vendredis, sauf si je peux y échapper d'une façon ou d'une autre, j'accompagne Hadja dans sa tournée à Grossbeerenstrasse pour encaisser les loyers. Il n'en faut pas plus pour me rappeler qu'on ne résiste pas à la vue de cette misère noire. Et pour m'étonner une fois de plus de la propreté méticuleuse de certains de ces logements turcs à côté de la crasse de la cour et de la puanteur des couloirs et des escaliers. Des flots désordonnés de musique emplissent la maison. Toutes les radios et tous les lecteurs de cassettes sont en marche, comme un pouls qui bat, comme si le silence entraînerait la mort instantanée. Des femmes nous proposent d'entrer prendre un café, mais Hadja décline. Elle sait, grâce à un certain sourire, leur faire payer leur dû en riant, de toutes leurs dents en or. En remettant leur loyer, elles transmettent des potins et de petites requêtes – des cousins qui cherchent du travail, par exemple – tout en continuant à rire à gorge déployée, mais je n'y comprends rien car elles parlent en turc. Chemin faisant, Hadja m'explique. Elle les décrit comme des personnages de dessins animés. Moi, la langue turque ne m'évoque que des dents ou des bracelets en or.

Après cela, Hadja va déposer l'argent à la Commerzbank et elle m'offre le café et la part de gâteau habituels. Deux tasses de moka et deux Apfelstrudel *mit Schlagsahne*. Une dose de crème suffisante pour effacer le passé. Avant de prendre place, elle va vite, à tout hasard, essayer encore une fois de joindre Sulima par téléphone.

C'est bien ça, dit-elle avec rage en revenant. Cet obsédé de Persan. Je viens d'appeler chez Sulima à l'instant, et c'est ce Massoud qui répond. Je demande Sulima, alors il me dit qu'elle ne veut pas me parler. Et puis il raccroche... *Mensch!*

Il y a de la fureur dans ses yeux. Les morceaux d'Apfelstrudel disparaissent rageusement dans sa bouche. Elle mastique avec réflexion et agressivité. Il ne faut jamais réfléchir et manger en même temps, ai-je envie de lui dire. Elle boit son café alors qu'il est encore beaucoup trop chaud. La brûlure lui tire une larme, lui donnant un air qu'elle a rarement, une expression de souffrance et d'impuissance qui, chez des personnes robustes comme elle, suscite d'abord le rire. Mais ses yeux ne rient pas, et plus on la regarde, plus on se sent mis en accusation.

Je savais bien. Mais on ne laissera pas faire ça ici, en Allemagne de l'Ouest. Cette ville est une ville libre, dit-elle en me pointant sa fourchette à la figure.

Je vais te dire une chose. Aucune femme, ici à Berlin, ne sera tenue captive par son futur époux. IMPOSSIBLE. Aucune femme ne restera prisonnière ici sous notre nez.

Je regarde autour de nous et je suggère discrètement à Hadja de ne pas parler si fort.

On ne verra pas ça. Ça ne se passera pas comme ça, ici, dans une société libre, je te le garantis. On va aller à Steglitz immédiatement, et on va exiger de parler à Sulima ; sur-le-champ. *Aber sofort!*

Hadja, lui dis-je calmement, en regardant à nouveau les gens autour de nous. Est-ce que nous avons vraiment le droit de nous mêler de la vie privée des autres ?

Um Gottes willen! Alan. Nous ne pouvons pas laisser faire ça sous notre nez. Ces Iraniens, qu'ils fassent ce qu'ils veulent dans leur pays, c'est leur affaire. Qu'ils coupent des doigts et se mutilent entre eux tant qu'ils veulent. Mais ici à Berlin, il faut qu'ils se comportent convenablement, comme n'importe quel citoyen allemand. Sulima a les mêmes droits que n'importe quelle Allemande, tu comprends.

Enfin Hadja, sois raisonnable. Ça n'est pas toi qui vas changer quoi que ce soit, voyons. Tu ne vas pas te mesurer à la colère de l'Islam. Tu ne vas pas te mettre à jouer les gendarmes du monde ?

Écoute, Alan, dit-elle avec un regard lourd et grave. Je ne peux pas rester sans rien faire quand je vois une chose pareille. Les autres, moi, je n'arrive pas à m'en FOUTRE.

Mais pourquoi leur imposer ta conception de la liberté ?

Parce que ça me tient à cœur. Parce que je n'ai pas rien à foutre de Sulima et que je veux l'aider.

Hadja pose sa fourchette avec un bruit sec. Elle est prête à partir.

On ne permettra pas qu'une femme soit tenue prisonnière ici, répète-t-elle, en parlant plus fort qu'il n'en est besoin. Et, au regard qu'elle me lance, je ne peux m'empêcher de penser un instant que c'est de Helen qu'elle parle depuis un moment.

Hadja se lève et ramasse par terre son grand fourre-tout en cuir. A présent, sa détermination est telle qu'elle n'éprouve pas le besoin de s'assurer que je lui ai emboîté le pas.

L'appartement de Sulima à Steglitz se trouve tout en haut d'un immeuble relativement moderne; c'est-à-dire datant de l'après-guerre. A l'extérieur, il y a des moulures de plâtres représentant toutes sortes d'oiseaux. A l'intérieur, il y a un ascenseur, mais pas d'interphone. Sur les paliers et dans les escaliers, le revêtement est en marbre bleu pâle, avec un décor ingénieux d'oiseaux d'autres espèces, ce qui donne à la maison quelque chose d'un peu froid et de tropical à la fois. Il n'y a pas de graffiti dans l'ascenseur, ce qui me donne toujours envie de gribouiller une petite croix gammée ou une insanité quelconque.

Chez Sulima, au sixième étage, personne ne répond. Je commence à trouver que tout cela nous fait perdre bien du temps. Mais Hadja ne va pas capituler si vite, et la voilà maintenant qui laisse son coude appuyé sur la sonnette.

On va me répondre, déclare-t-elle avec une assurance rageuse.

Moi, je vais me pencher au-dessus de la rampe pour regarder tout en bas. En pareil cas, je suis pris d'une curieuse envie de me jeter dans le vide. Ou bien alors, je me retourne et je m'imagine aux prises avec un assassin, un grand type coiffé d'un chapeau mou, il a les mains sur ma gorge, j'ai le dos cambré en arrière au-dessus du vide, et les coudes, ô ironie, confortablement posés sur la rampe.

Sulima, crie finalement Hadja à travers la porte. Qu'est-ce qui t'arrive donc ? Pourquoi est-ce que tu ne réponds pas ?

Hadja ne craint pas d'attirer l'attention. C'est même exactement ce qu'elle veut, en fait. Elle réitère ses appels à travers la porte aussi fort que la décence le lui permet. Voyant que personne ne réagit, elle décide de sonner à la porte la plus proche et d'alerter un des voisins. Elle se confond en excuses alambiquées, et elle demande qu'on veuille bien lui pardonner cette intrusion, expliquant à la vieille dame affolée qui n'ose pas sortir complètement de chez elle qu'il y a tout lieu de s'inquiéter du sort de sa voisine de palier. Elle montre du doigt l'appartement de Sulima. C'est vrai, reconnaît aussitôt la dame en question. Les gens de l'immeuble se sont aperçus de quelque chose. Cela fait un certain temps qu'on n'a pas vu la jeune étudiante persane. On a d'abord cru qu'elle était partie, mais ensuite on a appris par son frère, qui vit maintenant avec elle, qu'en fait elle avait été assez souffrante. Mais il les a assurés qu'il veillait à tout.

Hadja prend un air scandalisé. L'idée que Massoud se fait passer pour le frère de Sulima lui donne envie d'enfoncer la porte d'un coup de pied. Elle fait comprendre nettement à la voisine que c'est une sombre histoire.

Wie komisch ! Sulima n'a pas de frère, s'écrie-t-elle.

Un autre voisin sort sur le palier. Un homme d'un certain âge. Berlin en est pleine. Le bruit des voix attire d'autres personnes âgées, qui ont tôt fait de former un petit groupe et de se mettre à discuter en jetant par moments des regards furtifs en direction de l'appartement de Sulima. On a toujours trouvé qu'il y avait quelque chose de bizarre chez ces deux-là, déclarent-ils. Et Hadja attise leurs conjectures et leurs soupçons par ses insinuations et ses marques d'inquiétude. Que faut-il faire ?

Il y a du louche dans tout ça, dit quelqu'un.

L'imagination collective va bon train. Ayant maintenant l'opinion publique pour elle, Hadja sonne encore une fois chez Sulima pour bien prouver à tout le monde que tout cela n'est pas net. Mais personne n'est prêt à transgresser les normes de la bonne conduite. On préfère proposer des explications. Peut-être que Sulima dort ? Ou qu'elle est en train de travailler ?

En Allemagne, la vie privée est taboue. Rien n'est plus désirable ni plus sacré que le respect de la vie privée. Rien n'est plus digne de violation.

Mais il y a là quelque chose de suspect, insiste quelqu'un. Il faut appeler le Hausmeister.

Une femme qui est montée à mi-étage du palier inférieur demande si les occupants de l'appartement en question ne seraient pas des *Terroristen.* Sait-on jamais ?

Hadja prend sur elle de descendre chercher le gardien. Je ne bouge pas, je reste appuyé à la rampe. Elle revient quelques minutes plus tard, accompagnée d'un vieux bonhomme petit et trapu, aux manches retroussées, qui porte un trousseau de clefs. Mais il n'a pas envie de se servir des clefs, et encore moins d'enfreindre les principes de sauvegarde de la vie privée qu'il est chargé de faire respecter. Il se contente de sonner à la porte. Ils sont unanimes à lui dire que ça ne sert à rien.

Le Hausmeister se défend. Il n'a pas qualité pour ouvrir la porte des appartements. Eux-mêmes rassemblés là sur le palier en conviendront : sauf en cas d'incendie ou d'urgence, il ne peut pas se permettre de rentrer tout bonnement chez quelqu'un et d'en prendre à son aise. Hadja lui démontre que c'est un cas d'urgence. Mais il reste ferme face au grand dilemme éthique de sa profession.

Sur le palier, on se met à débattre des limites un peu floues de ses attributions. Après tout, ça regarde aussi les voisins de palier. On ne devrait intervenir dans la vie privée des gens qu'en cas d'urgence, d'accord. Mais dans le cas présent, il y a quelque chose de suspect, ne cesse de répéter quelqu'un. Doit-on considérer que des étrangers suspects constituent un cas d'urgence ?

Il y a quelque chose de pas net, insiste une vieille dame.

Alors ça relève de la Polizei, déclare Hadja.

Ils tombent tous d'accord que c'est la meilleure solution en la circonstance et, après un dernier appel lancé à Sulima à travers la porte, le Hausmeister décide de téléphoner à la police, ce pour quoi, en toute cordialité et serviabilité, on lui ouvre l'appartement le plus proche, celui de Frau Fuchs. Le Hausmeister y entre, avec l'approbation de Hadja.

Steglitz. Dans ce quartier essentiellement résidentiel de Berlin, la police se targue d'arriver sur le lieu du crime dans un délai moyen d'une minute huit secondes. Fait souvent contesté et soumis à vérification par la presse berlinoise, mais dont la fausseté n'a jamais été établie. Contester ou vérifier ce délai d'intervention d'une minute huit secondes de la Polizei berlinoise est une affaire inextricable à cause des désaccords sur le degré d'urgence. Cette fois-ci, la police a mis dix minutes pour arriver.

L'urgence de l'intervention policière est évaluée d'après le danger encouru par le bien commun. Quand l'État a-t-il le droit d'intervenir ? Quand il est lui-même menacé. Quand l'individu est menacé. Quand on a le sentiment que la liberté individuelle est menacée par la liberté d'un autre individu. L'État garde le droit de protéger l'individu contre lui-même, que celui-ci le veuille ou pas. L'individu n'a pas le droit de dévaloriser ses propres libertés civiques. Il ne peut pas se réclamer de l'inviolabilité de sa vie privée et autres libertés déclarées sacrées par la Constitution quand il se met lui-même en danger.

On voit des uniformes verts passer comme des éclairs en bas de la cage d'escalier. On entend la police entrer dans l'ascenseur. Les voilà, dit quelqu'un. Quand les deux policiers sortent de l'ascenseur au dernier étage, tout le monde s'écarte aussitôt pour leur laisser le passage. Avoir du respect pour les forces de l'ordre, c'est avoir du respect pour soi-même. Sur le palier, ils sont tous heureux de participer à l'opération. Quand on attache une telle valeur à la vie privée, l'intrusion est toute une affaire. Faisant un pas en avant, le Hausmeister entreprend de justifier la nécessité d'une telle intrusion.

On a un problème ici, dit-il en montrant du doigt la porte de Sulima, puis il laisse Hadja prendre le relais.

Les deux policiers écoutent attentivement. Ils n'ont pas l'air inquiet. Dans la police, on écoute en regardant ailleurs. Ils considèrent la porte de Sulima. La topographie du palier, le nombre de pas à faire pour atteindre l'escalier, la position du petit groupe dans leur dos. L'un des deux policiers me regarde de la tête aux pieds. Puis il demande aux gens de reculer un peu. Après coup, Hadja m'a dit qu'il sentait l'ail.

Bon, ça va, dit-il. *Aufmachen!* Ouvrez là-dedans, dit le premier policier d'une voix forte, car si on crie on perd toute autorité. Il appuie sur la sonnette et tambourine à la porte avec le poing, l'air sûr de lui, comme s'il allait réussir par sa simple autorité là où les tentatives de persuasion ont échoué.

Aufmachen! dit-il à nouveau, avec véhémence.

Ils sont là, c'est sûr, dit quelqu'un.

De son palier, la voisine du dessous exprime à nouveau ses craintes des Terroristen. On n'est jamais trop prudent.

Il y a du louche là-dessous, dit encore quelqu'un.

Finalement, le premier policier fait au Hausmeister le signe de tête que tout le monde attend. On s'écarte. Le Hausmeister s'avance et se prépare à ouvrir la porte avec ses clefs. Mais juste avant qu'il n'introduise la clef dans la serrure, la porte se déverrouille d'elle-même et s'ouvre toute grande. Ils en sont tous bouche bée. Massoud, l'Iranien, est là debout dans l'embrasure de la porte avec un large sourire.

Sur le palier, on se met à murmurer tout bas. Le premier policier est soudain irrité par ce sourire en face de lui.

Ah… Vous allez répondre, maintenant, crie-t-il.

Mais l'Iranien reste muet et continue à le dévisager de ses yeux noirs. Des yeux de basilic. Sur le palier, on paraît troublé par la malignité de son sourire. Derrière lui, dans l'entrée de l'appartement, on peut voir un poster du shah d'Iran le front transpercé d'une balle. Et au fond, on aperçoit la chambre, et un poster de Khomeiny grandeur nature. Khomeiny dans une chambre, que peut-on imaginer de moins intime ?

Où est Sulima ? crie Hadja.

Un instant, dit le premier policier, en arrêtant Hadja d'un geste de la main. Procédons par ordre. Il demande à Massoud ses papiers d'identité. *Ausweis, bitte !*

L'Iranien explique que sa carte d'identité est à l'intérieur, et il revient quelques instants plus tard, toujours en souriant, avec deux cartes d'identité, la sienne et celle de Sulima.

Le policier n° 1 les examine et les passe au policier n° 2, qui va transmettre les noms par radio au fichier central et attend le résultat de la vérification pendant que le n° 1 commence son interrogatoire.

Hadja intervient poliment au moment qu'elle juge opportun. C'est lui, affirme-t-elle, du même ton qu'elle désignerait un assassin. Oui, c'est lui. Il enferme une femme de force chez elle ici même. Il tient Sulima prisonnière, c'est une de mes amies.

Le sourire de Massoud est diplomatique.

Bon, alors, où est cette femme ? demande le premier policier. Pendant ce temps, ils reçoivent par radio le RAS du fichier central. Ils gardent encore un moment les cartes d'identité.

Que cette femme vienne se montrer ici, dit le premier policier.

Elle est malade, répond Massoud. Elle ne veut pas sortir.

Le policier n° 1 exprime son impatience en se tournant lentement, péniblement presque, vers son collègue, et en poussant un grand soupir pour la galerie. Dans la police, on fait comprendre qu'on s'impatiente en prenant un air satisfait. On fait comprendre qu'on ne plaisante pas en regardant ailleurs. Sans se retourner vers Massoud, il hausse le ton et se met à claironner au plafond.

Elle va se décider à sortir, ou est-ce qu'il va falloir qu'on entre ? demande-t-il.

L'Iranien disparaît, il laisse attendre tout le monde un moment, et il revient enfin avec Sulima. Elle est pâle. Elle a le visage un peu tuméfié, se dit Hadja. On dirait que ses cheveux n'ont pas été coiffés depuis des semaines. Sur le palier, on tend le cou derrière les policiers pour voir son visage. Il y a quelque chose de pas très normal, dit Frau Fuchs dans un souffle.

Hadja accueille chaleureusement Sulima en l'embrassant sur les deux joues. L'Iranien ne semble guère disposé à lui lâcher le coude. Hadja l'entraîne en passant un bras autour d'elle et elle se retourne vers Massoud pour l'invectiver.

Pourquoi est-ce que vous ne la laissez pas sortir ? Vous l'avez emprisonnée dans son propre appartement. Vous ne la laissez pas aller à l'université. Pourquoi ? Vous n'avez pas le droit de faire ça ici en Allemagne, dit Hadja avec émotion.

Elle n'a pas envie de sortir, répond Massoud, sans emportement.

Comment ? *Ach!* hurle Hadja. Avec vous, elle n'a pas la liberté de choisir. Puis elle se tourne à nouveau vers Sulima et s'adresse à elle tranquillement. Viens, Sulima. On va aller parler de tout ça en paix toutes les deux.

Mais Sulima recule, hésite. Elle laisse entendre qu'elle préférerait rester là. Plus personne ne dit mot. Une brève altercation éclate encore entre Hadja et Massoud. Pourquoi garde-t-il ainsi Sulima en captivité ? Il ne voit donc pas qu'il porte atteinte à la liberté individuelle ? Ce sont des choses qu'il peut faire là-bas en Iran, mais pas ici en Allemagne de l'Ouest. A Berlin, les femmes sont libres de faire ce qu'elles veulent. Mais Massoud, diplomate, continue à sourire, et déclare aux policiers et à tout le palier que Sulima est libre de faire ce qu'elle veut. Et ce qu'elle veut, c'est m'obéir, dit-il.

Hadja grommelle quelque chose. Elle regarde Sulima et elle

paraît surprise que celle-ci ne se fasse pas injurier. Le palier ressemble à un tribunal. Hadja parle en avocate. Finalement, le premier policier prend une résolution équitable. Dans la police, pour signaler qu'on se désintéresse de la chose, on fait montre d'une sagesse digne du roi Salomon.

Qu'on laisse parler la jeune femme, dit-il.

Temps mort : Sulima recule et se prépare à parler.

Je souhaite rester ici avec mon fiancé, dit-elle. Je suis désolée d'avoir créé tant de dérangement et je vous remercie tous de l'intérêt que vous me témoignez. Massoud et moi retournons en Iran le mois prochain pour nous marier. Encore merci de votre intérêt, mais tout est en bon ordre. Massoud est mon futur époux. Il prend soin de moi.

Alors pourquoi as-tu le visage dans cet état ? interrompt Hadja.

Ce n'est rien, dit calmement Sulima.

C'est vraiment cela que tu souhaites ? demande encore Hadja. Réfléchis bien. Tu veux rester en prison jusqu'à la fin de tes jours ?

Sulima sourit, comme si la question n'avait pas de sens.

Je me suis engagée à vivre auprès de Massoud, dit-elle en se retournant vers lui. Je suis très heureuse.

Dans la police, on manifeste son ennui en faisant de larges sourires. Sur le palier, on commence à se regarder. Le policier n° 1 regarde le policier n° 2. Hadja me regarde. Elle ne peut rien dire de plus. Le premier policier rend à Massoud les deux cartes d'identité et l'autorise à réintégrer l'appartement avec Sulima. Avant de disparaître, celle-ci prend congé de Hadja en l'embrassant sur les deux joues, et elle lui dit qu'elle lui téléphonera quand elle sera revenue à Berlin après le mariage.

L'assemblée se disperse lentement avec des murmures. Les policiers font demi-tour et se dirigent vers l'ascenseur. Le policier n° 2 appuie sur le bouton d'appel.

Que voulez-vous, dit tranquillement à Hadja le premier policier, on ne peut pas aider les gens qui ne veulent pas qu'on les aide. On ne peut pas les forcer à rattraper leur retard sur nous du jour au lendemain.

En fait, il n'y a pas place pour plus de trois personnes dans l'ascenseur. Cependant les policiers manifestent leur savoir-vivre en nous laissant passer d'abord et en montant derrière nous. Nous sommes quatre dans un ascenseur prévu pour trois. En plus, le sac en cuir de Hadja prend une place folle. On ne peut plus se retourner une fois à l'intérieur. Je sens la poitrine de Hadja s'écraser contre moi. Son ventre contre le mien.

VIII

HUILE, QUARK ET OBÉISSANCE

Helen est obéissante. Chaque mouvement de son corps correspond à des instructions reçues ; ses yeux, sa bouche, ses doigts obéissent tous à des ordres occultes. Tout ce qu'elle fait est commandé par sa situation. Quand elle porte à sa bouche une cuillerée de Quark, elle a conscience qu'en plus de nourrir docilement sa propre personne, elle nourrit aussi toute une descendance vorace, toute la ville qui prend naissance en elle. Elle ne désire que ce qui lui est permis d'après les instructions reçues. Le Quark est frais et aigrelet au goût. Elle ne peut pas s'empêcher d'y penser constamment. Elle n'a pas fini sa lettre à ses parents. Elle ne peut s'empêcher de penser à eux constamment. Le stylo avec lequel elle a écrit est resté sur la table. Mettre ses parents au courant de sa situation à Berlin est un besoin, comme manger du Quark est un besoin. Comme les autobus ont besoin de voyageurs, et les livres de lecteurs. Le Quark est frais et aigrelet. Obéissant aux instructions, Helen se lève, laisse sa lettre inachevée, et se dirige vers le frigo à la cuisine pour remplir son bol.

Qu'est-ce donc que ce Quark ? Un fromage blanc ou du yaourt ? C'est Helen qui a fait cette découverte. Elle a tellement moins d'appétit maintenant, ou tellement plus, qu'il lui arrive souvent de ne manger que des bols entiers de Quark, qu'elle mélange avec des fruits – pommes, bananes coupées en morceaux, pêches, poires, ou fraises fraîches. On trouve beaucoup de fraises en ce moment. *Erdbeeren!* Du coup, elle connaît le nom de toutes sortes de fruits en allemand. Elle apprend l'allemand grâce au Quark.

Elle suit aussi des cours de préparation à l'accouchement : une fois par semaine, elle va s'allonger sur un tapis en mousse pour obéir aveuglément à la voix d'un moniteur grandiloquent. A ses cours, elles sont une vingtaine de femmes allongées par terre, qui toutes obéissent aveuglément. Chacune d'elles est allongée sur son tapis de mousse, telle une île. Chacune d'elles, un petit coussin placé au creux des reins, attend la voix du moniteur.

Alors… *meine Damen…* vous êtes sur le dos, et je vais vous demander de plier les genoux pour avoir les pieds bien à plat sur le sol.

Mentalement, Helen se représente ses genoux pliés. Elle se représente son propre corps, sa vie à Berlin.

Meine Damen… Je vais vous demander de mettre les bras sur la poitrine, sans vous raidir, et d'écarter légèrement les pieds.

Il ne suffit pas toujours de se représenter les choses mentalement. De temps en temps, Helen lève la tête pour vérifier qu'elle est bien dans la même position que les vingt autres femmes du cours, toutes enceintes, et toutes tournées dans la même direction, comme des girouettes. Sa compréhension de l'allemand est limitée.

Et maintenant, *meine Damen…* il faut arriver à contrôler parfaitement le plancher pelvien et les muscles vaginaux. Respirez d'abord à fond, et ensuite je vous demanderai de soulever le fessier. Le but de cet exercice est de développer à la fois les muscles des cuisses et ceux du fessier.

Mentalement, Helen se représente les muscles de son fessier.

Alors, on inspire à fond encore une fois. *Tief, tief, tief!*

Très bien ! Maintenant, on soulève lentement le fessier. On soulève… On soulève… *eins, zwei, drei, vier…*

A présent, on contracte le fessier et le pubis à la fois. Contractez, encore, encore. *Eins, zwei, drei, vier…*

Helen se contracte. Elles se contractent toutes ensemble.

Wunderbar!

On recommence. Allons, mesdames, encore une fois. Vous contractez le vagin comme si vous serriez le poing. *Eins, zwei, drei, vier...* Contractez, encore, encore.

Toutes ensemble, elles se contractent.

Parfait... relâchez maintenant. *Und locker lassen!*

Et puis sa grossesse a commencé à se voir. Elle n'était pas ostensiblement enceinte, ni lourde, mais elle s'arrondissait, tiède et tranquille, comme si on l'avait bourrée de duvet, ou gavée de Quark. Elle avait le visage hâlé, avec des taches de rousseur autour du nez. Les yeux clairs et tout ronds. Les cheveux brillants. Plus ça allait, plus elle avait bonne mine, et souvent elle se comportait comme une gamine de trois ans, ou bien comme une petite vieille pleine d'humour.

C'était le plein été à Berlin. A Sonnenallee, on laissait les fenêtres de l'appartement ouvertes jour et nuit. La nuit, la brise tiède agitait les feuilles de l'arbre au milieu de la cour. Le jour, elle apportait du dehors le bruit confus des travaux sur les échafaudages, semblable à la rumeur d'un chantier naval lointain. Ce vent chaud soufflait aussi dans les rues, entraînant parfois avec lui l'odeur des stands de *Würstl*, des boulangeries, ou simplement des gaz d'échappement à un carrefour. Parfois aussi, le vent apportait une petite pluie fine, une pluie des villes, tiède comme l'eau du robinet, qui forçait les gens installés sur leur terrasse ou à la terrasse des cafés à couvrir leur boisson avec un dessous de verre. Tous ceux qui avaient un appartement avec balcon utilisaient celui-ci au mieux. A Berlin, les balcons ressemblent à des coins retirés de la Forêt-Noire ou à de luxueux yachts blancs ancrés au large d'une île tropicale. Le soir, dans le couchant rouge, on voit les gens porter des toasts et choquer leurs verres.

Helen avait pris un joli hâle. Elle avait de plus en plus de taches de rousseur sur le dos et sur les épaules. La chaleur de l'été, prise au piège des rues, semblait lui insuffler une confiance nonchalante ; parfois, le soir, elle en avait le visage empourpré et le ventre gonflé comme un gâteau qui lève.

Il faisait souvent plus frais dans l'U-Bahn que dans la rue. Je me suis mis à suivre Helen partout. Une fois par semaine, je l'accompagnais à la clinique pour les cours de préparation à l'accouchement. Elle marchait moins vite, mais nous y allions toujours à pied. Dans la rue, tout habillée, son gros ventre ne se remarquait pas tellement. Mais ce qui attirait l'attention, c'était sa façon de marcher le dos droit et un peu raide, comme si ses mouvements n'étaient pas naturels, comme si elle était manipulée, ou se laissait docilement actionner par des fils.

Nous déambulions dans la chaleur des rues en regardant les magasins de confection, les magasins d'antiquités, les magasins de jouets, de vidéo, de hi-fi, et même de cycles, sans jamais rien acheter, nous contentant de regarder. Helen n'achetait que du Quark. Elle m'arrêtait en pleine rue pour me dire à quel point ça lui faisait envie. C'était de la vraie concupiscence. Désormais, nous veillions à ce qu'il y en ait toujours d'avance dans le frigo.

Le samedi et le dimanche, nous fréquentions les marchés. *Trödel*, les marchés aux puces. Nous n'y achetions jamais rien non plus ; nous nous contentions de regarder la brocante. Après, nous allions au parc, au Tiergarten, ou bien jusqu'au château de Charlottenburg, ou même une fois jusqu'à Tegel, au bord du lac, toujours munis d'un récipient en plastique plein de Quark à l'ananas, que j'entendais Helen avaler paresseusement à la cuiller tandis que, couché sur le dos, je contemplais le plafond bleu de Berlin au-dessus de nos têtes.

C'était un été au ralenti. On avait l'impression que tout était réduit au rythme du dimanche, et que Helen allait garder à jamais ce ventre rebondi. Je n'avais pas envie que ça change. J'aimais cette forme. J'aimais le bruit du Quark à l'intérieur. Les frémissements de vie qu'on y sentait parfois. Nous n'avions pas envie que les choses progressent. Helen voulait garder le bébé dans son ventre le plus longtemps possible. Et moi je voulais éviter le plus longtemps possible une éventuelle rencontre avec Dieter. De temps en temps je levais la tête et je m'assurais d'un œil que son ventre était toujours là, gonflé et radieux. Helen était si sereine sur l'herbe, elle avait si peu envie de se lever, que parfois je m'assoupissais, sachant bien qu'elle était clouée au sol du parc par son poids. Quand je me réveillais, je trouvais sidérant et merveilleux de constater que son ventre était toujours là, comme un sommet arrondi, au même titre que les arbres alentour et l'ange doré de la colonne de la Victoire, les joueurs de Frisbee et le quadrige de la porte de Brandebourg, qui semblait s'éloigner au galop par-dessus son ventre. Tant qu'elle serait enceinte, rien ne changerait.

Un dimanche, en rentrant, je me suis aperçu qu'elle avait une lettre à la main. Était-ce la fameuse lettre à sa famille ? J'avais envie de savoir. C'était la seule chose qui l'ennuyait, cette lettre à sa famille, qu'elle avait écrite plus d'une semaine auparavant et qu'elle n'avait pas encore réussi à poster. Ce n'était pas faute d'avoir trouvé des boîtes aux lettres jaunes sur notre chemin entre-temps. Mais elle ne pouvait pas se résoudre à la poster ; quelque chose la retenait d'accomplir cet acte irréversible de jeter une lettre à la boîte.

Que leur disait-elle dans cette lettre ? ai-je fini par lui demander sur le chemin du retour, face au soleil, qui se couchait sur Charlottenburg.

Helen avait un air pensif. Mentalement, elle se représentait ses parents. En dépit de ce qui lui arrivait et de la façon dont elle vivait à Berlin, elle voulait que cette image qu'elle avait d'eux reste intacte. Elle ne voulait pas leur faire de peine en les informant.

En fait, je leur ai tout raconté, dit-elle. Ils ont le droit de savoir, je trouve. C'est mon devoir de les mettre au courant.

Tes parents comptent beaucoup pour toi ?

Oui, je ne veux pas leur faire de peine. Ils m'aiment beaucoup. Ils ont été très bons pour moi.

De temps à autre pendant cet été-là, Helen devenait muette sans raison. Je n'aimais pas la voir s'enfermer ainsi dans le silence, occupée à se représenter mentalement le passé ou l'avenir. Maintenant je connaissais une des raisons de ce silence. Si elle hésitait à envoyer quoi que ce soit à ses parents ou à confier quoi que ce soit par courrier, c'était par crainte d'être à jamais prisonnière d'une explication imparfaite. Les lettres ont leur limite. Les mots réduiraient sa vie à une description succincte qui risquait de lui coller à la peau pour toujours.

Tout serait réduit à des mots. Ce bel été rayonnant serait raccourci, réduit à un maigre exposé de faits, prosaïque et plat.

Mais que leur as-tu dit dans ta lettre exactement ? ai-je encore demandé.

Eh bien, pour commencer, je leur ai annoncé que j'étais enceinte.

Oui, mais tu leur as dit qui était le père ? Tu leur as parlé de Dieter ?

Pour Dieter, ils savent déjà.

Tu leur as parlé de moi ?

Bien sûr que non ! Comment voudrais-tu ? Je ne me sens pas le droit de les inquiéter. Je suis restée très vague. Je ne veux pas leur faire de peine inutilement.

Puis, comprenant la portée de ses paroles, elle s'est accrochée à mon bras des deux mains et elle a continué à avancer avec la tête sur mon épaule. A son allure de femme enceinte, c'était possible. Nous marchions face au soleil rougissant. Et, en approchant de la station d'U-Bahn d'Ernst-Reuter-Platz, j'ai eu le sentiment de faire de l'altruisme, ce que je voulais éviter à tout prix.

Poste cette lettre, ai-je dit.

Le soleil déclinant rougeoyait hardiment de tous ses feux. Au milieu du bruit des voitures qui venaient de Bismarckstrasse, nous avons trouvé une boîte jaune. En fait, c'est tout simple. Helen a sorti la lettre de son petit sac et elle l'a jetée dans la boîte. Généralement on entend quelque chose. Nous n'avons rien entendu, avec toutes ces voitures qui circulent le dimanche.

Tout est devenu irréversible. Nous sommes allés prendre l'U-Bahn.

Le trajet entre la station de Neukölln et l'appartement de Sonnenallee paraît interminable. J'ai l'impression d'avancer à pas de tortue à côté de Helen. A marcher si lentement, nous avons l'air d'un couple de vieux qui s'en reviennent d'écouter la fanfare au jardin public. C'est une allure exaspérante. Je pourrais faire au moins vingt fois l'aller-retour de la station à l'appartement pendant le temps que nous mettons pour rentrer. Helen est fatiguée après cette journée à la chaleur. Elle a ralenti le pas et marche à une allure nonchalante avec mon bras pour soutien. Elle a un coup de soleil sur le nez. Elle me donne envie de courir. De danser autour d'elle dans la rue de toute mon énergie. Elle s'agrippe à mon bras et elle lève les yeux vers moi.

Je te retarde, dit-elle, comme si elle m'écoutait penser. Que veut-elle dire ?

Je ne suis pas pressé, dis-je.

Sitôt arrivée en haut de l'escalier, elle a dit qu'elle voulait prendre un bain. Elle avait dû se représenter mentalement ce bain chaud pendant tout le trajet. A Sonnenallee, la baignoire-douche n'est guère qu'un placard pris sur la cuisine. Helen a fait couler son bain, elle s'est déshabillée, et elle a accroché la serviette verte à la cuisinière, pour l'avoir à sa portée. Puis elle a tâté l'eau avec le pied, et elle est entrée dans la baignoire. Le bébé a violemment réagi à la chaleur de l'eau, m'a-t-elle dit.

J'ai jeté un coup d'œil au journal, j'ai passé un coup de téléphone, et je suis revenu à la cuisine pour préparer quelque chose à manger. Il faut soigner la présentation, pour déguiser le fait qu'on essaie constamment de s'entre-tuer avec ce que l'on mange. J'ai aussi mis une bouteille de vin sur la table.

Helen est venue dîner enveloppée dans un drap de bain. Elle a mangé de tout. Après cela, nous avons un peu traîné à table. Il commençait à faire nuit.

Tu me mets l'huile, m'a-t-elle demandé.

Un jour, je lui ai proposé de le faire, et depuis, elle tient à ce que je continue. Après une douche ou un bain, elle a pris l'habitude de se masser le ventre avec de l'huile. Elle prend le plus grand soin de son corps. C'est pour éviter d'avoir la peau distendue et abîmée après la grossesse, dit-elle. C'est important. Nous ne manquons jamais un seul jour.

J'ai suivi Helen dans la chambre et j'ai étalé le drap de bain sur le lit. La pièce embaumait. La chaleur s'était logée dans les murs. Au-dehors, elle était emprisonnée dans la cour, et on entendait l'arbre susurrer dans le vent. Sous la ville, elle était emprisonnée dans le sable. Helen s'est allongée sur le drap de bain, la masse arrondie de son ventre dressée comme un dôme de cuivre. J'ai d'abord posé un baiser sur son ventre, pour ne pas lui faire froid en la touchant. Elle avait les yeux dirigés vers le plafond et les mains derrière la tête. Comme si elle était encore allongée dans l'herbe au Tiergarten. J'avais envie de l'embrasser sous les bras.

Mentalement, elle se représentait mes mains dévissant le bouchon du flacon. J'ai versé un peu d'huile sur le sommet du dôme. Elle a poussé un cri, saisie par le froid du liquide qui dégoulinait lentement sur les côtés. J'ai posé le flacon, j'ai rattrapé les coulures juste à temps, et j'ai commencé à étaler l'huile en décrivant des cercles. Puis j'ai posé la capsule du flacon sur son sternum, et j'ai continué à masser en cercles, des deux mains.

J'avais l'impression d'un globe parfait. Mentalement, Helen se représente les mers et les continents. Seul le nombril, tout en haut, me semblait avoir une forme bizarre. Il s'était étiré et tendu ; comme un œil de lézard. Avant, il avait l'air d'une bille qu'on a lâchée dans de la pâte fraîche et qui s'y est enfoncée. J'ai versé encore un peu d'huile, et cette fois j'ai dû faire plus vite pour rattraper ce qui coulait sur le côté. Pendant un long moment j'ai continué à masser en cercles, et de temps à autre je sentais les tressaillements et les frémissements de la vie à l'intérieur.

Mentalement, je me représentais un gros gâteau rond. La chambre s'est imprégnée du parfum capiteux de l'huile, dont les effluves, j'en étais sûr, sortaient par la fenêtre et allaient se répandre dans la cour. J'ai recouvert Helen avec le drap, et elle s'est vite endormie. Je suis resté un moment debout devant la fenêtre ouverte, les mains en l'air, gantées de cette huile précieuse.

IX

LES MARAUDEURS

Une fois tous les deux mois, la ville de Berlin retourne ses poches.

Comme dans la plupart des autres villes allemandes, les habitants de Berlin ont la possibilité, les mois impairs, de se débarrasser d'objets personnels de toutes sortes et de toutes dimensions, simplement en les déposant sur le trottoir. Il s'agit d'un ramassage municipal spécial, distinct de l'enlèvement hebdomadaire normal, et qui a pour but d'évacuer la ferraille et les vieilleries, les objets d'ameublement au rebut et les gravats des travaux de rénovation, plutôt que les ordures ménagères courantes. Des objets dont l'attrait et la commodité n'ont pas résisté aux forces du changement ni à celles d'un bien-être toujours accru. Des objets qui ne cessent de se dévaloriser, abîmés par trop de familiarité, dépassés par la mode. Tout cela est lié au désir, à la loi selon laquelle un désir en chasse un autre. Au renouvellement constant du cadre de vie personnel.

Avant le ramassage proprement dit, les gens ont tout loisir de fouiller parmi les monceaux d'objets mis au rebut sur le trottoir, et de voir s'ils trouvent quelque chose à récupérer. Ce qui est souvent le cas. J'en connais qui se sont entièrement meublés avec des vieilleries récupérées de cette façon.

Non qu'il faille voir là une tendance quelconque, chez les Berlinois, à dilapider ou à abandonner leurs effets personnels.

Au contraire : les gens n'aiment pas jeter. Cela fait de la peine de se débarrasser des choses. D'ailleurs, depuis la guerre, avec les restrictions, il s'est établi chez les habitants de Berlin, les vieux comme les jeunes, une forte tradition de respect pour les objets qui ont déjà servi et gardent encore la vie en eux. Cela fait de la peine de voir quelqu'un emporter avec satisfaction un objet dont on vient de se débarrasser.

Habituellement, ce grand ramassage a lieu le mardi à Berlin. Ce qui veut dire que, dès le début de la soirée du lundi, et durant toute la nuit du lundi au mardi, la ville se livre en silence à un échange effréné. Le voile est levé sur des intérieurs sacro-saints. De vieux paniers à chien, des portes, des roues de vélo, des appareils cassés, de la literie et des ustensiles de cuisine, tout cela prend le chemin du trottoir et s'y retrouve en bon ordre. Ainsi que des objets ridicules que les gens rapportent souvent de vacances à l'étranger et dont ils n'ont en fait jamais eu envie.

Berlin sacrifie sa vie privée au pratique. La ville exhibe sa personnalité intime en entassant dans la rue toutes ces affaires dont elle ne veut plus. Ces vieilleries dévoilent des vies privées, mises à nu et offertes à tous les regards, tandis que passent dans l'ombre des groupes de gens qui fouillent et examinent ces objets sans valeur, provoquant d'ultimes pincements de regret chez ceux à qui ils ont appartenu.

Ce sont les immigrés qui tirent souvent le plus de profit de tout ce déballage. A Grossbeerenstrasse, dans la maison que possède le père de Hadja, la majeure partie du mobilier et des accessoires a sûrement été récupérée en pareille occasion, avant le passage de la voirie, par des bandes de maraudeurs silencieux. On verra des femmes turques, coiffées de leur foulard et habillées de plusieurs épaisseurs de vêtements, sauter de l'arrière d'une fourgonnette et faire un simple signe de tête devant les objets que brandissent les hommes sur le trottoir. Des cruches, des récipients en plastique, des choses de ce genre. Rien n'est trop peu précieux pour être soumis à leur estimation.

Parfois ce sont les hommes qui font signe de la tête tandis que les femmes aux foulards de couleur examinent avec avidité l'histoire intime de Berlin.

On sent un muet affolement dans cette façon d'inspecter les affaires des autres, là, en pleine nuit, à la lumière des réverbères. La ville entre dans une phase de frénésie civile. On parle à peine. Tout au plus un murmure désapprobateur ou ravi au moment de la découverte. Un sourire intéressé quand un objet est bon à prendre. Le mardi à midi, le ramassage officiel aura été effectué par les services de la voirie, et Berlin retrouvera la discrétion complète.

Il n'y a, en fait, qu'une seule personne à Berlin à qui Hadja puisse ouvrir son cœur et dévoiler ses secrets. Une seule personne à qui elle puisse vraiment se confier. C'est Kristl König. Une ancienne camarade de classe, dont les parents possèdent les boutiques de fleurs du même nom. Hadja et Kristl ne sont pourtant pas des amies très proches ; elles ne se voient même pas très souvent. Mais leur complicité de camarades d'école n'a jamais disparu. C'est peut-être tout simplement que Kristl sait bien écouter. Ou que Hadja lui fait encore confiance parce que Kristl ne jure que par une chose : prendre du bon temps. Hadja a peut-être tellement besoin de dire ce qu'elle a sur le cœur qu'elle est prête à confier à Kristl les détails les plus délicats de sa vie personnelle. Il y a sans doute aussi le fait que Kristl a une liaison avec Konrad, le frère de Hadja. Et elle écoute si bien ! Elle hoche la tête complaisamment. Son attitude est pleine d'humour et d'enthousiasme, et repose sur le principe simple que la vie dure trop peu et le mariage trop longtemps, que les hommes vont trop vite et l'amour trop lentement, et que le chien est le meilleur ami de la femme. Kristl a un teckel du nom de Tristan.

Pour l'instant, dans l'appartement de Schöneberg où, en temps normal, Kristl vit seule avec Tristan, Hadja déverse son cœur. L'infidélité de Wolf, l'amour, la loyauté, les relations qui comptent, être désirée, et autres choses de ce genre. *Die ganze Gefühlskiste* : elle vide son sac, comme on dit. Sur le moment, Hadja regrette un petit peu de livrer si explicitement tous ces détails de sa vie intime. Mais Kristl sait si bien écouter. Son chien Tristan aussi, qui est couché en rond à côté d'elle sur le canapé. Kristl a l'art de prendre votre parti. Elle hoche du chef en permanence, de sorte que ses cheveux blonds lui tombent dans la figure, l'obligeant périodiquement à renvoyer la tête en arrière pour prendre un nouveau départ et recommencer à hocher du chef en permanence. Cette façon de rejeter la tête en arrière la fait ressembler à une fleur, à une jonquille agitée par le vent, dit Konrad. C'est le genre de personne à qui on raconte tout, dit Hadja.

Dans l'appartement de Kristl, avec ses trois chambres, la place ne manque pas. Ce que l'on remarque surtout dans la salle de séjour, c'est le grand tapis persan placé au centre, sur lequel il n'y a qu'une table basse noire avec un de ces plats à compartiments pour les *Salzstangen* : bretzels et cacahuètes. Deux canettes de Beck tout juste sorties du frigo, le goulot encore fumant, sont posées juste à côté de deux verres blonds remplis de mousse.

Sag'mal Hadja ! Alors ça, je n'arrive vraiment pas à y croire, dit Kristl en rejetant la tête en arrière. Wolf ? Comment est-ce possible ?

C'est pourtant vrai, Kristl, je le sais.

Wolf ? C'est inimaginable, s'exclame Kristl en affichant la plus grande stupéfaction. Tu les as pris sur le fait ou quoi ?

Non ! mais tu sais, quand il y a quelque chose, je le sens.

Wolf ! Non, honnêtement, je n'ai jamais pensé que c'était son genre. Les coureurs, crois-moi, je les repère tout de suite. Je sais comment ils vous regardent dès qu'on a les yeux tournés. Je connais leurs regards en coin. Les hommes à femmes, je les reconnais, crois-moi. Wolf, je n'ai jamais imaginé que c'était son genre. Toujours absorbé par des tas de choses ; la musique, la culture. Franchement, je n'arrive pas à y croire.

Eh bien, tu sais, j'ai été deux fois plus surprise que toi, je peux te le dire.

Wolf? dit Kristl songeuse, en hochant la tête. Moi qui le prenais pour un idéaliste, pour un pur artiste, pour tout le contraire d'un coureur… *Na!*… Encore une occasion manquée.

Je te dispense de tes plaisanteries.

Non mais honnêtement, Hadja, je ne m'attendais pas à ça. Bien sûr, Wolf est extrêmement beau, mais enfin je suis stupéfaite. Ça dure depuis combien de temps?

Ach, je n'en sais rien. Je suis à peu près sûre que maintenant tout est fini. Mais je ne vais tout de même pas le laisser s'en tirer à si bon compte.

Sûrement pas!

Kristl se penche pour attraper un bretzel qu'elle se met à briser en petits morceaux en écoutant Hadja lui raconter toute l'histoire. Kristl ne mange jamais de bretzels. Elle les donne à son chien. *Hier Schatzelein, hier Tristan.*

Tu es sûre que c'est fini avec cette Lydia? Tu es sûre qu'il n'y a personne d'autre? insiste Kristl en rejetant la tête en arrière encore une fois. En a-t-on jamais fini?

Avec elle, oui, dit Hadja. Je l'ai fait fuir. Je lui ai fichu une telle frousse qu'elle ne reviendra pas. Au concert de l'Aula, j'ai fait braquer un projecteur sur elle. Elle a dû en pisser dans sa culotte de trouille, je te le dis.

Echt, Hadja, tu as fait ça?

C'est avec un intérêt excessif que Kristl écoute Hadja lui décrire tranquillement la façon dont Lydia a été prise au piège du projecteur à la fin du concert de l'Aula. Kristl rit à gorge déployée, en se tapant sur les genoux, mais au fond, cela suscite en elle la crainte de tomber elle aussi dans le piège d'un projecteur. Elle aussi a pris la place d'une autre. Elle aussi s'est laissé entraîner dans une relation fragile avec Konrad, le frère de Hadja, qui ne quittera jamais sa femme, et ne sera jamais quitté par elle. *Ersatzliebe!* En ce moment, la femme de Konrad est partie voir ses parents à Ulm.

Kristl dit ce qu'elle pense de la liaison de Wolf avec Lydia. Qu'on parle de qui que ce soit, on finit toujours par parler de soi-même.

Echt, Hadja. Jamais je n'aurais osé faire ça. Bravo ! Tu as bien fait. Parce que enfin, on ne peut pas dire que ça ne marche pas entre vous. Vous êtes faits l'un pour l'autre. Vous faites l'amour, *nicht wahr* ? On ne peut pas dire que tu ne lui donnes pas ce qu'il lui faut.

Tandis que Konrad et moi, continue Kristl, c'est une tout autre histoire. Les hommes ont toujours besoin d'amour. Du moins, pour Konrad, c'est le cas ; et il n'est pas gâté sur ce plan-là. Tu le sais bien, Hadja. Elle est frigide. En affaires, elle est parfaite, mais au lit c'est autre chose. Or les hommes ont besoin de ça, sinon ils vont voir ailleurs. Entre Wolf et toi, ça ne se passe pas comme ça, dis-moi. Tu lui donnes ce qu'il veut, *nicht wahr* ?

Pas en ce moment, non.

Comment ça ? Vous ne vous êtes pas raccommodés ?

Pas encore. J'ai besoin de prendre ma revanche.

Ah, mais pas comme ça, Hadja. Ça ne marchera pas. Crois-moi. Tu devrais t'accorder une petite aventure toi aussi. T'arranger pour que Wolf mesure mieux la chance qu'il a. Offre-toi une petite histoire de ton côté, comme ça vous serez quittes. Même si ça ne te dit rien, Hadja, il faut que tu sois à égalité. Sincèrement, c'est mon sentiment.

Un teckel, on peut lui raconter tout ce qu'on veut, il y croit. Donner des conseils, c'est se justifier. Quand Kristl parle des autres, c'est d'elle-même qu'elle parle. Des rires de femmes, c'est troublant pour un teckel. Tristan se redresse et remue la queue quand l'attention lui est refusée ou qu'il espère la regagner. Hadja et Kristl parlent des hommes, elles parlent yeux, sourires, disponibilité, et autres choses de ce genre. Elles parlent d'exploitation, de sexisme sur le lieu de travail, de manipulation en sens inverse.

Kristl König sait à la fois manipuler et se laisser manipuler.

A cinq heures de l'après-midi, ce samedi, elle prend l'U-Bahn pour aller rejoindre Konrad en ville, au nouveau marché aux fleurs ; il veut lui montrer sa dernière réalisation en cours. Fort du succès tant débattu de la chaîne des *Weinstube* et de ses bars à vin, il a racheté un ancien marché aux fleurs où les bouquetières de Berlin venaient chercher les fleurs qu'elles vendaient dans les rues. Les travaux sont déjà en cours. Des hommes de Grossbeerenstrasse ont déjà commencé à travailler les murs au burin, car Konrad a l'intention de redonner à ce caveau son éclat d'antan et d'y ouvrir un restaurant select avec une bonne cave et de la musique classique vivante, des quatuors et des quintettes.

Le samedi après-midi, à cette heure-là, il y a beaucoup de monde dans l'U-Bahn. Habituellement, Kristl ne prend pas les transports en commun, mais cette fois, elle a trouvé que ce serait plus commode, car ensuite elle pourra rentrer en voiture avec Konrad à Charlottenburg, chez lui. La femme de Konrad est partie à Ulm. Elle a déjà vu le caveau de l'ancien marché aux fleurs. Kristl, elle, n'a encore vu ni le caveau ni la maison de Konrad.

A Eisenacher Strasse, où Kristl prend l'U-Bahn, il n'y a guère de place dans le wagon, et elle est obligée de rester debout. Elle préfère garder Tristan dans ses bras car les gens sont serrés les uns contre les autres. Tristan est en manteau écossais léger, bleu. Kristl est en robe verte, sa nouvelle robe, en chaussures à talons hauts avec un petit nœud argenté par-derrière, elle n'a pas de collants, elle porte des bijoux en strass et un long sautoir qui soulignent avantageusement sa gorge chaleureuse et la chaleur de l'atmosphère ; pour voyager en U-Bahn, elle aurait sans doute pu trouver mieux, se dit-elle. Elle se sent un peu voyante pour les transports en commun.

Les principes courants du voyage en U-Bahn sont valables le samedi également. Tout le monde a l'air absorbé, les yeux perdus dans la contemplation de quelque lointain canyon ensoleillé. Expressions de concentration farouche ou regards éteints et tristes. Il y a une femme qui a l'air d'avoir perdu quelque chose. A côté d'elle, un autre voyageur a l'air de repenser à une bonne blague. Même Tristan a l'air absorbé par ses propres problèmes. Personne ne parle.

A Fehrbelliner Platz, le wagon se vide un peu, et Kristl pose son chien par terre, sans cesser de s'agripper d'une main à la barre verticale, et en tenant de l'autre la laisse bleue à petits clous. Deux hommes montent, apparemment un peu ivres. L'un des deux vient se tenir à la même barre que Kristl, mais, ignorant cette familiarité, elle continue à jouer de ce regard absorbé, poétique presque, perdu dans la contemplation de lointains paysages, et elle feint d'être accaparée par une vie très pleine. C'est de la provocation de feindre. Ils lui lancent des œillades tout en parlant bruyamment entre eux, menaçant indirectement par leurs propos la tranquillité de la communauté. Sitôt que la portière se referme, l'autre s'y appuie de dos, et on a beau savoir qu'il ne risque pas de tomber sur la voie, sa situation semble précaire et dangereuse. Le danger, c'est écœurant.

Rien ne peut empêcher ces deux hommes de sourire et de regarder Kristl ; de regarder son chien ni de regarder ses jambes. Rien ne peut les empêcher de parler à la troisième personne. Rien ne peut les empêcher de l'imaginer déshabillée, là devant eux. Contre l'imagination, point de loi.

Was duftet hier so schön? Qu'est-ce qui sent bon comme ça dans l'U-Bahn aujourd'hui ? Ils doivent désinfecter les voitures avec un nouveau produit le samedi, *wa*, Hans ?

Les deux hommes échangent un sourire. Personne n'ose les regarder, de crainte d'attirer leur attention.

Oui, ça sent rudement bon par ici.

Comme tu dis !

C'est le chien, faut croire. Qu'est-ce que t'en dis ?

Ils regardent le chien par terre. Mais Kristl se détourne, faisant presque comme s'il n'était pas à elle, espérant encore pouvoir se fondre dans l'ensemble des voyageurs. Une femme d'un certain âge se retourne soudain sur la banquette pour voir le chien de ses propres yeux, puis elle regarde Kristl, avec l'air de la juger responsable des propos tenus dans le wagon. C'est l'homme appuyé à la portière qui parle tout le temps.

Et tu vois comme il est chic, ce petit, avec son manteau bleu. Il va sans doute dîner en ville ce soir. Qu'est-ce que t'en dis, Hans ?

Kristl se met à regarder les publicités affichées sur toute la longueur du wagon, pour des travaux de secrétariat ultrarapides, des galeries de peinture, le BurgerKing, et puis ce lointain paysage qui s'étire derrière un fumeur de Marlboro solitaire, ou abandonné peut-être, sur son cheval. Elle se met à étudier le plan de la ligne, et elle s'aperçoit qu'elle ne descend que deux stations plus loin.

Ces chiens-là, ça vaut une fortune. Pure race, ça se voit.

Le moins loquace des deux compères rit de son côté.

Je peux te dire une chose, Hans, ces chiens-là, ça se reproduit à une allure faramineuse. Je t'assure.

Kristl continue à regarder les publicités d'un air extrêmement intéressé. A la station suivante, le nombre des voyageurs ne varie guère ; des gens montent, mais d'autres descendent. Une femme va s'asseoir à une place libre près de la fenêtre, où elle sent encore la tiédeur laissée par le voyageur précédent. Kristl se demande si elle ne devrait pas descendre une station plus tôt, et quand la rame se remet en marche, elle regrette de ne plus avoir le choix. Elle sent qu'elle ne peut même plus poser son regard sur son chien.

Dis donc, Hans, j'ai l'impression qu'il nous sourit. Regarde ce sourire honnête. C'est des chiens très fidèles, en plus, cette race-là.

L'homme adossé à la portière fait alors quelques pas chancelants en direction du chien, semant un malaise parmi les voyageurs de l'U-Bahn. Ne pas tenir debout, c'est écœurant. L'homme s'accroupit et se met à faire des grimaces au chien, qui répond favorablement en remuant la queue avec affabilité, ce que Kristl est impuissante à empêcher. Elle ne peut pas non plus empêcher son chien de communiquer directement avec cet étranger.

T'es un bon petit chien fidèle, répète-t-il sans cesse. Toujours répéter la même chose, c'est écœurant. A moins que ce ne soit une façon de mendier ? Kristl continue à ignorer ce type comme s'il mendiait ; pourtant, manifestement, il ne mendie pas plus que la majorité des hommes.

Schnukelein ! Viens donc. T'es un bon petit chien fidèle.

Il se met à lui faire des caresses. Le contact physique, c'est écœurant. Il fait des bruits de succion qui s'entendent dans tout le wagon. Il claque les lèvres de façon parfaitement audible malgré le crissement et le grincement des roues, suscitant chez les voyageurs saisis de stupeur une curiosité accrue. Mais le chien passe à l'ennemi : il répond à cette voix masculine par des signes de la queue qui expriment indubitablement son consentement à se lier d'amitié. *Schatzy*, *Schatzy*, *Schatzilein*, répète le type. Comment tu t'appelles ? Petit *Schatzilein*. Il s'accroupit à quelques centimètres seulement des genoux de Kristl, à quelques centimètres de ses jambes nues hérissées de tout petits poils invisibles. En baissant les yeux un instant, elle verrait qu'il a une plaque de calvitie sur le dessus du crâne. Elle sent monter vers ses narines de vagues relents d'alcool. Les bruits de succion reprennent. Elle pourrait faire rouler le type à terre d'un coup de genou. Elle pourrait se montrer furieuse. Elle pourrait baisser les yeux vers lui en souriant et dire que le chien s'appelle Tristan. Elle pourrait soupirer pour marquer publiquement sa désapprobation. Au lieu de cela, elle tire une fois de plus sur la laisse et, l'air extasié, elle continue à fixer au loin les canyons Marlboro.

Peut-on approcher Kristl de plus près ? Dans le caveau du vieux marché aux fleurs, elle s'impatiente et elle dit à Konrad qu'elle a froid. Soudain elle a la chair de poule, alors ils vont prendre un verre avant d'aller dîner. Comme d'habitude, Tristan se comporte admirablement, encore que, dès leur arrivée à Charlottenburg, chez Konrad, il semble un peu agité, ce qui est bien naturel, c'est la première fois qu'il y vient ; il renifle un peu partout d'un air inquiet pendant un moment, avant de s'installer sur le canapé. Kristl elle-même est tout émoustillée. C'est la première fois qu'elle vient chez Konrad elle aussi. Habituellement, ils se voient chez elle, dans son appartement de Schöneberg. Cette fois, elle éprouve une sensation de fascination malsaine en pénétrant dans les lieux de sa vie domestique. Le plaisir farouche d'être en tort.

C'est seulement en entrant dans la chambre à coucher que Kristl comprend de quels privilèges étranges on bénéficie quand on ne fait que remplacer l'autre. On a le pouvoir de comparer. D'envahir. De critiquer. C'est seulement quand elle regarde la tête de Konrad entre ses cuisses que Kristl y remarque pour la première fois un début de calvitie autour du crâne. C'est alors seulement qu'elle commence à voir les choses comme les voit la femme de Konrad.

Plus tard, pendant qu'il dort, elle le quitte pour faire le tour de la chambre en l'écoutant ronfler irrégulièrement. Cette chambre est celle de sa femme, se dit-elle. Et elle, maintenant, a le privilège de tout passer en revue avec un plaisir critique. Ce papier peint, elle n'aurait jamais choisi ça. Ces abat-jour non plus. Le dessus-de-lit est prétentieux. Elle ouvre les tiroirs et fouille dans les papiers, les lettres, les bijoux, la lingerie, les foulards, les chapeaux. Elle goûte les joies secrètes de la maraude à pénétrer ainsi dans la vie privée d'autrui. Or la vie privée est fondée sur la comparaison, alors elle continue à aligner les comparaisons tandis que, dans son dos, la respiration de Konrad se fait de plus en plus régulière.

Au moment du grand ramassage municipal suivant, j'ai remarqué sans le vouloir sur le trottoir de Sonnenallee un gros tas de canisses brisées et tordues. Il y avait aussi devant la maison de vieilles casseroles toutes noires et une planche à repasser démolie.

A cette époque-là, nous étions, Helen et moi, à la recherche de quelques petites choses pour l'appartement; des chaises supplémentaires, un placard pour mon matériel, qui traîne toujours par terre dans des caisses. Nous étions aussi à la recherche d'un lit d'enfant. Nous en aurions besoin très bientôt. Tard dans la soirée, nous sommes allés parcourir les rues ensemble pour voir si nous trouverions quelque chose. Mais rien. Je n'ai rien vu, en tout cas. Que des choses mises au rebut par les autres. Mais, comme tous les autres groupes invisibles et silencieux, nous étions là à passer au peigne fin les petites rues de Berlin. A certains endroits, les tas de vieilleries avaient été bousculés et manifestement déjà fouillés. Dans une rue, nous avons vu un homme seul nettoyer le trottoir avec une balayette. Nous avons entendu une alarme, mais sans jamais passer devant l'immeuble, ni comprendre d'où exactement venait cette sonnerie. Dans une des rues, un réverbère en panne donnait l'impression que le trottoir faisait un coude. Et, en tournant au coin d'une rue, nous avons vu des gens refermer les portes arrière d'une fourgonnette et démarrer.

X

VON HINTEN

Je croyais tout savoir de Helen.

Jusqu'à ce que je la regarde beurrer une tartine, par exemple, ou se mordre la lèvre d'un air absent, feuilleter un magazine, se brosser les cheveux, se parler à elle-même en disant : Et maintenant, mes chaussures. Jusqu'à la fois où je l'ai vue fixer mon épaule pendant que je lui parlais. Jusqu'au moment où on se retrouvait. Et c'était toujours la nuit.

Voici comment j'imaginais que ça se passerait. Je m'attendais à la voir entrer à tout moment avec un bébé dans les bras.

Je croyais tout savoir d'elle. Je savais combien elle pesait. Combien elle devrait peser après la grossesse. Combien elle mesurait. Sa date de naissance. Le nom de ses parents. Quelle école elle avait fréquentée. Je connaissais son vocabulaire. Sa façon de bâiller.

Je croyais tout savoir. Je continuais à l'emmener au dispensaire une fois par semaine. J'allais avec elle et je l'emmenais avec moi autant que je le pouvais, au *Bar-o-Bar* et dans d'autres bars, et aux répétitions survoltées de Wolf, où, disait-elle, elle avait l'impression que les basses rendaient le bébé enragé à l'intérieur de son ventre. Jusqu'au moment où elle a parlé ainsi du bébé. Jusqu'à ce jour où je l'ai rencontrée dans Sonnenallee et où nous nous sommes d'abord regardés comme des étrangers avant de nous sourire comme des idiots. Jusqu'à ce qu'elle me raconte qu'à un endroit, sur son chemin, en passant devant un sex-shop, elle avait vu tous ces ouvriers étrangers sur le trottoir en train d'égrener leur chapelet ; l'un d'eux lui avait presque barré le passage pour lui demander quelque chose et elle avait d'abord cru qu'il cherchait son chemin ou qu'il voulait savoir l'heure. Au moment où elle s'apprêtait à répondre, il lui avait proposé trente marks, et elle avait reculé, sidérée, pas tant par la proposition elle-même ou ce qu'elle représentait que parce qu'il lui semblait impossible de ne pas voir qu'elle était enceinte. Tout de même ! s'écriait-elle encore après coup.

Qu'est-ce qui fait donc l'attrait d'une femme enceinte ? Est-ce la prédiction tranquille de l'avenir ? Le spectacle de la vie recommencée à son début ? Ou bien l'image rayonnante de la grossesse n'est-elle qu'une duperie ? Pourquoi aime-t-on tellement les femmes enceintes ? Est-ce l'absence de risque ?

Est-ce la preuve infaillible qu'elles ont déjà connu l'accouplement ?

Je croyais tout savoir, jusqu'à ce que, les jours suivants, Helen se mette à rire en repensant à ces trente marks, et qu'elle ne cesse de me répéter : Tu vois ça, mon petit père. T'as intérêt à faire gaffe. Je peux me ramasser au moins trente marks chaque fois que j'en ai envie. Apparemment, à Berlin, je n'aurai jamais de problème de fric. Jusqu'à ce que je comprenne que sa forme d'humour était très proche de la réalité.

Et puis un jour, elle est revenue avec un petit poste de radio que je n'avais encore jamais vu, m'expliquant incidemment qu'elle l'avait donné à réparer au moment où elle habitait encore chez Hadja et Wolf, et qu'elle venait seulement de penser à aller le rechercher. Elle l'a posé sur la table pour tester la puissance, et elle s'est amusée à essayer toutes les longueurs d'ondes ; moi, je n'ai pas caché ma surprise. Ce poste, elle ne m'en avait jamais parlé. Jamais avant ce jour-là. Et j'ai commencé à comprendre qu'il y avait en elle une série interminable de choses cachées qui allaient surgir les unes après les autres, de jour en jour, de mois en mois.

Je croyais tout savoir de Helen jusqu'à ce que je la voie cligner des yeux. Il y a, dans le fait de cligner des yeux, quelque chose, mais quoi ? qui vous donne l'air perdu. Et vulnérable.

Je croyais tout savoir d'elle jusqu'à ce qu'elle me raconte son aventure avec Dieter à l'*Hôtel Shelbourne*, à Dublin. Ils s'étaient fait donner une chambre, prétendant qu'ils venaient d'arriver de Londres pour passer quelques jours. Ils étaient arrivés avec deux sacs de voyage, ils avaient dîné, ils avaient passé la soirée dehors, et, le lendemain, après un petit déjeuner au champagne, ils étaient partis sans payer. Au moment du déjeuner, ils avaient déjà quitté les lieux, en laissant les deux sacs de voyage vides dans la chambre.

Comme d'habitude, je l'ai pressée de questions. Et si on les avait pris ? Qu'avaient-ils fait en quittant l'hôtel ? Je voulais tout savoir, même les choses les plus saugrenues. Lequel des deux avait eu cette idée ? Ce Dieter, il n'a pas changé, tu ne trouves pas ? Il continue à quitter les hôtels en laissant des dettes derrière lui, non ? Qu'est-ce que tu lui dirais si tout d'un coup tu le voyais là devant toi ?

Je n'aimerais pas qu'il me voie en ce moment.

Elle a réfléchi un instant, et elle a levé les yeux.

Ah non ! Pas en ce moment. Pas maintenant.

Je croyais tout savoir sur moi-même.

Jusqu'à ce qu'elle se mette à parler de Dieter. Jusqu'à ce que je m'aperçoive qu'elle continuait à parler de lui au présent.

Jusqu'à cet après-midi où j'étais seul et où je suis entré chez un brocanteur du quartier de Nollendorfplatz à qui j'ai acheté un lit d'enfant rose pour Helen et son bébé. Purement sur un coup de tête. Par besoin, plutôt pour moi que pour elle. Il m'a coûté bien plus cher que ne devrait coûter un petit lit rose d'occasion, parce que c'était un antiquaire à lunettes demi-lune qui le vendait et parce que je l'ai acheté comme s'il ne restait que celui-là dans tout Berlin. C'est toujours comme ça que j'achète, comme s'il y avait urgence absolue. Et j'ai prévenu le marchand qui me regardait par-dessus ses lunettes que quelqu'un passerait chercher l'objet dans un ou deux jours, car je pensais demander ce service à Hadja ; je savais que, pour une fois, je pouvais compter sur elle.

Jusqu'à ce que j'aie conscience de me comporter de plus en plus comme si je suivais des indications scéniques. Une mise en scène réglée de manière à forcer et à accentuer la signification de chaque geste pour le compte d'un observateur omniprésent. Le téléphone sonne, je regarde le téléphone. On frappe à la porte, je regarde la porte. A la fin d'une conversation téléphonique, je ne lâche pas l'appareil, je ne raccroche qu'au bout d'un certain temps, pour donner plus de poids aux dernières paroles prononcées. J'hésite fréquemment, comme si j'allais, à chaque instant, franchir le seuil d'une vie nouvelle ou sombrer dans une catastrophe imprévue que j'ai encore la possibilité d'éviter. Comme si le spectateur omniprésent savait déjà quel est le bon parti pour moi, même si je continue à m'en tenir à un certain scénario.

Les piétons ont l'air de faire partie de ce scénario, chaque personne sait exactement où elle doit aller sans qu'on ait à le lui dire. Dans la rue, les choses, outrepassant, dirait-on, leurs possibilités ordinaires, semblent méditer sur cette idée que j'ai eue d'acheter un petit lit rose. On dirait que chaque boutique devant laquelle je passe me signifie quelque chose. Les horloges accusent. La mosaïque des trottoirs étourdit. Il y a dans tout quelque chose en puissance, même là-haut dans cette grue d'un chantier de construction avoisinant. Tout est empreint de signification. En me voyant hésiter devant la station de l'U-Bahn, l'observateur omniprésent comprendra que la possibilité de choisir existe effectivement, mais il faudrait connaître le scénario d'avance, savoir quels sont les choix offerts par la vie.

Dans l'U-Bahn, je reste debout alors que les places assises ne manquent pas. Au bout d'un moment, je vais m'asseoir, comme si je décidais maintenant de prolonger le voyage. Et puis je me lève avec assurance et je me dirige vers la portière avec l'intention évidente de descendre à l'arrêt suivant. Mais quand la rame s'engouffre dans la station tout éclairée, je me retrouve du mauvais côté, devant la mauvaise portière, les yeux à quelques centimètres de la vitre. Il y a des choses pour lesquelles on ne peut pas faire semblant. Si je ne veux pas renoncer à ma résolution antérieure, je n'ai plus qu'à attendre la station suivante du côté où je me trouve.

Et puis, plus tard, entrant dans un café, je cherche à brouiller les pistes pour tous ceux qui peut-être sont en train de m'observer et de se demander d'où je viens ; comme si je n'étais vraiment pas homme à avoir acheté un petit lit rose. Il n'y a personne dans la salle, sauf, assise à une table du fond, une vieille femme qui me regarde entrer. Je vais droit dans sa direction en traversant la salle vide, le regard fixé sur elle, et puis, *in extremis*, je choisis une table à un autre endroit et je lui tourne le dos. Je commande un café. Quand le café arrive, je n'ai pas l'air de le voir. Et puis, l'instant d'après, je le bois avec soif, plutôt comme on boirait de la bière, et, avant qu'il se soit écoulé un délai raisonnable, je repars, comme si je repensais soudain à quelque chose. Je règle mon café, je sors, je tourne à gauche, mais c'est pour repasser dans l'autre sens quelques instants plus tard, en me demandant à chaque seconde ce que peuvent bien penser les femmes qui sont à l'intérieur.

Désormais j'ai envie de ne répondre aux questions que par des questions. De m'exprimer par doubles négations. Mais il reste des choses dont je ne peux pas prétendre être le contraire. Il y a des choses impossibles à feindre. Une érection, par exemple. La mort. Être là à la place d'un autre. Comment faire croire que je ne vis pas avec Helen ? C'est écrit sur mon visage. Comment faire croire que je ne suis pas le père de son enfant ?

Je croyais savoir. Jusqu'à cet après-midi où Hadja est venue livrer le petit lit rose comme je le lui avais demandé, et où

Helen, allant ouvrir, l'a trouvée devant la porte, un peu essoufflée, en compagnie d'un jeune homme aux cheveux noirs et frisés qui portait l'objet. J'étais sorti à ce moment-là, j'étais en répétition avec Wolf. Hadja a expliqué à Helen que le jeune homme qui l'accompagnait était un Turc du nom de Mehmet, qui était arrivé en Allemagne tout récemment. Elle a donné à celui-ci l'ordre de déposer le petit lit à l'intérieur. Puis elle a demandé à Helen à quel endroit exactement elle voulait le faire mettre, et Helen s'est contentée de répondre : Oh, n'importe où. Il n'y a qu'à le laisser contre le mur pour l'instant. Ce que le jeune Turc a compris sans qu'il soit nécessaire de traduire. Il a appuyé le petit lit contre le mur et il s'est écarté aussitôt en regardant les deux femmes pour savoir ce qu'il devait faire ensuite.

Helen a commencé à les remercier d'avoir apporté le lit. Hadja l'a arrêtée, lui signifiant d'un geste de la main que ce n'était rien du tout. Quant à remercier le Turc, c'était superflu, puisqu'il faisait son travail, rien de plus. Hadja a commencé à faire le tour de l'appartement comme si elle était chez elle. C'est son ancien appartement; il est toujours à elle, elle peut le reprendre quand elle veut. Elle a regardé par la fenêtre pour voir la cour, puis elle a fait volte-face pour regarder la pièce.

C'est bien arrangé, a-t-elle dit. Compliment ou reproche? Depuis quelque temps, il y a une certaine tension entre elles deux.

On pourrait prendre une tasse de thé, a proposé Helen.

Cette tension se mesure à des gestes d'amitié courtoise. L'amitié, dit-on, est d'abord apparue au singe comme une arme. Et donc l'intelligence aussi. Hadja ne tient pas du tout à rester prendre le thé. Il faut qu'elle parte, dit-elle, pour déposer Mehmet à son travail, à l'ancien marché aux fleurs. Mais Helen insiste. Et avant que Hadja ait pu demander à Mehmet de l'attendre dans la voiture, Helen présente un siège à celui-ci et l'invite à s'asseoir. Il ne peut pas refuser, mais il s'en assure tout de même en jetant un rapide coup d'œil à Hadja. Qui signifie son assentiment en déposant lentement son sac de cuir par terre près de la fenêtre.

C'est l'ancien appartement de Hadja. Helen ne peut pas l'oublier. Pas plus que Hadja ne peut oublier que, pour le moment, Helen y est chez elle.

Pour manifester sa cordialité d'une autre façon, Helen se met à adresser la parole à Mehmet, le jeune Turc aux cheveux frisés.

Vous vous plaisez à Berlin ? demande-t-elle, à quoi le Turc ne répond que par une série de gesticulations et de mouvements d'épaules.

Il ne sait pas un traître mot, explique Hadja. Mehmet. Oui, il vient seulement d'arriver en Allemagne. Il ne parle que le turc.

Hadja s'assied à la table ronde. Alors juste une tasse en vitesse, dit-elle. Elle a une façon bien à elle de s'asseoir de biais, jambes croisées, en se tournant vers la droite, le coude sur la table. Le résultat, c'est que Mehmet, tout en étant à la même table, se trouve placé quasiment derrière elle. Elle a une façon bien à elle de parler, quasiment retranchée derrière la masse de ses cheveux auburn, par-dessus son épaule gauche projetée en avant.

Et Dieter ? Tu as appris quelque chose ?

Non, répond Helen de la cuisine.

Alors, tu crois qu'il est toujours à Berlin ?

Je ne sais pas. Oui, sûrement.

Il n'y a aucune raison de douter que Hadja cherche sincèrement à s'informer, et, quand Helen revient avec les tasses et les soucoupes, elle commence à faire le point sur la situation.

Nous avons retrouvé son sac dans un hôtel du côté de Potsdam. Mais ça, tu le sais, dit Helen. La conclusion, c'est qu'il est bien ici à Berlin, et pourtant, par moments, même moi je commence à en douter.

Puis, en voyant la pose satisfaite de Hadja, elle éprouve le besoin de retirer ce qu'elle a dit. Elle s'est laissé prendre par son honnêteté et elle regrette de ne pas avoir su donner une image plus positive de la situation. C'est absurde de donner des armes à Hadja.

Ach... Pour le moment, je m'en fiche un peu, dit Helen en retournant à la cuisine. Mais elle ne sait pas bien mentir. Hadja n'est pas dupe.

Quand elle revient en apportant la théière et des petits gâteaux secs, elle se déplace d'une manière trop rapide pour son état, comme si, en présence de Hadja, et de Mehmet aussi peut-être, elle essayait de dissimuler qu'elle est enceinte. Encore un mensonge inutile. Les femmes savent flairer la politesse, autant que l'odeur du gaz ou du caoutchouc brûlé.

Dans un mouvement de parfaite franchise, Hadja prend un gâteau sec sur le plat sans qu'on le lui ait offert. La gourmandise est sans détour.

Helen sert le thé.

Écoute, Helen, si tu veux que je t'aide à retrouver Dieter, je peux sans doute encore quelque chose pour toi, déclare Hadja, avant de prendre son deuxième gâteau sec.

Du... Konrad a un détective privé, figure-toi. Si tu veux, je peux lui demander de s'en occuper.

Ah non ! Surtout pas, dit Helen. Elle ne peut pas imaginer qu'on lance un détective privé sur les traces de Dieter dans Berlin. D'ailleurs, elle ne tient pas du tout à ce que Hadja lui rende d'autres services. Elle a déjà le sentiment de n'être que trop redevable.

Ça n'est qu'une idée, dit Hadja. Tu peux toujours y réfléchir. Konrad fait appel à lui très souvent pour ses affaires, alors ça ne coûterait rien.

Helen a hâte de changer de sujet.

Comment va Sulima en ce moment ?

Ach, Sulima, dit Hadja. Elle est repartie en Iran pour épouser ce crétin.

C'est ce que j'ai appris. Mais après, est-ce qu'elle va revenir à Berlin ?

Je ne sais pas du tout, dit Hadja.

Elles n'ont pas grand-chose d'autre à se dire. Tout sujet de conversation semble tomber à plat, et finit toujours par agacer Hadja, ou par susciter chez Helen une hostilité non avouée. Jusqu'à ce que Helen, trouvant enfin le sujet dont elle peut parler avec une franchise totale, se mette à expliquer à Hadja combien elle a de mal à remonter l'escalier ; s'il y avait dans la cour un treuil ou une grue, elle n'hésiterait pas à s'en servir, elle entrerait par la fenêtre. Et Hadja de dire que ce serait peut-être une bonne idée de trouver un appartement dans un immeuble avec ascenseur quand le bébé serait là.

C'est pour quand ? demande Hadja.

D'un jour à l'autre, maintenant.

Jusqu'à ce que Helen, pour une fois, semble ne demander qu'à parler d'elle-même sans aucune retenue et qu'elle se mette à décrire ses brûlures d'estomac, disant qu'elle ne peut plus avaler que du Quark, et que, dès que le bébé sera né, elle ira s'offrir un bon curry, ou quelque chose comme ça. Jusqu'à ce qu'elle raconte comment elle est réveillée en plein milieu de la nuit par les coups de pied du bébé, comme s'il y avait un match de football dans son ventre.

Hadja accepte encore un gâteau sec. Le dernier, dit-elle. Puis elle se laisse aller en arrière.

Ça ne doit pas être facile, dit Hadja, avec une moitié de gâteau sec dans la bouche. Elle est capable de beaucoup de diplomatie.

Helen est capable d'effusions. Il lui arrive d'en dire trop.

Ça ne doit pas être facile de faire l'amour en ce moment, interroge Hadja, en avançant à nouveau l'épaule gauche.

Helen s'arrête net ; incapable de répondre.

C'est vrai, ça doit être rudement difficile et très malcommode pour toi, poursuit Hadja. Je me demande tout le temps comment tu peux faire.

Helen regarde Mehmet d'un air inquiet, mais il ne fait aucun doute qu'il n'a rien compris. Hadja continue à parler.

C'est vrai, il faut bien s'envoyer en l'air de temps en temps, tout le monde a besoin de ça. Même une femme enceinte... *nicht wahr*? Très franchement, si j'étais enceinte, je crois que c'est la seule chose que j'aurais contre la grossesse. Sincèrement, ça m'intéresse. Ça ne doit vraiment pas être facile. Comment tu t'y prends ?

Hadja, je t'en prie ! Helen se met à servir le thé avec les feuilles. Hadja se met à répondre à ses propres questions.

La position normale, c'est pas possible, je suppose ? Et la position assise, ça peut sans doute être dangereux, pour le fœtus j'entends. Comment tu t'y prends ? Avec la bouche, c'est ça ? Quand on est enceinte, on peut toujours avoir recours à la fellation, mais à la longue ça ne doit pas marcher aussi bien. Le seul moyen, je suppose, c'est *von hinten*, c'est ça ? *Von hinten?* Par-derrière, ça doit être aussi bien que d'habitude, non ?

A voir Hadja capable de continuer ainsi, Helen est plus stupéfaite que contrariée.

Von hinten also! Mais tout le temps par-derrière, ça finit sûrement par être un peu lassant au bout d'un moment, j'imagine.

Allons Hadja, arrête, dit Helen.

Hadja sourit à présent.

Tu ne veux pas essayer *von hinten* avec ce jeune homme de Konya ? dit Hadja, en désignant Mehmet d'un mouvement de tête par-dessus son épaule.

Reconnaissant le nom de sa ville natale, Mehmet réagit en regardant les deux femmes avec un sourire d'une blancheur éclatante.

Tu fais chier, Hadja, arrête.

Jusqu'à ce que les mots créent des ravages. Jusqu'à ce que Hadja nous laisse ses paroles dans l'appartement de Sonnenallee comme une sorte d'expertise à laquelle nous aurions été soumis. Ou plutôt comme un questionnaire psychologique qui reste agaçant tant qu'on n'a pas fini de le remplir ou qu'on ne l'a pas mis au panier. Les paroles de Hadja ont tout d'un piège de véridicité doublement aveugle. En Allemagne, toute réponse est une bonne réponse.

Prière de répondre le plus précisément et le plus sincèrement possible.

Je croyais tout savoir jusqu'à ce que Helen, à mon retour, tard, me raconte ce qu'avait dit Hadja à propos de *von hinten*. Jusqu'à ce que je voie le petit lit rose accoté au mur de la salle de séjour, en pièces détachées. Helen n'avait pas essayé de le monter. Rien ne pressait.

Avez-vous hâte d'apprendre ce qu'a fait Helen toute la journée ? Avez-vous hâte de savoir ce qui s'est dit entre Hadja et elle ?

Classez par ordre de priorité les caractéristiques suivantes chez la femme enceinte. Attitude chaleureuse. Teint florissant. Faculté de parler comme une femme non enceinte. Faculté de se promener dans un jardin public sans trébucher à chaque instant sur des pavés irréguliers. Faculté de garder le bébé dans son ventre aussi longtemps que possible.

L'approche de la naissance fait-elle augmenter ou diminuer l'envie de bière ? La paternité et l'orgueil qui en résulte vous feraient-ils changer de marque de bière ?

J'ai posé la canette sur la table. Je me suis assis, l'air las, en mettant les pieds sur une autre chaise, pour faire un pont, un coude sur la table. En temps normal, Helen aurait compris, elle serait venue s'asseoir sur mes jambes, mais en ce moment son poids rend la chose impossible, et elle s'est donc assise en face de moi. Les deux coudes sur la table. En riant.

Quelle maudite garce, s'est-elle écriée. Venant de n'importe qui d'autre, ça me serait égal, mais d'elle !

Comment Helen parle-t-elle de *von hinten* ? Avec aisance ? Avec difficulté ? A-t-elle la faculté de repousser des affronts qui, à l'évidence, lui sont faits délibérément ? Est-elle capable d'éluder la vérité par le rire ?

Quel ordre d'importance croissante donneriez-vous aux propriétés suivantes chez la femme enceinte ? Habileté à se maquiller ? Faculté de communiquer avec des groupes nombreux ? Flottabilité dans l'eau de mer ? Permanence d'adresse ? Qui est le père ?

Helen écoutait le bruit des bulles et de la bière qui descendait dans mon gosier. *Von hinten*, a-t-elle dit en riant.

Ça me rappelle une litanie que nous récitions à l'école, ai-je dit. Qu'est-ce que c'était déjà ? Le Pectoral de saint Patrick. *Von hinten. Von vorne. Von oben. Von unten.* Christ au-dessous de moi. Christ au-dessus de moi. Christ derrière moi.

Que diriez-vous du rire de Helen ? Qu'il est puéril ? Adulte ? Pareil à des coups de feu ? A du tissu qu'on déchire ? Au bruit de l'air dans les tuyaux ? Ou à des bouteilles de vin quand le bouchon saute ? Dites comment elle répond aux avances amoureuses. Par un rire incontrôlable ? Par un regard entendu ? Par l'indifférence ?

Dans ce qui suit, à quoi associeriez-vous le plaisir le plus grand ? Au rire d'une femme ? A son regard entendu ? A un baiser qu'une femme enceinte vous donne sur la tempe ?

Classez par ordre de viabilité, dans le cadre de la convention de Genève, et par ordre le plus favorable au maintien du caractère allemand et au progrès vers une notion d'Europe unie, les possibilités suivantes pour le choix de la solution finale. Faire flotter simultanément toutes les femmes enceintes (de sept à neuf mois) le ventre en l'air dans des piscines ou des lacs artificiels. Traduire immédiatement en langue allemande toutes les chansons pop anglaises. Rapatrier tous les travailleurs immigrés hors de la CEE. *Von hinten* pour tous les membres de la CEE.

Helen est entrée dans la chambre. Obéissant aux lois du moindre inconfort, elle s'est déshabillée complètement, elle a jeté ses mules dans un coin et elle s'est mise à genoux, en prenant appui sur les mains. Aussitôt, elle a senti sa colonne vertébrale soulagée d'un grand poids. On a l'impression, dit-elle, de poser un sac pesant. Elle laissait tomber la tête en avant et ses cheveux bouclés pendaient négligemment de son cou. Elle riait toujours, comme du vin quand le bouchon saute. La lumière de la salle de séjour et le peu de lumière qui venait de la cour donnaient à voir la pure jouissance d'un dos délivré de tout poids. Il arrive que l'arrêt de la douleur ou d'une gêne continuelle déclenche le rire.

Vue sous cet angle, Helen n'a pas l'air enceinte du tout. Sauf qu'elle n'a plus la taille marquée. Tout contact avec son dos est à la fois une menace et un baume inestimable. J'ai posé des baisers le long de sa colonne vertébrale. J'ai léché un petit replat à la chute des reins, laissant une trace fraîche comme une feuille mouillée.

Décrivez votre mode de conduite avec une femme enceinte. Quand vous vous imaginez toucher le fœtus, votre réaction est-elle : hostile ? dégradante ? primitive ?

Je crois que ça commence, a dit Helen.

Je savais parfaitement ce qu'elle voulait dire, mais je n'arrivais pas à faire un geste.

Je crois que ça commence, a-t-elle répété.

XI

AVANT ET APRÈS

Fin octobre encore, le temps était toujours doux à Berlin, et peut-être anormalement chaud. Rien n'annonçait l'automne. A midi, les gens s'installaient encore dehors pour déjeuner, ou aux terrasses des restaurants du Kurfürstendamm et de Savigny Platz. On trouvait encore des soldes d'été dans les boutiques. Parfois, le long des rues, un soleil oblique aveuglait encore un piéton en se réfléchissant dans un rétroviseur de voiture ou sur le plateau d'une table de café, et parfois aussi il avait encore la malicieuse inspiration d'éclairer des jambes de femme qui se dessinaient vaguement sous une robe de cotonnade le long d'une petite rue.

Et, au centre-ville, devant le caveau de l'ancien marché aux fleurs qui bientôt serait transformé en un caveau de dégustation chic, les ouvriers continuaient à monter s'asseoir sur le trottoir chaque jour à l'heure du déjeuner pour manger leurs sandwichs.

Pour des raisons essentiellement connues de lui, Konrad Milic, le propriétaire du caveau, voudrait éviter ce rassemblement d'ouvriers là-dehors sur le trottoir. Mais Franz, le chef de chantier, n'arrive pas à les empêcher de monter prendre l'air et de bavarder tranquillement en turc, le coude appuyé sur la poubelle. En l'occurrence, ils sont tous turcs ; ils viennent tous de Grossbeerenstrasse à Kreuzberg.

En fait, la plupart des ouvriers employés pour la restauration du caveau n'ont pas de nom. Ou plutôt leur nom ne figure sur aucune liste, sur aucun registre des personnes existant à Berlin. Seuls Franz, le chef de chantier, Rudi Schaeffer, le sous-entrepreneur, et Ali, un des plus anciens et plus fidèles employés du père de Hadja, sont en règle à Berlin-Ouest. Cela essentiellement parce que les travaux de reconstruction n'en sont encore qu'à la phase initiale. Par la suite, le sous entrepreneur aura besoin d'ouvriers plus spécialisés pour les plâtres et la décoration intérieure. Ces hommes qui manient le burin et le marteau-piqueur, qui défoncent les murs et poussent des brouettes, Konrad les a pris sur ses autres chantiers de Berlin, où ils sont plus en vue et risqueraient de subir des contrôles inopinés de la part des autorités de l'Immigration. C'est facile de cacher la main-d'œuvre dans un caveau. Et en plus, ces hommes y trouvent leur compte. Ils ont beau ne pas apprécier qu'on leur défende de remonter au jour à l'heure du déjeuner, ils apprécient encore moins qu'on leur demande de mettre leurs cassettes de musique turque en sourdine.

Un des noms récemment ajoutés à ce groupe est celui de Mehmet qui, cependant, n'est pas présent sur le chantier pour le moment, étant occupé à d'autres tâches pour le compte de la famille Milic. La semaine passée, il a aidé Hadja à distribuer des tracts électoraux, à coller des affiches de dernière minute et à transporter des antiquités pour la mère de Hadja. Mehmet sait travailler. Hadja, Franz, le chef de chantier, et Konrad s'accordent tous à dire qu'il a des possibilités, et, s'il mène bien son jeu, il devrait être en tête de liste pour l'obtention d'un permis de travail, même si Konrad sait par expérience que l'obtention du permis de travail signifie souvent la perte de bons ouvriers au profit d'autres entreprises du bâtiment.

Les parents de Hadja se sont laissé convaincre de prendre des vacances tardives à Rome. C'est là qu'ils se sont mariés, et ils aiment y retourner au moins une fois par an. Commodément, cela permet à Hadja de faire faire un certain nombre de choses.

Il y a certains petits travaux qu'elle a promis à sa mère de faire exécuter en son absence et pour lesquels Mehmet est parfait. De plus, Hadja a des coups de téléphone assez longs à passer un peu partout en Allemagne pour assurer à Wolf les meilleurs studios d'enregistrement pour son prochain album, et cela sans trop grever sa propre note de téléphone. Wolf a toujours des inquiétudes. Il a beau être pris tous les jours par les répétitions pour ce nouvel album, il continue malgré tout à se poser des questions ; les fréquentes absences de Hadja le tracassent. Il ne cesse de me demander ce qu'elle manigance.

Ces jours derniers, Hadja a passé pratiquement tout son temps à donner des instructions à Mehmet pour lui faire débarrasser une remise où sa mère a entreposé des antiquités dont elle n'a que faire. Mehmet est médusé par le cadre de cette demeure de Charlottenburg, qui est celle de son employeur et propriétaire ; il a le sentiment qu'il n'est vraiment pas à sa place, et il ne se déplace qu'avec une excessive prudence. La fortune considérable que représentent ces objets exposés dans toute la maison remonte aux années de l'après-guerre, où les gens avaient la faiblesse d'échanger des choses d'une valeur inestimable contre des produits de première nécessité ; où l'on entendait dire des choses du genre : Je commettrais un péché mortel pour une tasse de café.

Dans le bureau, Mehmet est occupé à cirer un bouc satanique en bois sculpté. Hadja est satisfaite de sa façon de travailler, avec intelligence et empressement. Elle s'assied dans un fauteuil en étendant les jambes, pas tout à fait assez pour atteindre le long rayon de soleil d'après-midi qui entre par la fenêtre. Elle veut savoir si Mehmet a une carrière en vue. Il paraît de taille à faire mieux que travailler dans le bâtiment. On en est persuadé rien qu'à voir son respect pour l'objet qu'il a entre les mains.

Qu'est-ce que tu veux faire ? demande-t-elle en turc.

Mehmet n'a jamais vraiment réfléchi à la question.

Pour commencer, je veux gagner un peu d'argent. Après ça,

je verrai si je peux apprendre un métier. J'arriverai peut-être à être chef cuisinier ou gérant, comme ça je pourrai ouvrir un hôtel ou un restaurant là-bas au pays.

Mehmet hausse les épaules en disant cela. Hadja espérait mieux. Elle est un peu déçue.

Tu devrais réfléchir plus sérieusement à une bonne carrière, dit-elle avec un sourire encourageant. Elle lui demande de s'asseoir dans un fauteuil, et il obtempère, sans se dessaisir de son chiffon. Un peu crispé sur son siège, il écoute Hadja lui parler d'autres carrières possibles. Avec ses capacités intellectuelles et les possibilités qui s'offrent à lui, dit-elle, il fera ce qu'il voudra : médecine, pharmacie, école vétérinaire ; n'importe quoi. Mehmet en écarquille les yeux d'enthousiasme. Au bout d'un moment, il commence presque à y croire, il va bientôt s'engager sur la voie d'une brillante carrière. Il en perd son habitude de hausser les épaules et se laisse entraîner par la détermination de Hadja ; et pourtant, qui d'autre y croirait, se demande-t-elle, alors qu'il est toujours là à tenir son chiffon en tirant dessus comme si ses deux mains se le disputaient.

Déjà, à une ou deux reprises, une curieuse idée lui a traversé l'esprit. Cette fois, c'est comme si cette idée lui apparaissait dans toute sa nouveauté. Et c'est maintenant l'occasion ou jamais, semble-t-il. Elle se décide sur-le-champ et va jusqu'à la fenêtre pour fermer les stores. La pièce est plongée dans une pénombre beige et bleutée. Mehmet se redresse.

Tu as un grand avenir, dit-elle. Tu ne le sais peut-être pas encore, mais je vois la réussite.

Hadja m'a souvent dit que les femmes turques parlent comme des diseuses de bonne aventure.

Hadja s'allonge par terre au milieu de la pièce en continuant à parler de l'avenir, et elle ordonne à Mehmet de se déshabiller et de s'allonger à côté d'elle. Il hésite, mais voilà, il ne veut pas repousser ni refréner ces belles promesses d'avenir par son manque de coopération. Il fait ce qu'on lui demande. Il jette ses vêtements sur le fauteuil derrière lui. Il s'allonge à côté d'elle et, d'instinct, il la prend dans ses bras. Il se met à l'aider en lui ôtant ses vêtements un par un, comme s'il avait toujours affaire à des objets précieux. Il finit par glisser la main entre ses cuisses, se forçant à être plus entreprenant qu'il n'a jamais osé l'être dans ses rêves les plus fous, et c'est seulement quand elle le laisse l'embrasser dans le cou d'égal à égal que ses gestes acquièrent une assurance complète.

Avant que les choses n'aillent plus loin, Hadja se redresse et inspecte minutieusement le pénis de Mehmet pour s'assurer qu'il est sain. Pas de problème de ce côté-là ? demande-t-elle. Et Mehmet, de la tête, fait signe que non, prêt à croire un instant que c'est une formalité qui fait partie de tout entretien en Allemagne de l'Ouest ; qui fait partie des règles de conduite entre tout employeur et ses employés. Son arrivée en Allemagne est très récente. Ils reprennent leurs ébats. En se parlant peu.

En fait, la seule chose intéressante à propos de cet échange verbal, je l'ai apprise plus tard de Hadja ou de Wolf, à savoir que Mehmet a continué à dire en turc ses quelques rares paroles pressantes, alors que Hadja s'est empressée de revenir à l'allemand, pour bien marquer son statut d'employeur. Elle lui a crié des mots tels que *Feste, feste* ou *Schnell, schnell* voulant peut-être établir une sorte de compromis douteux, car Mehmet s'est déjà familiarisé avec certains de ces ordres de stentor sur son chantier de construction. Il n'y a guère plus à dire de cet échange sinon que la relation employeur/employé a fini par disparaître complètement, et qu'elle s'est même inversée en un échange de rôles : à la fin c'est Mehmet qui donnait les directives tandis que Hadja cédait au luxe d'un total abandon. Autrement, rien de nouveau. Le bruit était d'un exotisme exaspérant. C'est tout.

En fait, ce qui importe, c'est ce qui se passe après. Après, les partenaires sont inspirés et prêts à changer le monde. Ou bien alors, ils sont dans un état d'ivresse et de tristesse ; ils se font des idées ; ils sont bien décidés à ne jamais essayer de changer quoi que ce soit. On dit parfois qu'ils retombent chacun de leur côté comme les moitiés d'un melon qu'on a coupé en deux. Après, c'est chacun pour soi.

Mehmet se relève, lui qui est arrivé en Allemagne récemment, et il se met à faire le tour de la pièce, tout feu tout flamme, et plein d'assurance. Comme s'il savait à présent qu'il allait réussir à faire ce qu'il veut dans la vie. Il se tourne vers Hadja et lui chante deux couplets d'une chanson d'amour turque, une chanson des montagnes. Elle n'en revient pas. Elle est prête à s'attribuer le mérite de ranimer chez ce jeune homme le souffle de la tradition turque.

Couchée sur le côté, elle regarde Mehmet évoluer de tous ses muscles autour de la pièce. Elle aime bien entendre sa chanson, encore que ces deux couplets lui suffisent largement. Elle se moque des superstitions. Mais elle se plaît à regarder les poumons de Mehmet se remplir d'air.

Après, comment savoir ce que va faire le partenaire ? Va-t-il s'en aller, va-t-il décider de rester ? Peut-être aura-t-on envie de vous tuer. A moins qu'on ne se déclare votre esclave pour toujours, ou qu'on ne vous réduise en esclavage pour toujours. Allez savoir où vous en êtes ! C'est après, plus que jamais, que se pose le problème du statut, comme un bruit continuel, comme un marteau-piqueur sur une chaussée en travaux. On cherche à se rassurer, et à rassurer l'autre. C'était bon ? Tu m'aimes ? Ne me quitte pas ! Je t'aimerai toujours ! Après, tandis que les choses se remettent en place insensiblement, les partenaires considèrent avec scepticisme ce bel équilibre atteint dans la passion. Après, d'aucuns croient possible d'arriver à la même égalité dans la vie courante et ils s'accrochent désespérément à ce statut provisoire qu'ils ont connu pendant l'amour. A quoi bon essayer de le reproduire ? Après, apparemment, c'est plus que jamais chacun son rôle. Les facteurs continuent à distribuer le courrier. Les ambulanciers continuent à se précipiter sur les lieux de l'accident. Les objets que l'on a sous les yeux existent plus que jamais dans les limites de leur propre identité. Après, chacun veut à tout prix trouver des explications. Où en est-on ? Après, c'est chacun pour soi.

Après, tout ce qu'on fait d'avance est prophétique. Et tout ce qui suit semble inévitable.

Après, on entend dire : Oui, c'est ça ! Parfait ! Et encore : C'est stupéfiant de voir à quel point l'histoire se répète. Et, par téléphone : Tu peux compter sur moi. *Auf Wiedersehen !*

Après, on retire discrètement un poil pubien de sa bouche en se demandant s'il faut le garder en souvenir ou maudire tout attachement à des choses éphémères.

Après, on entendra s'éteindre lentement les derniers halètements de son partenaire, comme les piaillements distincts d'un perroquet proche dans la forêt tropicale.

L'égalité s'établit soudain, comme une accalmie sous les tropiques, pour retomber ensuite dans l'ordre ancien du chaos meurtrier. Après, il faut tout repenser. Plus rien ne va de soi.

Après, généralement, Wolf s'endort, mais pour se réveiller un peu plus tard avec une irrépressible envie de musique qui l'expédie parfois dans la salle de séjour des heures durant : il écoute sous son casque, avec le maximum de son supportable, reculant le moment de tout repenser.

Après, Hadja aime prolonger la trêve en décrétant qu'elle a faim. S'envoyer en l'air donne faim, déclare-t-elle fréquemment. C'est une faiblesse à laquelle elle succombe périodiquement. La nourriture, on y revient toujours, comme la neutralité.

Une fois, après, avec Lydia, Wolf a éprouvé ce même besoin désespéré de musique. Assis au lit, il a pris un élastique, il l'a tendu entre son pouce et son index et il l'a passé autour du gros orteil de Lydia, qui a d'abord poussé un cri. Puis, se servant de l'élastique comme d'un instrument de musique, il s'est mis à jouer un air monotone et interminable, qu'ils ont écouté, tel un couple tribal, le regard vide, la gorge encore palpitante d'un pouls accéléré, comme un rythme de percussion primitive.

Comme jamais, Helen a eu envie de pleurer. Et de rire aussi.

Comme jamais, Dieter a eu envie de nager.

Comme jamais, Kristl s'est mise à fouiller dans la garde-robe de la femme de Konrad, passant tout en revue, et décidant finalement d'essayer une robe du soir.

Comme jamais, Sulima a ouvert les yeux et porté son regard sur le portrait de Khomeiny affiché au mur au-dessus d'elle. Il devait être six heures du matin car Massoud, son futur époux, était déjà levé. Quand elle s'est assise pour en faire autant, elle s'est aperçue avec stupeur qu'il était agenouillé par terre dans la chambre, touchant le tapis du front en direction de La Mecque, l'anus tourné vers elle, comme un œil secret qui la surveillait. Elle s'est étendue à nouveau, éperdue de respect.

Après, Helen a eu l'impression de savoir nager ; l'impression que si on l'avait jetée à la mer à ce moment-là, elle aurait su exactement quoi faire, de la même façon qu'on sait monter à vélo ou conduire une voiture bien avant d'avoir essayé effectivement. Elle voulait raconter à Dieter qu'elle se croyait en train de nager, mais elle s'est endormie, pour se réveiller un peu plus tard en sursaut, les muscles comme chargés d'électricité, ce qui lui a fait penser qu'elle était sous l'eau.

Comme jamais, Dieter a dû avoir envie de disparaître.

Dans l'appartement de Mountpleasant où ils ont vécu autrefois à Dublin, un matin, après, Dieter et Helen sont restés couchés, éveillés, dans le demi-jour. Helen devait partir travailler : elle s'est levée lentement en passant de tout son corps sur le bras de Dieter, et c'est sa cuisse qui a touché en dernier la paume de Dieter. Il a gardé les yeux fermés. Il s'est étiré. Il a écouté Helen faire sa toilette. Le lavabo était dans la chambre. Il entendait la serviette frotter contre sa peau. Le bruit de ses vêtements. Il connaissait l'ordre de déroulement des opérations. L'ouverture de la trousse à fermeture Éclair. Le moment d'accalmie pendant qu'elle se maquillait à la hâte. Il a entendu le bruit de ses pas quand elle a traversé la pièce et le bruit des cintres métalliques contre la porte quand elle est entrée dans la cuisine. Les tasses et les cuillers. Il a entendu la bouilloire s'arrêter automatiquement. Bientôt, Helen est revenue avec une tasse de thé et elle lui a murmuré à l'oreille : Tiens, je t'apporte du thé ! Sa voix paraissait à la fois proche et lointaine. Il a répondu par un grognement, mais il a gardé les yeux fermés. Il a senti un baiser sur sa tempe et il a essayé de la faire revenir dans ses bras, mais elle lui a échappé en disant : Au revoir ! Puis, à nouveau, il a entendu les cintres contre la porte. Ses pas dans l'escalier. Et puis il a entendu claquer la porte d'entrée, comme si le bruit venait à la fois de l'intérieur et de l'extérieur de la maison, il a entendu le bruit du portillon, et celui du vélo de Helen qui s'éloignait dans la rue. Les yeux fermés, il pouvait la suivre bien après que les bruits avaient disparu.

Après, Dieter est parti sans un mot.

Après, Mehmet a cru tout savoir et il s'est senti incroyablement utile en ce monde. Prenant son souffle, il a chanté bien fort sa chanson des montagnes, sans se laisser intimider par le cadre et sans se poser la question de savoir si son auditoire apprécierait.

Après, tout Berlin est allé aux urnes. Les candidats avaient l'air inspiré, exalté, prêt à changer le monde. Un vieux couple est arrivé ensemble au bureau de vote, mais une fois à l'intérieur, le mari et la femme se sont dirigés vers des isoloirs séparés, et on peut supposer qu'ils n'ont pas non plus voté dans le même sens. Pour voter, il faut de l'inspiration. Une fois leur bulletin déposé, ils se sont sentis mieux, plus conformes à eux-mêmes, moins importants.

Après, tout a explosé en un jaillissement d'aspirations de toutes sortes. L'équilibre des forces. L'homicide défendable. Innocent tant qu'on est irlandais. Allemand tant qu'il n'est pas prouvé qu'on est turc. *Vorsprung durch Technik.* La paix à tout prix. Une Allemagne unie. Après, on a rêvé toutes sortes d'utopies. Des balles de revolver en caoutchouc sans danger pour les enfants. *Stammheim.* L'assimilation des immigrants. Le parapluie de l'OTAN. Une Europe verte. Du feu sans fumée. Après, la rhétorique a tout civilisé. On s'est mieux compris. Tous les esprits s'étaient engourdis, à aller au travail, à la guerre ou ailleurs, pour empêcher que le monde ne change.

Après, les automobilistes momentanément tenus à l'arrêt dans leur voiture à Innsbrücker Platz connaissent une immobilité semblable à un état de transe, l'impossibilité de revenir en arrière, et une brève illusion de liberté au moment où ils se lancent à toute allure sur la bretelle de l'Autobahn.

Après, Mehmet a chanté sa petite chanson dans le demi-jour beige bleuté de la demeure des parents de Hadja à Charlottenburg. Hadja a regardé les bras puissants et le torse de Mehmet, et puis elle l'a écouté raconter les petites histoires de son village. Elle était allongée par terre, et lui, debout, la dominait. A un moment, il a pris la pose du bouc satanique qu'il s'était employé à cirer tout à l'heure. Mais après cela, son assurance a semblé le quitter de nouveau, car Hadja n'a fait que rire poliment, sans presque rien lui dire. Peu à peu Mehmet a pris conscience qu'il était là debout et nu, à regarder, couchée par terre à ses pieds, la fille de son propriétaire et employeur. Hadja a tendu la main pour le tirer vers elle et le faire mettre à genoux. Elle l'a regardé au fond des yeux en lui disant qu'elle allait lui donner un conseil très important. Si jamais il s'avisait de souffler mot de cette affaire à qui que ce soit, c'en était fait de lui à jamais en Allemagne de l'Ouest. Il se retrouverait dans le premier avion pour la Turquie, et peut-être avec un casier judiciaire chargé. Compris ? Elle l'a prévenu que c'était un secret entre eux deux, en le regardant droit dans les yeux. On se comprend, *nicht wahr.*

Après, on s'est compris autrement.

Après, tout est devenu si vulnérable qu'il a bien fallu se protéger. On a donné des avertissements. Gardé des secrets. Cru à des illusions. On a dû avoir recours à des mots comme POUR TOUJOURS et JAMAIS PLUS, afin de chasser tout malentendu.

Désormais, il n'y a plus rien eu que de très grand ou de très petit. Désormais, c'était premier ou dernier. Impossible de se réfugier dans la médiocrité. Impossible d'échapper à la lutte ; à la compétition dans l'arène, entrevue peu à peu dans les yeux de Hadja quand Mehmet est tombé à genoux et s'est rassis sur ses talons. La sensation éprouvée quand son postérieur a touché ses talons a été DES PLUS FROIDES.

Après, j'ai entendu Helen dire : Je crois que ça commence. Elle s'est levée pour aller au téléphone. Elle en est revenue un peu plus tard en disant qu'il était temps qu'elle parte. D'un ton qui impliquait presque qu'elle allait partir toute seule. Mais je me suis levé aussitôt pour l'accompagner.

C'était en pleine nuit ; à l'heure des night-clubs. Le chauffeur du taxi n'avait pas l'air content, et il n'était nullement impressionné de me voir pris de panique, à l'arrière, devant l'urgence de la situation. Chaque fois qu'il s'arrêtait à un feu rouge, je le fusillais du regard en silence. Par moments, Helen haletait de douleur, mais la Mercedes n'avançait pas plus vite pour autant.

Faites le plus vite possible, je vous en prie, ai-je insisté encore une fois. *Schnell !*

Ja, ja, ja !

Pendu au rétroviseur, il y avait un petit singe décoratif qui ne cessait de rebondir sur son ressort tout en décrivant des cercles de droite à gauche. Une notice annonçait : *Nichtraucher* / Interdit de fumer. Une photo d'identité du chauffeur était agrafée au tableau de bord. Je n'arrivais pas à me le représenter chez lui parlant de quoi que ce soit avec enthousiasme. A mon avis, il devait avoir cet air solennel en permanence.

J'ai laissé ma main posée sur le ventre de Helen pendant tout le parcours. Comme si ça devait être la dernière fois. Comme si je pouvais encore arrêter le cours des choses d'une manière ou d'une autre. Et par moments je ne comprenais pas pourquoi j'étais dans un tel état de panique, et puis Helen recommençait à haleter de douleur et à se mordre la lèvre. Elle était plus calme que jamais, encore plus que le chauffeur du taxi. C'était peut-être une question d'état d'esprit : pour elle, tout commençait, alors que pour moi, c'était la fin.

Devant la clinique, j'étais un peu perdu, me demandant si je devais me précipiter du côté de Helen pour lui ouvrir la portière, ou commencer par payer le chauffeur du taxi. Je l'ai aidée à monter les marches et c'est moi qui ai porté le sac qu'elle tenait prêt depuis des semaines. A mi-chemin, elle s'est arrêtée et elle s'est raidie à nouveau, et puis une infirmière est venue au-devant de nous à l'entrée, et elle m'a enlevé le bras de Helen. C'est à regret aussi que je me suis défait de son sac. On m'a dit d'attendre là, et dans des situations de ce genre, on obéit parce qu'on est perdu. Helen s'est arrêtée pour protester : elle a essayé de les convaincre de me laisser entrer aussi. Mais j'ai compris ce que disait l'infirmière en allemand : n'étant pas inscrit comme le père de l'enfant, je n'avais pas le droit de rester. Rentrez donc chez vous, m'a dit l'infirmière. Ça n'est pas encore pour tout de suite. Ignorants que nous étions, nous n'avons pas discuté. L'infirmière a demandé à Helen d'ôter tous ses bijoux ; elle pouvait me les confier ou bien les laisser à la réception, comme elle voulait. On m'a remis sa montre, sa bague, et la fine chaîne en or que l'infirmière l'a aidée à détacher de son cou. De temps en temps, l'infirmière faisait un signe de tête ou disait tranquillement quelque chose à une de ses collègues. Tout semblait très lent et très formaliste. J'ai regardé l'infirmière emmener Helen vers l'ascenseur. Les portes se sont ouvertes, elles sont montées, se retournant juste à temps pour que Helen puisse me rendre mon sourire avant que les portes se referment. J'avais le sentiment de la voir pour la dernière fois.

Dehors, devant la clinique, j'ai hésité et je me suis retourné, comme si j'attendais un signe venant des fenêtres. Pour m'occuper, je me suis mis à marcher. Il y avait des affiches électorales partout. On n'aurait pas pu ne pas voir que des élections avaient lieu en Allemagne de l'Ouest ce jour-là. Çà et là, des liasses de tracts se pourchassaient dans le vent le long des trottoirs. Au bout de la rue, je me suis trouvé devant une affiche de Helmut Schmidt qui avait été surchargée à la bombe. On avait dû agir en sachant ce que l'on faisait, car seule la touche lumineuse dans les yeux avait été recouverte de peinture noire, donnant au personnage un air démoniaque et mauvais. Je n'ai vraiment vu la différence que lorsque je me suis trouvé devant une autre affiche de Helmut Schmidt où, cette fois, l'éclat du regard était intact.

J'ai continué à marcher, en essayant, je ne sais trop pourquoi, d'oublier ces élections, en essayant de garder intact le dernier sourire de Helen à sa montée dans l'ascenseur, comme si elle risquait d'être engloutie par tous ces sourires électoraux. Au bout d'un temps, je ne revoyais plus que l'expression de son visage au moment où elle haletait de douleur en se mordant la lèvre et en se retenant. Mais cela valait encore mieux que tous ces visages brouillés sur les affiches dans les rues désertes. Au bout de chaque rue, j'avais le choix entre tourner à gauche, tourner à droite, ou continuer tout droit. A un moment, je me suis arrêté en me disant que je devrais retourner à la clinique. Mais je n'étais plus sûr de pouvoir retrouver le chemin. J'ai senti la montre, la chaîne et la bague à l'intérieur de ma poche, et je me suis dit que c'était tout ce qu'il me restait de Helen.

Quittant sa place par terre, Hadja s'est levée pour aller faire du café à la cuisine. Mehmet n'a pas tardé à la suivre après s'être rhabillé complètement. Elle lui a offert du café et un petit pain avec de la confiture de fraises qu'il a avalé très rapidement. Ce bref repas terminé, elle lui a dit de l'attendre dans la voiture pendant qu'elle passait un coup de téléphone.

Elle a pris une douche et ensuite elle s'est assise pour passer ses coups de téléphone. Elle voulait appeler des studios d'enregistrement dans le sud de l'Allemagne. Elle sentait que ce serait forcément un cadre de travail plus productif et plus créatif pour Wolf. Les gens qui ont affaire à Hadja au téléphone sont stupéfaits de son charme et de sa mémoire sans faille. Elle a une attitude décontractée et une spontanéité d'expression qui dissipent les tensions. Elle est directe. Elle a des formules du genre : Allez, ça va bien, on n'est pas au *Tischtelefon*. Ou encore : Ne te fatigue pas à soupirer comme ça, Karl. Ça sera combien ?

Avec Wolf, elle est tout aussi femme d'affaires. Elle veut qu'il fasse son choix de studios afin qu'elle puisse rappeler et grouper les réservations. Au téléphone, Wolf se montre hostile. Il veut savoir où elle est passée depuis quelques jours.

Allons, Wolf, dit Hadja. Ne m'inflige pas ces grands silences. Pour l'instant, c'est ton impresario qui te parle. Il faut que je sache ce que tu préfères : Stuttgart ou Fribourg ?

Nouveau silence pour toute réponse.

Wolf, *Schätzchen* ! Pourquoi être si *touchy* aujourd'hui ? dit-elle. Écoute, on pourra se voir après et parler tant qu'on voudra. Pour l'instant, j'ai à faire. Je suis ton impresario. Il faut que je sache ce que tu décides : Stuttgart ou Fribourg ?

Stuttgart !

A tout à l'heure, *baby*.

Hadja a souvent recours à des mots anglais pour accentuer son style expéditif de femme d'affaires.

Mehmet a attendu dans la voiture, sans savoir où on allait l'emmener ensuite. Hadja est enfin sortie, et ils sont retournés au centre-ville, à l'ancien marché aux fleurs. Hadja en tête, ils sont descendus dans le caveau parmi l'odeur de sable mouillé. Le bruit des perceuses et des marteaux s'est arrêté et a repris. Franz, le chef de chantier, est venu au-devant de Hadja, et elle lui a dit qu'il fallait, si possible, pour commencer, donner à Mehmet un travail très facile. Le vieil Ali était là avec une brouette entre les mains, à demi caché dans l'ombre d'une niche : il souriait. On a donné à Mehmet un burin et un gros marteau. Franz a appelé Ali et il lui a dit de montrer à Mehmet où il devait commencer. Hadja a repris l'escalier pour remonter au grand jour.

XII

PROGÉNITURE PARFAITE

Hadja est perfectionniste.

Quand elle est venue voir Helen à la clinique en coup de vent le surlendemain de la naissance du bébé, elle a regardé autour d'elle avec l'air de trouver que rien n'était parfait. Il aurait fallu refaire les peintures. Élargir les portes. Il aurait fallu des fleurs plus fraîches. Des infirmières plus aimables.

La perfection est-elle une vertu ou une tare ?

Helen avait l'air un peu morose. Elle aurait bien aimé avoir un peu plus de visites. Du calcium ? Du fer ? Des vitamines ? Beaucoup de viande rouge et des épinards, a recommandé Hadja. Visiblement, elle n'était pas fâchée d'être la première, moi mis à part, à rendre visite à Helen ; elle était venue avant Wolf, c'était ça l'important. Elle a félicité Helen pour son beau petit garçon, et elle allait me féliciter moi aussi, mais elle s'est reprise, s'arrêtant net, et en profitant pour plonger dans son sac de cuir et en extraire un cadeau bien empaqueté. Du savon et du talc. C'était la chose à apporter. Helen l'a remerciée et a mis cela à côté de la bouteille de champagne que j'avais posée sur la table de chevet la veille. Le champagne n'était pas la chose à apporter. Il paraît qu'indirectement ça pouvait donner des gaz au bébé puisqu'il était nourri au sein.

Helen a dit à Hadja d'approcher une chaise et de s'asseoir. Mais Hadja ne pouvait pas rester : quelqu'un l'attendait dehors dans la voiture, a-t-elle expliqué. Alors elle s'est assise un moment sur le bord du lit, les bras croisés et l'épaule projetée en avant. Helen a reculé son pied instinctivement, en un geste sans équivoque. Mouvement qui dénotait une réaction excessive. Mais l'hôpital efface les mauvaises intentions.

J'ai horreur des odeurs d'hôpital, a dit Hadja.

On aurait pu lui faire remarquer qu'elle n'était pas dans un hôpital, mais dans une maternité. On aurait pu faire remarquer que le soleil brillait derrière la fenêtre, ou dire que les radiateurs étaient allumés et qu'une telle chaleur était superflue. On aurait pu observer que les fleurs des vases réclamaient de l'eau. Que les fenêtres réclamaient qu'on les ouvre. Que le parquet ciré où le soleil se reflétait avec un éclat blanc réclamait qu'on vienne glisser sur lui en chaussettes. On aurait pu dire que Hadja n'était assise sur le lit qu'à moitié. Ou que le bébé était le portrait de sa mère. On aurait pu faire des commentaires sur la religion, l'éducation, la rétention des liquides, l'érosion des sols. On aurait pu parler de l'instinct de reproduction. De la crainte de l'extinction de l'espèce dans la ville.

Hadja a voulu tout savoir sur l'accouchement. Douloureux ? Combien de temps ça avait-il pris en tout ? a-t-elle demandé. Helen a répondu lentement, comme si chaque détail lui faisait revivre l'épreuve. Elle a minimisé les choses : elle avait accouché naturellement et l'enfant était né moins d'une heure après son arrivée à la clinique. On aurait pu noter combien il est facile de parler des choses rétrospectivement. Quant à moi, j'en étais toujours à essayer de calculer la distance que j'avais parcourue à pied cette nuit-là.

Hadja a voulu tout savoir sur l'allaitement au sein. On aurait pu noter combien il est facile de poser des questions sur un sujet qui ne vous concerne pas. Mais Hadja a répondu elle-même, se mettant à nous parler de ces milliers de mères d'Allemagne de l'Ouest qui, avait-elle lu, refusaient d'allaiter pour ne pas s'abîmer les seins. De même, nous a-t-elle dit, beaucoup de femmes choisissaient maintenant la césarienne pour garder un corps de vierge.

La progéniture est un aveu d'échec. Les enfants viennent au monde pour être chargés de reproches et rendus responsables.

On aurait pu faire des remarques sur les hanches élargies par la maternité. On aurait pu parler du rôle du père, qui peut être dissous. On aurait pu dire un mot des risques que l'on court à s'attacher aux gens. A laisser aller son imagination. A s'attarder quand on n'est plus désiré.

Hadja a pris son sac et s'est apprêtée à partir. Elle s'est penchée au-dessus du lit pour embrasser Helen. Je l'ai accompagnée jusqu'au couloir. Elle m'a dit qu'elle voulait me parler de quelque chose. Elle a employé le mot *eigentlich* : à vrai dire. Elle n'a pas voulu me dire quoi. Mais elle m'a donné rendez-vous au *Café Trödel* le lendemain.

J'allais voir Helen à la clinique deux fois par jour. Je m'y suis aussi trouvé en même temps que Wolf, comme si c'était devenu un lieu de rencontre. Une des infirmières a reconnu Wolf et elle a demandé s'il venait chanter une chanson.

Le lendemain il y avait une lettre pour Helen, alors je suis arrivé plus tôt que d'habitude, plus tôt que je n'étais censé le faire. Je savais que c'était une lettre de sa famille et qu'elle aurait envie de la lire au plus vite. Mais une mère a le don de dissiper toute panique. Helen ne se souciait plus de quoi que ce soit. Elle n'éprouvait pas le besoin de connaître le résultat des élections. Elle se sentait détachée de tout. Sereine. La terre aurait pu trembler qu'elle n'aurait pas bougé. La seule chose qui la gênait, c'était la chaleur. Pourquoi les maternités sont-elles surchauffées ? Elle en avait la peau toute sèche.

Alan, m'a-t-elle demandé, ouvre la fenêtre. Fais-nous cette grâce.

Je me suis retourné pour regarder les autres dans la salle. Elles avaient sans doute compris ce que voulait Helen, car toutes ont pris un air somnolent et hostile, comme pour nous signifier : Interdit.

S'il te plaît, juste un petit peu, a insisté Helen.

J'étais le seul à pouvoir commettre la faute. Pourquoi faut-il que tout soit considéré comme un crime ?

La lettre ne venait pas de ses parents, mais de son frère David. Helen l'a vu tout de suite rien qu'à l'enveloppe. Au bout d'un moment, elle l'a ouverte et elle s'est mise à lire. Rien de désespéré. Je l'ai observée pendant qu'elle lisait. Pendant que ses yeux parcouraient l'écriture familière d'une ligne à l'autre. Je guettais un signe quelconque dans son regard, et puis je l'ai vue lâcher la lettre sur ses genoux et tourner la tête vers la fenêtre.

Tu as des nouvelles ? ai-je demandé.

Elle n'a pas paru entendre. D'un geste absent de la main, elle a poussé la lettre vers moi sur le lit sans dire un mot.

J'ai lu rapidement. Lis-la toi-même, devait se dire Helen. J'avais du mal à déchiffrer, mais j'avalais les lignes les unes après les autres.

Chère Helen, disait la lettre. Est-ce que tu te rends compte de ce que tu as fait ? Depuis qu'on sait dans quelle situation tu te trouves, cette maison ressemble à une morgue. Il est regrettable que tu n'aies pas pensé à tes parents avant de te mettre dans ce pétrin. Depuis que ta lettre est arrivée, personne n'ouvre plus la bouche. A tout moment de la journée, maman monte se cacher dans sa chambre pour pleurer. Et tous les soirs, papa va s'asseoir dehors derrière la maison pour réfléchir en se prenant la tête dans les mains. Ils s'en remettront, je le sais. Mais je trouve honteux que tu aies fait comme s'ils n'existaient pas. Eux qui avaient mis tant d'espoir en toi ! Ils ont tout fait pour toi et ils méritaient vraiment mieux. Tu ne comprends donc pas ce que ça représente pour eux de te voir gâcher ta vie ainsi ? Quant à ce sale Boche avec qui tu vis, j'aimerais beaucoup lui dire ce que j'en pense.

La lettre était signée Dave. Je l'ai lue deux fois. Jugement hâtif, je m'en rendais bien compte. Mais cela suffisait à me donner envie de me précipiter à la défense de Helen.

Il n'a pas le droit de te parler ainsi.

Elle a haussé les épaules. Finalement elle a cessé de regarder par la fenêtre pour ramener les yeux sur moi.

Je m'y attendais. C'est une réaction typique de la part d'un frère. Une réaction que je comprends. C'était toujours lui qui était chargé de me surveiller quand on était petits.

Mais elle a détourné les yeux à nouveau pour regarder au-dehors. Elle n'avait dit cela, je le savais, que pour me calmer. Qui défendait qui ? Je savais bien que c'était une chose dont elle ne voulait pas qu'on parle. Et à laquelle elle ne se mettrait à réfléchir qu'une fois que je serais parti.

Je trouve ça un peu fort. J'estime qu'il n'a pas à te dire des choses pareilles dans une lettre. Que ce soit ton frère, je m'en moque. J'ai bien envie de lui répondre. Je vais écrire à tes parents pour leur expliquer ce qu'il en est réellement.

Non, Alan, surtout pas ! Ça n'arrangerait rien.

Il vaudrait pourtant mieux leur dire ce qu'il en est.

Non. Je préfère les laisser attendre un peu.

Je savais que Helen voulait tout simplement être seule pour penser à sa famille là-bas en Irlande. Elle voulait regarder par la fenêtre et s'imaginer son père assis sur le banc derrière la maison, la tête dans les mains, le regard perdu au-delà des arbres fruitiers. Le chien faisant le tour du jardin en reniflant. Les moucherons qui voltigeaient entre les pommiers. Le bruit familier de l'eau qui se vide par le tuyau d'écoulement.

A tout à l'heure, lui ai-je dit en l'embrassant. Je n'en revenais pas de la voir avec le ventre aussi plat. Les mains négligemment posées sur les genoux.

Comme on pouvait s'y attendre, c'est le SPD qui a remporté les élections. Le temps est resté doux. L'aéroport de Tegel a remplacé celui de Tempelhof. Les résidants de l'immeuble de

Sonnenallee, ayant remarqué l'absence de Helen, ont présenté leurs félicitations. Comme on pouvait s'y attendre, la presse a répercuté l'optimisme si manifeste dans toutes les boutiques et tous les supermarchés de Berlin.

L'optimisme n'est pas dans ma nature. En parcourant les rues de Berlin, je m'étais mis à ressentir un phénomène nouveau de désagrégation, j'avais un problème de chronologie. En Allemagne, où chaque chose reçoit l'appellation qui lui convient, et où l'on situe les phénomènes de ce genre parmi les symptômes d'un état pathologique, on aurait parlé de traumatisme de la chronologie. C'est d'ailleurs le terme qu'a employé Wolf. Je ne m'y retrouvais plus dans les événements. Je ne savais plus ce qui s'était passé avant la naissance et ce qui s'était passé après. C'était une difficulté qui ne durerait pas, je le savais. J'avais du mal à cerner les choses. Les événements et les êtres n'étaient plus délimités de façon claire et définitive. Où commence Helen et où finit Hadja ? Où finit Mehmet et où est-ce que je commence ? Où commence Dieter et où est-ce que je finis ? Personne ne se détachait plus nettement. Je me sentais englobé dans tout événement ou toute personne devant lesquels je me trouvais. Plus je regardais quelqu'un, plus je devenais semblable à lui. A entendre raconter la vie d'un explorateur, d'un chanteur de rock ou d'un joueur de football célèbre, j'étais aussitôt persuadé que leur histoire pourrait être la mienne. Tout ce que je vois, tout ce dont je suis témoin ne fait que me décrire. Où les autres finissent-ils et où est-ce que je commence ? Est-ce la mer qui délimite la terre, ou la terre qui délimite la mer ?

En tout, Hadja va toujours jusqu'au bout.

Comme on pourrait s'y attendre, en octobre, tous les cafés de Berlin servent de la tarte aux prunes. Le *Café Trödel* ne fait pas exception. On a l'impression de manger le drapeau national. Hadja a commandé deux parts de tarte aux prunes avec de la crème, et deux cafés. Son carnet de téléphone était sur la table, car elle se préparait à aller téléphoner. Infailliblement, ou bien elle est sur le point de donner un coup de fil, ou bien elle revient juste d'en donner un. Avec cette affaire d'enregistrements à organiser pour Wolf, il y a de l'électricité dans l'air. Et il y en a aussi entre eux depuis quelque temps pour des raisons personnelles.

Hadja m'a tout de suite mis dans la confidence à propos de Mehmet. Elle a déjà tout dit à Wolf. J'ai continué sur ce sujet en posant des questions sans enthousiasme. Elle était prête à tout me raconter, et j'ai cru un instant que c'était de cela qu'elle voulait me parler.

Qu'est-ce que tu y as gagné ? lui ai-je demandé.

Un immense respect, a-t-elle dit.

Vous êtes réconciliés ?

Oui et NON ! Mais maintenant, Wolf et moi, on commence à se comprendre un peu mieux.

Hadja s'est levée pour aller téléphoner. Quand elle est revenue, on nous avait servi nos drapeaux. Le café fumait. Les mains de la serveuse ont ajusté le ruban blanc sur sa nuque. Le téléphone que Hadja avait tenu dans sa main quelques instants auparavant seulement tombait maintenant entre les mains d'un autre client. La table à laquelle nous avions pris place, Helen et moi, pour notre première rencontre, était maintenant occupée par deux femmes. Le doigt qui venait de composer un numéro sur le cadran servait maintenant à tenir une fourchette. Des mots qui pourraient tout aussi bien décrire le bonheur servent maintenant à annoncer l'imminence du désastre.

J'ai une nouvelle pour toi, a dit Hadja.

Quoi donc ?

Tu sais, Dieter, le père de l'enfant. Je l'ai retrouvé. Il vit ici à Berlin. Je l'ai vu.

Comment sais-tu que c'est lui ? ai-je demandé.

J'en suis absolument sûre. Fais-moi confiance. J'ai trouvé que c'était la moindre des choses de t'en parler en premier.

Des mots servant à exprimer la surprise sont restés imprononcés. La façon dont Hadja présentait les choses laissait entendre qu'elle allait annoncer la même nouvelle à Helen...

Tu n'en as pas encore parlé à Helen ?

Non !

Parfait. Dans ce cas, mieux vaut ne rien lui dire du tout.

Et pourquoi donc, *um Gottes willen* ? C'est bien pour ça que Helen est ici à Berlin, non ? C'est la nouvelle qu'elle attendait.

Je ne crois pas, tu vois. Franchement, au point où elle en est, je ne crois pas qu'elle ait envie d'en savoir davantage.

Hadja s'est mise à rire. L'air qu'on prend généralement pour exprimer la joie servait maintenant à exprimer l'incrédulité. Je me demande comment elle fait pour rire et mâcher et prendre l'air incrédule.

Enfin, Alan. Tu vois bien que c'est à Helen de décider. Elle nous a demandé à tous de l'aider à retrouver Dieter. Si elle veut toujours savoir, c'est son droit. Ne serait-ce que pour l'informer qu'il est le père. Ou pour lui dire qu'il est un beau salaud de l'avoir abandonnée.

Non ! Plus maintenant. Elle ne veut plus savoir.

Et Dieter, le père naturel de l'enfant. Est-ce qu'il n'a pas le droit de savoir qu'il a un petit garçon ?

Je commençais à honnir tout ce drame que faisait Hadja à propos d'une situation qui, après tout, ne la regardait en rien. Elle m'obligeait à m'expliquer sans équivoque. Pour une fois, c'était la réalité qui ne semblait pas adaptée aux mots que j'avais à l'esprit.

Enfin, Hadja, bon Dieu de merde ! Tu ne comprends pas que c'est moi qui vis avec Helen maintenant ? Et qu'on se fout pas mal de savoir ce que ce type va devenir ? Maintenant, je ferais n'importe quoi pour elle. Et j'ai bien l'intention d'élever son enfant comme si c'était le mien. Rien ne pourrait m'arrêter.

Hadja a hoché la tête. Était-ce pour marquer sa surprise devant ma réaction, ou sa désapprobation ?

Voyons, Alan, tu ne peux pas cacher cela à une mère.

Elle n'a pas envie de savoir, ai-je répété.

Bon, très bien. Alors qu'on la laisse décider elle-même. Elle pourra ignorer le vrai père si elle veut. A elle de voir.

Je savais qu'il était vain de vouloir arrêter Hadja quand elle s'était mis quelque chose dans la tête. A chaque instant, en parlant, elle pointait sa fourchette vers moi. Un instrument qu'on utilise pour manger servait maintenant à se faire comprendre. L'idée m'est venue de brandir ma fourchette moi aussi et de me mettre à faire de l'escrime à travers la table. Si j'avais eu fini ma tarte aux prunes, le combat aurait pu être égal. Si j'avais su rester plus détaché, j'aurais pu défier l'adversaire. En d'autres circonstances, j'aurais pu définitivement prendre goût à la tarte aux prunes.

De toute façon, ai-je repris au bout d'un moment. Comment peux-tu être sûre que ce soit Dieter ? Il doit y avoir des milliers de Dieter à Berlin. Comment as-tu fait pour tomber sur lui ?

Jeter le doute est une noble façon de lutter. Mais ça ne fait pas le poids en face de la ténacité et de la détermination.

Hadja s'est mise à m'expliquer que son frère utilise les services d'un détective privé pour obtenir des renseignements aussi bien sur ses concurrents que sur ses associés. Chaque opération nécessite des recherches. Sinon le COUP est trop risqué. Elle prononce GOÛT. Pour retrouver Dieter, elle a mis le détective sur le COUP. Tout ça sans aucuns frais. Il a suffi d'un après-midi.

Bon Dieu, non, Hadja. Je n'y crois pas.

Comme on s'y attendait, c'est Helmut Schmidt qui est devenu *Bundeskanzler*. Des entretiens ont eu lieu pour l'amélioration des communications routières et ferroviaires entre Berlin et l'Allemagne de l'Ouest. On allait procéder incessamment à de nouvelles arrestations pour lutter contre la Fraction Armée rouge. On a promis des efforts plus grands pour l'habitat et le logement. On allait régler le problème du chômage et des immigrés. Le cours du mark a remonté sur le marché libre. On a effacé le passé. Un nouveau gouvernement débute toujours avec une ardoise vierge.

Où finit l'État et où commence le peuple ?

Quand je suis retourné à la clinique dans la soirée, la salle était pleine de visiteurs. Il y avait eu un nouvel arrivage de fleurs et de cadeaux. Visiteurs et accouchées mangeaient des chocolats. La femme qui occupait le lit près de la porte avait une grande coupe de fruits à côté d'elle, et elle était entourée de son mari et de trois enfants. Le garçon était le portrait du père. Les filles étaient le portrait de la mère. Ils étaient tous en train de manger les bonbons destinés à leur mère.

La voisine de lit de Helen avait à son chevet une femme en manteau vert, coiffée d'un chapeau vert foncé avec une longue plume de faisan qui fusait gracieusement vers l'arrière. Jamais je n'avais vu un chapeau avec une plume de faisan aussi longue. La tête du mari en paraissait minuscule. La plume amplifiait chaque hochement de la tête, semblant opiner du chef par-derrière en fendant l'air silencieusement.

Tout le monde parlait en chuchotant.

La femme à la plume a cessé de traiter sa fille en petit bébé dès que le mari est arrivé, tout essoufflé, avec encore des fleurs et des chocolats. Quand on a apporté le nouveau-né, la plume est devenue folle. La tête s'est agitée en tous sens en disant *Schnuke – Schnuke – Schnukelein.*

Tous les nouveau-nés débutent avec une ardoise vierge. Je me suis demandé dans quelle mesure un nouveau-né est réellement libre et dénué de tout préjugé. Quelle part de Dieter était déjà inscrite dans l'enfant de Helen ? Comment un bébé peut-il être neutre ?

Près de la porte, le petit garçon a reçu une tape derrière la tête. *Lass das sein* : laisse ça tranquille, a dit le père tout fort. Dans la salle, tout le monde s'est retourné pour voir ce qu'il avait fait. Et puis chacun s'est à nouveau occupé de ce qui le regardait. On chuchotait. On roucoulait. Des pères trouvaient un terrain d'entente avec des pères de fraîche date. Des mères vantaient la maternité à d'autres mères. La plume continuait à pourfendre l'air de haut en bas et de droite à gauche.

Helen m'a souri dans une demi-torpeur. Ses seins lui faisaient affreusement mal, disait-elle. Ils étaient tout gonflés de lait.

On n'a pas le droit de donner le sein quand on veut, m'a-t-elle expliqué.

Elle avait l'air d'avoir pleuré. Mais je me faisais peut-être des idées. Je n'ai pas voulu lui poser la question. Peut-être était-ce l'épuisement. Ou l'excès de lait. Le besoin de pleurer est-il semblable au besoin de donner le sein ? J'ai préféré lui parler de la lettre.

Tu as été contrariée par cette lettre de ton frère ?

Un peu, oui.

On aurait pu dire que je me comportais un peu trop comme les autres pères.

Nous aussi nous chuchotions. Ça n'était pas le moment de parler de l'avenir. Les roucoulades sont censées renvoyer la question à plus tard. La joie d'une naissance chasse tous les soucis.

Helen, je voulais te dire quelque chose.

Quoi donc ?

Je veux que tu saches qu'il n'y a aucun problème en ce qui me concerne – pour l'enfant, j'entends, et pour le reste. Je suis tout à fait prêt à élever cet enfant comme si c'était mon propre fils.

Helen m'a regardé comme si je tenais là des propos parfaitement déplacés. On aurait dit que je lançais un manifeste. Ou plutôt une menace contre l'enfant. Je me disais que ça n'était pas honnête de ma part de ne pas lui dire ce que j'avais appris à propos de Dieter. Et puis j'ai senti qu'elle était déjà au courant.

Elle m'a pris la main. Et elle l'a lâchée.

La femme à la plume n'arrivait pas à s'arracher à sa petite-nièce nouveau-née. Elle a vite jeté un coup d'œil dans toute la salle, comme pour la comparer rapidement aux autres bébés. Avant son départ, sa tête est venue planer un instant au-dessus du bébé de Helen, comme un oiseau des bois. *Ach – ja,*un petit garçon.

Je serais capable de voler n'importe quel bébé, a-t-elle dit en souriant à Helen. De le dévorer.

Il y a des choses qui ne se disent pas dans une maternité. On aurait pu demander à cette femme où elle avait trouvé sa plume. On aurait pu me demander d'où j'étais.

Helen a dit qu'elle avait l'impression d'avoir deux ballons de foot à la place des seins, tellement ils étaient durs et douloureux.

Si ça pouvait la consoler, ai-je répliqué, à une certaine époque, ça avait dû être le tour des hommes de donner le sein. Évidemment, il y avait sans doute très longtemps de ça, mais la réalité anatomique était là pour le prouver.

Elle a ri.

C'est absurde, s'est-elle écriée. Et, de toute façon, il y a bien assez de lait, la question n'est pas là.

Avant de partir, avant que les infirmières ne me mettent poliment à la porte en annonçant que c'était l'heure de la tétée, je me répétais que j'avais autre chose à dire à Helen. Quelque chose de plus réjouissant.

Je marchais toujours. Une modeste enseigne de *Gasthaus* a attiré mon attention et j'ai décidé d'entrer prendre une bière. Mais une fois entré, on continue à marcher encore un moment. On garde le rythme dans les jambes longtemps après qu'on a cessé de marcher.

Je me suis assis à une des tables recouvertes d'une nappe blanche. Près du bar, il y avait un groupe bruyant d'hommes et de femmes ; d'hommes surtout. Certains d'entre eux étaient assis à une grande *Stammtisch* ronde. De temps à autre, ils levaient leur verre en poussant des acclamations tous ensemble. Ils étaient dans l'allégresse. Je me suis dit qu'ils célébraient quelque chose. Au moment où je me demandais si je ne ferais pas mieux de changer de Gasthaus, la serveuse est arrivée avec un grand verre de bière. Elle était en Dirndl traditionnel. Et, là encore, sa gorge contribuait à l'impression d'abondance, d'allégresse et de perfection. Une cocarde du SPD était épinglée dans l'échancrure de sa robe. Les gens debout au bar portaient la même cocarde.

Gratis, a dit la serveuse. C'est la maison qui régale.

Alors seulement j'ai compris où je m'étais égaré : ces gens fêtaient le résultat des élections. Quelle chance était-ce là? Quand j'ai pris ma bière pour commencer à boire, des hommes au bar se sont retournés en souriant et ont levé leur verre à l'événement. J'ai répondu à leur geste.

A deux tables de moi, il y avait un homme seul assis devant une bière qui mettait de l'argent dans une machine à sous fixée au mur. Il semblait faire bande à part pour se fabriquer sa chance à lui. Il se levait à chaque instant pour remettre une pièce de cinq marks dans la machine, qui tournait avec constance en émettant des messages électroniques, toujours les mêmes, à répétition. Des petites lumières affolées montaient et descendaient tout du long de la machine en marche. De sa place à la table où il était assis de biais, l'homme pouvait sans se déranger appuyer sur le triptyque de boutons HOLD chaque fois que ceux-ci s'allumaient. Il était vêtu d'un blouson de cuir dans les tons beiges ou moutarde. Son col de chemise était ouvert. Il avait le BRAS-DE-LA-MONTRE étalé sur la table, et la montre, dépassant de la manche du blouson de cuir, était placée bien en vue. Son portefeuille, ses cigarettes et son briquet étaient soigneusement disposés sur la table. Il avait le visage d'un homme au travail, parfaitement maître de lui, insensible aux éclats de joie qui venaient du bar. Le bras droit était le BRAS-QUI-JOUAIT. Avec adresse, l'homme tapait négligemment sur les boutons HOLD avec la phalange de son index.

La serveuse est revenue avec des Würstl offertes par la maison.

Une femme qui était au bar avec les autres est allée mettre de l'argent dans le juke-box. Son visage s'est empourpré quand elle s'est penchée sur l'appareil en s'y appuyant des deux bras. Elle a fait son choix en roulant les hanches et, quand la première chanson s'est mise en marche, elle avait déjà rejoint le groupe au bar. C'était une chanson que tout le monde connaissait. Le son couvrait les bips de la machine à sous. TOUT-CE-QUI-M'FAUT-C'EST-L'AIR-QUE-J'RESPIRE ! La femme qui avait choisi cet air connaissait les paroles. Autour d'elle, certaines personnes continuaient à parler comme si de rien n'était. L'AIR QUE J'RESPIRE : elle s'est mise à danser toute seule, les bras en l'air, en disant les paroles. On l'a regardée faire sans surprise. Le type à la machine à sous ne lui a pas prêté la moindre attention.

J'ai bu une autre gorgée. Je me suis senti peu à peu gagné par les effets de la bière. Petit à petit, j'ai cessé de marcher avec mes jambes pour ne plus marcher que dans ma tête.

On aurait pu tenir des propos sur les nappes blanches. Sur la transparence du verre. On aurait pu faire des discours sur la victoire. La Wurst. L'agilité. La natalité en Allemagne. On aurait dû parler de la chronologie de la chance.

XIII

EAU, SOUFFRANCE ET TERRE RECONQUISE

La ville appelle. Et la mer appelle à la reconquête de la terre. La Baltique viendra reconquérir le fond marin et les immeubles seront submergés dans les profondeurs de la ville. Les maisons de Berlin se draperont d'algues marines. L'avenir déferlera dans les rues si rapidement que personne ne pourra rien dire. Les bouches resteront ouvertes. Portés par un courant de désir, les gens se laisseront aller à entrer et sortir des immeubles. Le besoin remplacera la peur. On échangera sa peau contre une coquille, ses yeux contre des pinces. Dans la foule, on marchera en crabe pour éviter les autres. Dans les cafés, les gens déglutiront de façon très visible comme s'ils avaient des ouïes de chaque côté du cou. Les bavardages monteront comme des bulles. Les plateaux chargés de tartes aux prunes vogueront dangereusement en direction des tables. Dehors, la circulation flottera en silence. La ville tanguera.

Le fond marin sera jonché d'objets de la vie quotidienne : caddies de supermarchés et parapluies brisés, sacs en plastique à la dérive et gants perdus. Les algues pousseront comme des graffiti. Dans les aéroports et dans les gares, les gens s'approcheront et s'éloigneront les uns des autres. Ils marcheront sans bouger. Ils ouvriront des yeux ronds sans croire à ce qu'ils voient. Les yeux s'empliront de larmes et les mains trembleront devant l'irréparable. Devant la race humaine en perdition. Les amis retiendront les amis. Le fils retiendra le père. L'amant l'amante. Les gens s'accrocheront les uns aux autres comme ils s'accrocheraient aux rochers. Comme ils s'accrochent à leurs souvenirs. On aura du mal à bouger. Et à dire au revoir sans avaler d'eau. Les adieux seront muets. Et les pensées profondes. Les gens resteront aux fenêtres des immeubles pendant des heures à regarder la ville partir à la dérive.

J'espère que je me trompe.

Il y a eu un accident sur le chantier de l'ancien marché aux fleurs. Un accident de travail qui a touché un des travailleurs immigrés. Un homme sans nom. Un homme qui aurait pu disparaître sans laisser de trace s'il ne s'était agi d'un accident. Jusqu'ici, je n'ai eu que de vagues échos, par Wolf. Mais Wolf, j'ai l'impression, n'a pas envie d'en parler.

La victime est Mehmet. Il suffit d'un accident pour avoir droit à une identité, à une place en ce monde. Il suffit d'un grave accident sur un chantier de construction pour avoir droit à un nom ; et, si on en réchappe, à la vie.

Hadja a parlé de manque d'expérience. De main-d'œuvre non qualifiée. On avait mis une perceuse entre les mains de Mehmet pour lui faire percer une voûte dans un mur épais, et les pierres se sont effondrées. Mehmet devait se trouver juste en dessous, il devait travailler en hauteur, car on l'a retrouvé avec la perceuse coincée contre la poitrine quand on l'a sorti des décombres. Des côtes cassées, c'était sûr. Et un poumon perforé. Mais Hadja attendait encore que l'hôpital l'informe de l'état exact du blessé. La colonne vertébrale donnait des inquiétudes.

D'après le vieil Ali, c'est la brouette qui a sauvé la vie à Mehmet. Sans cette brouette, qui, en se renversant, l'a protégé du pire, Mehmet aurait sûrement péri écrasé sous les pierres. Dans certaines maisons à Berlin, les murs des caves ont la largeur d'un camion. A l'ancien marché aux fleurs, ils ont cinq à six mètres d'épaisseur.

Cette présence soudaine de Mehmet à Berlin soulève un vent de panique.

Sans les brouettes, il n'y aurait plus de vie. Sans les pierres, il n'y aurait pas d'os. Sans la bouche, il n'y aurait pas de poussière. Sans panique, il n'y aurait pas de souffrance. Si on ne grelottait pas, il n'y aurait pas d'humidité dans les murs de cave.

Sulima, l'étudiante iranienne, est de retour à Berlin elle aussi. Après s'être mariés à Téhéran, Massoud et elle ont décidé de revenir. Cette fois c'est Sulima qui a cherché à joindre Hadja et qui a pris rendez-vous avec elle. Sulima ressent le besoin de s'expliquer. Elle a besoin d'évoquer le jour des noces, de montrer les photos, et de mettre en perspective l'avenir du mariage en tant qu'institution.

Ce mariage a tout changé, semble-t-il. Au nombre des gains immédiats, on compte une très grande impression de sécurité et le sentiment d'un but dans la vie. Et parmi les autres, l'approbation de la famille, une certaine place dans la société, des repas cuisinés, les services qu'on vous rend, l'absence de risque quant aux maladies vénériennes. De plus, Sulima et Massoud sont entrés en possession de très grosses sommes d'argent en raison de leur fidélité à la foi islamique. Désormais, ils ont assez de bien pour vivre dans un luxe relatif jusqu'à la fin de leurs jours. Maintenant, Sulima roule en BMW rouge. Et quoi encore ? Hadja trouve ça obscène. Ce rouge.

Le mariage a également modifié le protocole de base. Certaines menaces sont levées. Sulima a repris ses études à l'université, et Massoud se comporte plus raisonnablement. En fait, maintenant, il souhaite une certaine ouverture et une certaine liberté à l'intérieur du mariage. Pour l'instant, ils ont décidé de jouer le jeu à l'européenne, avec peut-être un brin de discipline personnelle islamique en plus. Ils garderont la religion musulmane. Mais ils s'arrangeront et s'habilleront à l'européenne. Les tapis seront des tapis persans. Le four à micro-ondes sera allemand.

Hadja trouve ça indécent.

Kristl König s'est fait trahir par son chien. Elle s'est fait prendre en flagrant délit. Elle s'est fait prendre en robe de chambre, la robe de chambre de la femme de Konrad.

Ça se passe toujours ainsi quand on relâche sa vigilance par suite d'un événement imprévu. Il faut mettre ça sur le compte de l'accident du marché aux fleurs. Konrad est tellement préoccupé par le cas de Mehmet qu'il en a négligé sa propre sécurité et celle de Kristl. Il n'a pas cessé de penser à l'état de Mehmet, et à la situation d'ensemble de son entreprise. Kristl est la seule personne qui puisse effacer toute crainte de son esprit.

Se méfiant d'une enquête quelconque à la suite de l'accident, Konrad a oublié de se méfier d'une enquête possible de la part de sa femme. Heureusement, le jour où c'est arrivé, Franz, le chef de chantier, a eu la bonne idée de renvoyer tous les autres ouvriers chez eux immédiatement, avant la venue de l'ambulance, des pompiers et de la police. Quand la police est arrivée sur les lieux, seuls existaient dans le caveau le vieil Ali, Franz, le chef de chantier, et Mehmet. Et encore, pour Mehmet, personne n'en était sûr. Pour le moment, Konrad a pris la précaution de renvoyer de ses chantiers tous les ouvriers non déclarés. Ce qui va sérieusement retarder les travaux.

Cette absence de concentration a mis Kristl en péril. Retour imprévu. Intuition féminine. Quoi qu'il en soit, la femme de Konrad est rentrée dans sa cuisine pour trouver Kristl assise seule sur un des grands tabourets, en train de boire un café et de manger des petits pains frais et de la confiture. En pareil cas, le réflexe, c'est de proposer une tasse de café. Malheureusement pour Kristl, le café n'était pas à elle. La robe de chambre non plus. *Keine Eile*, a dit la femme de Konrad en souriant : rien ne presse. Finissez votre petit déjeuner tranquillement. Et elle est ressortie.

Après cela, tout s'est passé encore plus en douceur. Apparemment, la femme de Konrad était au courant depuis le début. La procédure de divorce sera sans heurts. Sans crises. On aura les preuves adéquates. On ne lésinera pas sur les arrangements pécuniaires.

C'est Ali qui a maintenu Mehmet en vie. Pendant tout le temps où on attendait l'ambulance et l'appareil de levage pour dégager le blessé, c'est Ali qui a veillé sur lui. Qui lui a parlé dans sa langue en lui disant qu'il était vivant. Qu'il était à Berlin. Et pendant tout ce temps, Mehmet a réagi par des sourires douloureux. Des sourires figés et des efforts répétés pour redresser la tête. Ali lui a dit de ne pas bouger. De ne pas sourire. Et puis la douleur a cessé. Faisant place à la stupeur et à la perplexité quand il a vu les ambulanciers s'attaquer aux pierres du mur et déblayer les décombres en parlant sur un ton bref et péremptoire. Toute la cave résonnait de mots allemands. Mehmet grelottait. On l'a enveloppé dans des couvertures et on a fixé un tube à son bras. Et pendant ce temps, il sentait l'odeur du sable au-dessous de lui.

Helen est rentrée de la clinique. Hadja avait d'abord promis de la ramener, le moment venu, mais avec tout ce qui s'est passé récemment, ça n'a pas été possible. Depuis l'accident, Hadja est débordée.

Nous avons donc pris un taxi. L'infirmière qui a porté le bébé jusqu'au taxi a refusé de se défaire de l'enfant tant que Helen n'a pas effectivement été installée sur le siège arrière. C'était peut-être une histoire d'assurance. Ou bien c'était de la méfiance.

Helen a demandé que le chauffeur passe par Gleisdreieck,

son endroit préféré à Berlin. Soudain, il lui fallait des gares désaffectées. Des immeubles en ruine et des vestiges de guerre. Des murs criblés de trous, ce genre de décor.

Depuis la naissance du bébé, il lui est venu des envies nouvelles. Le vin. La musique. La géographie. Tout d'un coup, elle veut savoir où est Brunei. Et Port Moresby. Elle dédaigne le Quark et lui préfère maintenant des canapés avec du pain grec. Le cumin et la coriandre sont haut placés sur son échelle des valeurs. De même que les immeubles avec ascenseurs. Les voitures avec verrouillage de sécurité et sièges pour bébé. Les nuits silencieuses et les matinées ensoleillées. Les mains patientes et rassurantes d'un père.

C'est une joie de voir le bébé dormir dans le petit lit rose. Je suis terrorisé quand je l'entends pleurer. Et fasciné quand je vois avec quelle facilité Helen parvient à apaiser ses cris et à les réduire à des suçotements et à des soupirs d'épuisement. Il a les lèvres d'un blanc rosé ou d'un rose laiteux. Il a toujours une petite perle ou une petite bille sur la lèvre supérieure, du moins a-t-on cette impression. Juste au milieu. Il y a toujours une perle rose à cet endroit-là après la tétée. J'ai constamment envie de mettre mon doigt dans sa bouche. Mais ce bébé n'est pas à moi. Et de toute façon, depuis quelque temps, je me sens des écailles ou une carapace sur la peau. C'est charmant de voir les yeux du bébé s'ouvrir. C'est charmant d'entendre Helen parler comme un bébé. Charmant de voir la main du bébé s'agripper à un doigt.

Parfois Helen le réveille sans raison. Juste pour le voir bouger. Quand il dort, à savoir la plupart du temps, semble-t-il, elle me demande d'aller voir si tout va bien. Pour être bien sûr qu'il respire, dit-elle.

Entre Wolf et Hadja, on pourrait dire que les choses vont aussi bien que jamais. Aussi bien et aussi mal. Wolf ne pense qu'à la musique. Hadja ne pense qu'à la stratégie.

Sur le plan professionnel, ça n'a jamais si bien marché.

Hadja lui a décroché un contrat avec une maison de disques de Hambourg. Tout est bien parti. Les dates sont fixées pour l'enregistrement de l'album dans un studio de Stuttgart après Noël. Après quoi elle a prévu une petite tournée dans les villes du sud de l'Allemagne.

Sur le plan personnel, ça n'a jamais été plus mal. A se demander s'ils ont encore un contact quelconque. Je ne peux jauger la situation entre eux que d'après la permanence de mon emploi et la stabilité de mon adresse. Hadja a dit qu'elle allait peut-être devoir reprendre l'appartement de Sonnenallee. Il faut qu'elle en vienne à cette solution, elle le sent. Elle songe à transformer Sonnenallee en une sorte de studio ou de salle de répétition pour Wolf. En un lieu où il puisse mettre ses instruments et ses appareils. Elle en a assez de vivre avec sa musique. Elle veut une vraie maison.

La musique les sépare.

On mettra la musique très fort. On montera le son. Toute chanson sera chantée. Tout esprit aura une opinion. Sans idoles, on aura de la peine à bouger. On aura peine à dire au revoir sans avaler d'eau.

Je peux me tromper.

Hadja a le plan de Berlin dans la tête. Elle a présents à l'esprit chaque rue et chaque quartier de la ville. Elle peut marquer d'une croix les endroits qui la préoccupent. Elle se représente l'hôpital et ce qui va arriver à Mehmet. Elle se représente Sulima et Massoud dans leur appartement de Steglitz. Elle se représente l'appartement d'Oranienstrasse qui doit remplacer celui que j'habite avec Helen à Sonnenallee.

Hadja a dans la tête le plan de Berlin avec, marqué d'une croix, l'endroit où Helen et Dieter vont se retrouver.

Sans plans, il n'y aurait pas de villes. Sans les rues, il n'y aurait pas de retrouvailles. Sans fils, il n'y aurait pas de pères. Sans Helen. Sans moi. Sans Dieter. Sans les immeubles on pourrait marcher à perte de vue.

Le vieil Ali a été un père pour Mehmet. Il est allé le voir à l'hôpital chaque jour sans faute. Sans Ali, il n'y aurait pas eu de brouette. Et à l'hôpital, il n'y aurait pas eu d'autres visites que celles de Hadja.

Hadja est allée voir Mehmet trois jours de suite. Il est hors de danger. La colonne vertébrale n'est pas gravement atteinte, comme on l'avait cru d'abord. Seulement maintenant, c'est Mehmet qui est un danger et une charge pour la famille Milic. C'est une victime. La fréquence des visites de Hadja à l'hôpital s'explique par les efforts qu'elle fait pour établir l'existence de Mehmet à Berlin. Elle est arrivée avec des formulaires, en demandant le nom exact des parents, l'acte de naissance, le numéro du passeport et autres renseignements. Par chance, elle a réussi à assurer Mehmet à la *Krankenkasse* en antidatant le contrat. Pour l'instant, on règle les frais. Il est important de sauver les apparences, dit Konrad.

Ali a apporté du papier à lettres et un timbre pour que Mehmet puisse écrire à ses parents en Turquie. Ali n'a pas d'enfants. Alors il sait ce que c'est que d'avoir un fils. Dans une boutique pour hommes non loin de l'hôpital, il a acheté une chemise pour Mehmet. Une chemise blanche à petites rayures vertes et col à pointes boutonnées. D'après lui, Mehmet n'a plus aucun avenir dans le bâtiment.

Hadja sait tout ce qu'il y a à savoir sur les gens. Elle sait tout sur moi et sur Helen. Et tout ce qu'il y a à savoir sur Dieter.

Elle s'est mise à filer Dieter. Elle est tout émoustillée par cette tâche. Entraînée par son goût constant pour des rôles nouveaux. Des rôles stimulants, comme celui des détectives privés. Elle sait déjà où Dieter travaille, où il va prendre un verre, combien de fois il va au cinéma, qui il voit, les soirées qu'il fréquente, tout. Un soir, elle a même réussi à se faire inviter à une réception où il était présent. Histoire de voir de plus près. Maintenant elle peut presque toujours prédire où il va se rendre, de jour comme de nuit.

Dans sa tête, Hadja a marqué d'une croix sur le plan l'endroit où Helen et Dieter vont se rencontrer. Elle les verrait bien se croiser dans des escaliers mécaniques à contresens, ou se retrouver quelque part dans une rue du centre-ville. Elle aime bien mêler stratégie et hasard. Fatalité et calcul.

A partir de ce moment-là, je n'ai plus jamais su dire si Hadja avait déjà parlé de Dieter à Helen. Par moments je me disais que Helen avait déjà revu le vrai père quelque part en secret. A d'autres, je me disais qu'elle était toute à son bébé et que le reste ne comptait plus du tout. De temps en temps je lui posais des questions sans laisser entendre que j'en savais plus qu'elle.

Avait-elle toujours très envie de revoir le vrai père ?

Plus que jamais.

Plus que jamais il lui fallait une preuve matérielle de sa propre existence à Berlin. Quelque chose qui attestât la réalité. Il lui fallait un père pour reconnaître l'enfant. Il lui fallait la reconnaissance parentale. Le présent ne suffit jamais à établir la réalité. Il lui fallait le souvenir. L'avenir vu sous un jour nouveau. Et des comparaisons anciennes. Il lui fallait Dieter.

Elle a prétendu que les fesses du bébé ressemblaient tout à fait aux miennes. Que dire à cela ?

Je voyais que maintenant elle était foncièrement malheureuse. Chose à laquelle on ne peut rien faire. Nous en parlions de temps en temps, mais ça ne servait à rien. J'ai suggéré des cours de langue. La formation pour adultes. Berlin offrait toutes sortes de possibilités. Mais quelque chose n'allait pas. Je n'arrivais pas à savoir quoi. Le bonheur, pour ce qu'il vaut, c'est l'affaire des convertis. Les blagues. La bière. La chance. Rien ne marche si on n'est pas du bon côté. Le bon temps, c'est pour les initiés, comme le catholicisme, qui n'est d'aucun secours si on n'est pas catholique. Ou comme l'islam, qui n'est qu'une belle erreur si on n'est pas musulman. Et comme l'Europe, qui n'est qu'une plaisanterie.

Helen ne comprenait plus la plaisanterie. Quand elle riait, c'était à propos de tout autre chose. On aurait dit qu'elle avait l'esprit occupé ailleurs en permanence. C'était le bébé. Quand on a un bébé, il n'y a plus que ça qui compte.

Une nuit, au lit, elle a été prise d'un fou rire hystérique. Elle ne pouvait plus s'arrêter. Quand je lui ai demandé ce qui la faisait rire, elle n'a pu que secouer la tête. Elle n'arrivait même pas à répondre. Et quand on ne sait pas pourquoi les gens rient, on commence à se fâcher.

Pour rien, a-t-elle fini par dire, avant que le fou rire ne la reprenne.

J'ai essayé d'imaginer ce qu'elle pouvait bien trouver si drôle. Mais j'étais sans doute complètement à côté de la plaque. Était-ce moi qui ne comprenais pas la plaisanterie ?

Non, il n'y a rien de drôle, a-t-elle dit. Excuse-moi. Je ne peux pas m'empêcher de rire, c'est tout.

Elle a essayé de s'arrêter en se mettant la main sur la bouche. Son corps continuait à se tordre de rire à mes côtés. Ses épaules à se soulever nerveusement en silence. Quand elle essayait de parler, c'était encore pire. J'étais là, allongé, à regarder le plafond, où la lumière de la cour se projetait en losange. J'ai continué à fixer le plafond jusqu'à ce qu'elle cesse de bouger à côté de moi et qu'elle s'assoupisse.

Sans le rire, on ne se trémousserait pas. *Sans* les doigts, il n'y aurait pas de commutateurs. *Sans* l'histoire, les choses ne se répéteraient pas. *Sans* agitation, il n'y aurait pas d'ordre public. *Sans* les repas rapides, on n'aurait pas de doigts, ni la liberté du choix. *Sans* la musique, on entendrait le bruit de la mastication. *Sans* bulletin d'informations, on aurait l'impression que quelque chose ne va pas. *Sans* plaisanteries, on rirait pour rien. *Sans* les travailleurs immigrés, on ne rirait pas.

Mehmet est sorti de l'hôpital un samedi matin un peu avant l'heure du déjeuner. Hadja était là pour le ramener. La présence d'Ali était donc superflue. Mehmet avait le bras en écharpe et le cou dans une minerve. Il n'a pas eu trop de mal à traverser le parking seul, sans aide. La seule chose qui lui fût encore très pénible, c'était de tourner la tête sans tourner tout le corps en même temps.

Mehmet se sentait autre. Il trouvait la rue extraordinairement lumineuse. Extraordinairement large. Berlin n'était plus la même. Quelque chose avait changé. C'était la première fois qu'il revoyait le monde extérieur depuis son accident. Un fait était sûr : l'hiver était arrivé.

Hadja avait vu les médecins. Il faudrait un certain temps pour que Mehmet récupère complètement. Dans le dossier médical, à l'hôpital, c'est le nom de Hadja Milic qui avait été régulièrement inscrit comme étant celui du parent le plus proche. Les médecins trouvaient plus facile de lui donner les explications à elle. Nécessité de prolonger les soins. Physiothérapie. Prudence suffisante et pas de mouvements brusques.

Comment te sens-tu maintenant ? lui a demandé Hadja dans la voiture.

Oh, ça va, a-t-il dit avec un sourire. Il était obligé de s'adresser au pare-brise droit devant lui.

Les médecins me disent qu'il va te falloir de la physiothérapie pendant un bon moment.

Oui. Mehmet a voulu se tourner vers elle. Pour voir son regard. Parce qu'un regard est plus éloquent. Et qu'un handicap physique empêche la communication.

Il faut que tu sois prudent, a dit Hadja. Il faut que tu fasses très attention à ton dos maintenant. Pas de travaux de force, et ne rien soulever.

Oui.

Et pas question de t'envoyer en l'air.

Mehmet a essayé de se tourner. Il voulait voir si elle disait cela en riant. Il ne pouvait voir que ce qui était droit devant lui à travers le pare-brise. Il ne pouvait que sourire de son large sourire éclatant et superbe comme un homme qui a compris la plaisanterie.

Tout est dans la manière de présenter les choses.

Le samedi après-midi, Hadja est arrivée à Grossbeerenstrasse avec une enveloppe pour Mehmet. Bien entendu, Mehmet était là. Il ne bougeait guère. Elle a frappé à la porte et c'est un des autres occupants de la chambre qui lui a ouvert. Mehmet était assis sur le lit. Il était visible qu'on avait fêté son retour dans cette pièce la veille au soir. Le camarade de chambre de Mehmet s'est écarté en demandant s'il devait sortir. Non, a dit Hadja : qu'il reste. Elle s'est assise sur le bord du lit en tenant l'enveloppe beige entre ses doigts. Mehmet n'était pas encore guéri, pas encore bien valide, il n'y avait donc rien d'extraordinaire à ce que Hadja s'asseye sur le bord de son lit. A nouveau, elle lui a demandé comment il se sentait. Il a répondu à ces marques d'intérêt par un hochement de tête gêné.

Mehmet, a-t-elle dit d'un ton solennel. Eu égard à ton regrettable accident et à tout ce que tu as subi ces dernières semaines, nous avons décidé de faire un geste ; de t'aider financièrement.

Hadja a marqué un temps d'arrêt. Le temps éclate.

Nous avons décidé de te donner un millier de marks. De quoi assurer ta subsistance dans un avenir prévisible du moins.

L'argent hurle. Visiblement, Mehmet était surpris. C'était une somme indécente. Le camarade de chambre de Mehmet piaffait d'embarras à l'idée d'une somme pareille. En cinq minutes, la nouvelle allait faire le tour complet de l'immeuble. La générosité de la famille Milic. Sa loyauté à sa main-d'œuvre.

Ça peut paraître une grosse somme, je sais, a dit Hadja. Mais nous avons trouvé que ça n'était que justice étant donné ce que tu as souffert et le fait que tu ne pourras pas retravailler avant un certain temps.

Mehmet regrettait de ne pas avoir mis une chemise convenable. Pour recevoir de l'argent, il faut être correctement habillé. Il a ramené sa jambe droite sur le lit. Agitant d'abord l'enveloppe entre ses doigts, Hadja l'a fait claquer sur le genou de Mehmet en disant : Prends ça. Tu le mérites.

Mehmet hésitait, il avait presque peur de l'enveloppe qu'il tenait dans ses mains. Il lui paraissait injurieux de l'ouvrir sur-le-champ, aussi la serrait-il sans faire un geste et hochait-il continuellement la tête en signe de sincères remerciements. A cette manifestation de gratitude hystérique répondait un regard médusé du camarade de chambre. Mehmet n'arrivait pas à dire un mot.

Nous avons pensé, a poursuivi Hadja, que tu aurais envie d'aller voir tes parents et de passer quelque temps parmi les tiens. Alors nous avons fait le nécessaire et nous t'offrons aussi le billet d'avion pour retourner chez toi.

Montrant l'enveloppe du doigt, Hadja a forcé Mehmet à l'ouvrir. Il a commencé à la décacheter timidement. On aurait cru qu'il n'avait jamais décacheté une lettre de sa vie. Pour l'ouvrir il a voulu faire comme pour la fermer, avec le pouce et l'index, en comprenant comment elle était faite, au lieu de passer le doigt à l'intérieur comme un couteau pour l'éventrer. Éclat des billets neufs. Reflet lumineux du bleu et jaune de la Lufthansa à l'intérieur de l'enveloppe. Un aller simple.

On laissera des choses derrière soi. On exprimera des regrets. De la tristesse en pensant aux moments gaspillés. On manquera de temps pour célébrer le départ. On donnera certaines choses. On héritera d'autres choses, lourdes à porter. Tout apparaîtra à la dernière minute. On aura de la peine à parler. A dépenser tout cet argent. On aura de la peine à dire au revoir. On se dirigera vers les portes d'embarquement avec les autres. On ne pourra pas revenir en arrière.

Le vieil Ali est allé à l'aéroport avec Hadja et Mehmet. Il est monté à l'arrière de la voiture. Pendant le trajet, on a échangé des paroles chiches. Bravaches. Comme des ouvriers du bâtiment sur un chantier. Comme des gens qui ne se connaissent que superficiellement. C'est Hadja qui a fait la conversation. Les deux hommes n'ont presque rien dit.

A l'aéroport, Ali a parlé à Mehmet comme un père. Lui disant qu'il retournait chez lui. Lui disant de ne jamais revenir en Allemagne.

Ce n'est pas un endroit pour toi, mon fils. Si seulement je pouvais échanger ma place contre la tienne.

Mehmet l'a bravé comme un fils. Je reviendrai, a-t-il déclaré.

A Berlin, c'est difficile pour deux hommes de s'embrasser sans attirer l'attention. C'est difficile de donner une tape dans le dos à un handicapé physique.

S'il n'y avait pas d'eau, on n'en avalerait pas. S'il n'y avait pas de sable, on n'aurait pas à se protéger les yeux.

XIV

L'AMOUR AU LAIT

C'était une idée désastreuse dès le départ.

Helen voulait qu'on prenne des photos, a-t-elle dit. Pour en envoyer chez elle. Elle voulait que ses parents aient une preuve visible. Des images qui témoignent qu'elle était toujours en vie à Berlin. J'ai fait la sourde oreille. Hadja avait un appareil photo que je pouvais facilement lui emprunter, je le savais, mais je n'en avais aucune envie.

L'objet qui est censé graver pour la postérité, qui est censé fixer le présent, a, en réalité, l'effet inverse. La photo tue. Le procédé qui est censé éterniser une chose sur papier n'est en réalité qu'une façon de dire au revoir. Les photos démantèlent la réalité. La photo est un adieu.

Tu ne vois personne qui nous prêterait un appareil photo ? m'a redemandé Helen juste après Noël. On était toujours sans nouvelles de ses parents. Il faut que je leur envoie des photos du bébé. Je veux qu'ils sachent qu'on existe.

Naturellement, Hadja a toujours tout. Elle a d'abord hésité à se séparer de son Pentax, et puis elle a reconnu qu'elle ne s'en était servie que cinq ou six fois depuis que Wolf le lui avait offert. Tout ce qu'elle trouvait à photographier, c'était Wolf. Sujet dont les possibilités n'étaient pas infinies.

Trois jours avant la date de mon départ pour Stuttgart avec

Wolf et Hadja, j'ai emprunté l'appareil. Wolf doit commencer l'enregistrement de son album. Celui-ci doit inclure la fameuse chanson *Atlanticsucht*. Je suis engagé comme assistant de production.

Helen a acheté trois rouleaux de trente-six poses de pellicule couleur. J'ai trouvé qu'elle forçait la dose.

J'ai assisté à la discussion d'affaires entre Wolf et Hadja ; le problème se posait de savoir s'ils auraient besoin de moi à Stuttgart. J'assistais toujours à la mise au point de leurs projets.

Alan me serait bien utile à Stuttgart, a dit Wolf. *Mein* ÉQUIPE DE ROUTE.

Hadja n'a pas fait d'objection. On m'a inclus dans le budget.

Helen avait absolument besoin de photos. Pendant les trois jours précédant mon départ, nous avons déambulé dans Berlin avec le bébé dans la poussette. La poussette était un cadeau de la fille du Hausmeister, qui n'en avait plus l'usage. Pendant trois jours nous avons arpenté la ville avec l'appareil photo pendu à mon cou. J'ai dit à Helen que nous commencions à ressembler à des touristes. En février ?

Quand on arrivait aux marches de l'U-Bahn, je soulevais généralement la poussette par l'avant et Helen continuait à la tenir par la poignée. La plupart du temps, le bébé dormait. Quand il y avait un escalier roulant, Helen la faisait rouler sur la marche mécanique en soulevant la poignée pour maintenir l'équilibre. A la descente, il fallait qu'elle se penche en avant pour la retenir. Elle commençait à savoir y faire.

Au début, on ne savait pas où prendre les photos. Il faisait très froid.

En général, j'assistais aussi aux discussions d'ordre personnel entre Wolf et Hadja. On peut s'attendre au pire. Rien ne les arrête. Il leur arrive de passer directement des discussions d'affaires aux problèmes personnels et de se faire une scène pour infidélité. Il leur arrive de se comporter comme des brutes.

Des brutes !

En voiture, pendant tout le trajet jusqu'à Stuttgart, ça n'a été que bagarre entre eux, ou bien le silence total. Ils s'agressent en ne se disant rien. Et quand ils se disputent, ils ne s'épargnent rien.

Je vais prendre une photo ici, tu veux ? En sortant du *Café Trödel*, j'ai brandi l'appareil comme si nous n'y pensions plus.

Pourquoi pas ? a répondu Helen.

Pendant qu'elle préparait le bébé, je me suis transformé en photographe professionnel, ne cessant de penser à ce qui allait apparaître à l'arrière-plan, conscient que je devrais saisir dans le champ le store bleu et blanc portant le nom du *Café Trödel*. Conscient que, faute de cela, le *Café Trödel* pourrait bien disparaître à jamais. Le bébé était enveloppé dans une couverture à carreaux et on le voyait à peine. Helen grimaçait de froid. On avait eu très chaud à l'intérieur. Quand j'ai fait la mise au point, elle a eu l'air impatient. Un peu hostile. L'air de vouloir se dérober à la photo.

Pendant trois jours, de tout ce que je voyais, rien qui ne fût cadré comme pour une photo. Tout avait glissé dans le passé. Tout semblait photogénique. Dans toute la ville, les choses apparaissaient comme tirées sur papier – images durables qui nous survivraient à l'un et à l'autre. Images figées qu'on découvrirait des années plus tard parmi des monceaux de lettres gardées en secret dans un tiroir. Tout ce que nous avons vu à Berlin pendant trois jours était pris au piège d'un regard fixe. Les photos ressemblent à ce jeu qui consiste à fixer l'adversaire sans qu'on ait le droit de cligner des paupières ou de tourner les yeux.

Hadja et Wolf ne se laissent arrêter par rien. J'ai quasiment été témoin de toutes les scènes, de toutes les injures et de tous ces regards roués et lascifs qui leur permettent d'effacer et d'oublier leurs querelles. Ils se disent des choses irrévocables. Je te hais. Je t'aime. Oui. Non. *Liebling. Schatz. Arschloch.* N'importe quoi. Des choses que je n'oserais jamais dire à quiconque. Hadja harcèle Wolf pour qu'à l'avenir il aille s'installer ailleurs avec sa musique et tout son matériel de travail dans une sorte de studio de répétition. Après le retour de Stuttgart, elle veut mener une vie normale.

Wolf la traite de *Schweinefresse*. Il fait de son mieux.

Hadja en rit. Désormais, au lieu de fuir sous les insultes, ils attendent la suite. Ils sont pour la franchise totale.

Je les entends parler de la valeur de l'intimité. Tu n'as aucune idée de ce qu'il faut à une femme, lui crie Hadja. Aucune imagination.

Elle me regarde pour s'assurer que ma présence redouble son injure. Mais Wolf sait comment rendre le coup. Il attrape son saxo et lance un riff irrespectueux qui la fait se retourner et taper du pied.

Tout est irrévocable.

En partant à Stuttgart, avant même qu'on ait atteint le poste de contrôle, j'ai eu envie de descendre de voiture et de rentrer tout seul par l'U-Bahn. Je voulais voir ce que Helen en pensait. Je voulais qu'elle sache que je n'avais pas imaginé les choses ainsi. Et que j'en voulais à Hadja de la façon dont elle l'avait traitée. Comment pouvais-je aller jusqu'à Stuttgart avec quelqu'un comme Hadja ? Mais je n'ai rien dit.

Wolf n'a rien dit non plus.

Et Hadja s'impatientait. Je le sentais au bruit du moteur. C'est une conductrice agressive. Elle klaxonne sans raison. Elle prétend que les autres conducteurs sont tous des imbéciles. A un moment, elle s'est trouvée bloquée derrière une voiture en stationnement.

Mensch, a-t-elle braillé. Quel est l'imbécile qui s'est garé là ?

Wolf s'est étranglé de rire. Ce qui ne fait jamais qu'envenimer les choses.

Au-delà du poste de contrôle, bien entendu, il n'y a plus moyen de descendre de voiture. En principe, pendant la traversée du territoire est-allemand, tant qu'on est en transit, on n'a pas le droit de s'arrêter. Même en cas d'urgence. Il faut continuer à rouler jusqu'à ce qu'on se retrouve en territoire ouest-allemand. On n'est même pas censé s'arrêter pour pisser, dit Hadja.

Elle est la seule à parler dans la voiture. Si les Allemands de l'Est construisaient des routes convenables, ça ne serait pas un mal, dit-elle. Entre amis, on se moque de l'Allemagne de l'Est avec mépris.

Sitôt que nous avons été sur la route en territoire est-allemand après le poste de contrôle, Wolf a remis la musique en marche. Très fort. Allons-y, a hurlé Hadja plus fort que la musique, ivre d'impatience et de liberté.

Wolf a tapé à deux mains sur le tableau de bord, notant ce changement d'humeur sans dire un mot. Et puis il a mis ses pieds chaussés de cuir marron sur le tableau de bord et il s'est laissé glisser sur le siège, de sorte qu'il avait la tête beaucoup plus bas que Hadja. A voyager, on se sent redevenir petit. A rester sur place, on prend de l'importance. J'avais plus que jamais envie de sauter de la voiture. Mais, peu à peu, le mouvement de la voiture a calmé mon indignation et ma rage est retombée.

L'après-midi, l'éclairage est relativement bon dans l'appartement de Sonnenallee. Je trouve. J'ai pu faire quelques photos de Helen près de la fenêtre, le visage tourné vers la lumière. Et puis nous avons inversé les rôles et Helen a pris quelques photos de moi. Debout, les yeux baissés vers la cour. On entendait le Hausmeister en bas, mais on ne le voyait nulle part. Et on ne sait jamais s'il crie ou s'il parle normalement.

Je voulais une photo de Helen en train de donner le sein. Elle a d'abord dit non. Et puis elle a accepté.

Le lendemain, nous avons pris quelques photos sur le Kurfürstendamm. A un moment, j'ai laissé Helen continuer seule avec la poussette. J'ai fait semblant de refaire le nœud de mon lacet. Et puis je l'ai rattrapée et je l'ai prise de dos, avec la rue, les voitures, les piétons et les stores des cafés.

Alan, c'est du gâchis, a-t-elle dit.

Pourquoi ?

Enfin voyons, prendre quelqu'un de dos, quel intérêt ? Franchement, Alan, quel gâchis !

Pas du tout. C'est une photo de toi vue de dos, non ?

A quoi ça sert ? a-t-elle dit en riant. De dos sur la plus grande avenue de Berlin, qui va me reconnaître ? Elle s'est remise à rire.

Nous, nous saurons que c'est toi. Toi, tu sauras.

Ne fais pas l'idiot. C'est un gâchis complet de pellicule.

Pendant la traversée du territoire est-allemand, le paysage est plat et blanc. Avec la musique qui donne à fond à l'intérieur de la voiture, on dirait le paysage d'un début de film. Dans le lointain, des arbres tracent une ligne grise. De temps en temps, on voit défiler des bois de pins bordés de bouleaux, isolés ou parfois en bosquets. En pleine campagne, ils ont l'air insolite. Je n'en ai jamais vu que dans les jardins.

De temps à autre on aperçoit un faucon. J'ai envie de dire : Regardez, un FAUCON. Mais je laisse passer. Le ciel est gris ardoise, je suppose. On a l'impression d'être au cinéma, avec ce paysage blanc qui se déroule lentement. On s'attend constamment à ce que quelque chose apparaisse, à ce que quelque chose se produise à l'horizon, à ce qu'une forme quelconque se distingue de cette surface plate.

Wolf sort une grande plaque de chocolat enveloppée de violet. Grosse comme une plaque d'immatriculation. Sur l'emballage il y a une vache qui danse, une cloche au cou. Wolf défait le papier d'un côté et il tend la tablette.

T'en veux ? demande-t-il.

Hadja regarde le chocolat.

Tire-moi un morceau.

Tout leur anglais, ils l'ont appris avec les chansons pop.

Wolf casse un morceau de chocolat et le pose d'abord sur les lèvres de Hadja, avant de l'enfoncer dans sa bouche avec le doigt. Elle se met à croquer. Puis il en casse un morceau pour lui et il me tend le reste de la plaque.

Non, non, ça va, merci. Je me penche en avant pour dire non merci.

En Allemagne, quand on répond non merci, c'est classé. On ne vous en proposera pas une deuxième fois.

Hadja montre du doigt une canette de Coca à côté du levier de vitesse.

Fais-la ouverte ! Fais-la ouverte !

Wolf ouvre la canette et prend une gorgée avant de la passer à Hadja. Elle boit sans quitter la route des yeux. Elle se rince la bouche avec le Coca et elle rend la canette. Je me représente le mélange de Coca et de chocolat faisant des remous autour de ses dents.

Helen a voulu déclarer l'enfant. Elle avait décidé d'un prénom. Daniel. C'est un nom que j'aime, je le lui ai dit. Elle m'a demandé d'aller avec elle. Alors je l'ai accompagnée au bureau d'état civil. Le bébé est venu avec nous, comme pour fournir la preuve de son existence.

A l'état civil, l'employé a donné à Helen un répertoire des

prénoms allemands. Elle lui a dit qu'elle avait déjà choisi un nom. Ensuite, c'est le père qui a posé problème. L'employé ne comprenait pas la situation ; pour lui il allait de soi que l'homme qui accompagnait Helen était le père. Son intuition l'égarait. Helen a mis du temps à lui expliquer. L'employé savait très peu d'anglais et je ne voulais pas intervenir en allemand.

L'employé m'a désigné du doigt par le guichet.

Alors, cet homme-là, qui est-ce ? a-t-il demandé.

Helen parlait doucement. L'employé de l'état civil, lui, s'exprime toujours avec l'assurance inhérente à sa fonction. A chaque fois, on aurait cru qu'il s'adressait à une commission d'enquête constituée après l'événement et devant laquelle il avait lui-même à se justifier. Il parlait beaucoup plus fort que Helen, comme s'il était aussi chargé d'informer d'autres personnes dans d'autres salles. Comme s'il était chargé d'obtenir un consensus d'opinion.

Ce n'est donc pas le père ? a-t-il demandé.

Non. Helen lui a expliqué qu'elle n'était pas mariée. Que l'enfant devait porter le nom de la mère. Mais l'employé était dépassé.

Mais enfin, cet homme, qui est-ce ? a-t-il demandé en me montrant du doigt encore une fois.

C'est un ami, a dit Helen. Elle s'est tournée vers moi en souriant.

Un ami ? a répété l'employé.

Oui.

Père, non ?

Non !

En Allemagne, il faut tout expliquer.

Wolf et Hadja aiment que tout soit cruellement clair. Ça n'a pas l'air de les gêner que je sache tout d'eux ; tout ce qu'ils ont mangé au cours de l'année passée. Pourquoi Wolf ne boit jamais de lait. Pourquoi Hadja évite la levure. Toutes leurs petites siestes. Quand ils se mettent à parler, rien n'est passé sous silence.

Hadja a le sentiment de manquer d'espace. Wolf la pousse à dire ce qu'elle en pense. En Allemagne, ça n'a pas de sens de dissimuler quoi que ce soit. Hadja estime que Wolf devrait se trouver une sorte de studio où il pourrait répéter et souffler dans ses instruments tout à son aise. Elle veut une vraie maison.

Elle ne sait plus où se mettre. Elle a le dos au mur, dit-elle. Cette musique à longueur de journée, partout. Elle n'a plus l'impression d'être elle-même. Il faut qu'on en parle, dit-elle. Toutes leurs conversations se terminent par cette phrase. Il faut qu'on en reparle.

En Allemagne, tant qu'on ne parle de rien, on ne veut pas voir. Quiconque ne figure pas sur les registres existe à peine. Quiconque est dépourvu de sentiments n'est pas vivant. C'est comme les opinions non exprimées. Les cartes postales non expédiées.

Quiconque n'a pas été pris en photo est porté disparu.

Le Hausmeister de Sonnenallee nous aimait bien. C'est sa fille qui a donné la poussette à Helen. Il nous a fait ses félicitations. Il n'a jamais été aussi aimable et j'en conclus que c'est au bébé que nous devons ça. Le bébé met tout le monde sur un pied d'égalité, il donne un statut. Grâce au bébé, je suis sur le même plan que le Hausmeister, parce que désormais il a le sentiment qu'il peut me parler, d'homme à homme.

Un après-midi où je suis rentré seul, j'ai croisé le Hausmeister dans l'escalier. J'ai l'impression qu'il devait m'attendre.

Ach... le voilà enfin, a-t-il dit. Le nouveau *Papa*.

Il m'a pris par la main et il m'a entraîné au sous-sol sans en dire davantage. Impossible de lui parler. Pas le temps d'expliquer. En bas, il a ouvert la porte d'une petite cave remplie de bouteilles de vin alignées sur des casiers. Il a pris une bouteille et il me l'a mise dans la main d'autorité, en me regardant bien en face avec un clin d'œil.

Für den Papa! a-t-il dit.

Et puis il m'a expliqué où il achetait son vin. Dans le Sud. Il a pointé le doigt en direction de ce qu'il croyait être le sud. Au-delà des murs de la cave. Quelque part par là. Il veut me montrer sur la carte. *Die Landkarte*, clame-t-il. Je souris et je veux le remercier pour le vin. Il ne m'en laisse même pas l'occasion. Il veut que je vienne avec lui pour faire la connaissance de sa femme. De sa fille. Et du mari de sa fille.

Venez… *Papa* IRLANDAIS.

Au Tiergarten, on a pris tellement de photos qu'il ne restait plus rien à photographier. Sur les bancs publics. Avec des arbres. En terrain découvert avec des arbres au fond. Helen avait noué ses cheveux en arrière. Elle portait son manteau de tweed et un béret noir. Elle avait l'air en forme. En meilleure forme que jamais. Quand nous sommes arrivés au mur de Berlin, elle a dit qu'elle voulait une ou deux photos d'elle devant le Mur. Avec la porte de Brandebourg à l'arrière-plan. Des tours de guet, quelque chose comme ça. Le mur de Berlin lui convient bien.

J'ai commencé par rire de cette idée.

Enfin, Helen. Personne à Berlin ne songerait à se faire photographier près du Mur.

Pourquoi pas ?

On n'est pas des vacanciers.

Qu'est-ce que ça fait ? Il faut que j'aie la preuve que je suis bien à Berlin.

Elle est debout au premier plan, les mains jointes. Le Mur et tous ses graffiti forment la toile de fond. La base d'une tour de guet apparaît de justesse dans la photo. Helen sourit. Sans bébé. Elle a la tête inclinée vers le sud.

Chaque année, des milliers de visiteurs prennent des photos du mur de Berlin. Bientôt il n'en restera rien.

Nous nous sommes arrêtés pour prendre une bière, pas bien loin du Mur, dans Potsdamerstrasse. Helen saurait dire le nom du bar. C'est le genre de choses dont elle se souvient. Moi, je me rappelle seulement que c'était un bar ancien, un coin de la vieille Allemagne, avec une porte toute neuve en aluminium et en verre cathédrale qui laissait passer une lumière brune couleur de jus de carotte. A certains endroits, les fenêtres avaient été élargies pour donner plus de clarté.

Il n'y avait qu'un autre client dans la salle à ce moment-là. Helen a décidé qu'elle pouvait se risquer à donner le sein. De la façon dont elle s'y prenait, on ne s'apercevait de rien. Quand elle a eu fini, elle a remis Daniel dans la poussette et elle s'est mise à boire sa bière. Remplacement de liquide – c'est l'idée qui m'est venue spontanément.

Helen a levé son verre pour trinquer et j'ai décidé de la prendre en photo à l'intérieur du bar. La lumière paraissait suffisante. C'est après seulement que j'ai remarqué deux grosses taches rondes à l'endroit des seins, qui s'étaient mis à suinter.

Tu perds du lait, je crois, lui ai-je glissé à l'oreille.

Tu aurais pu me prévenir, a-t-elle dit en regardant sa robe. Tu me laisserais bien me balader comme ça.

Elle a remis son manteau et elle s'est épongée discrètement avec des serviettes en papier. J'ai dû aller en chercher d'autres au bar. C'étaient des petites serviettes avec l'écusson de la maison. C'est sans doute pour cela que Helen s'est si bien rappelé le nom. C'est sans doute aussi ce qui l'a fait rire sur le moment.

Je lui ai proposé un dessous de verre par la même occasion, mais elle me l'a renvoyé brutalement en disant : Dégage !

Nous étions déjà presque à la moitié de Potsdamerstrasse quand je me suis aperçu que j'avais oublié l'appareil photo dans le bar. Je suis retourné en courant et j'ai trouvé l'appareil sur la table où je l'avais laissé. J'étais soulagé. Mais la vue du bar désert m'a mis mal à l'aise. L'idée de revenir voir les lieux où nous étions assis ensemble quelques minutes auparavant avait pour effet de me dépayser. Je m'attendais à l'impression inverse. C'est sans doute pour cela que je ne me souviens plus du nom de cet endroit. J'ai rattrapé Helen dans Potsdamerstrasse. J'avais très chaud, d'avoir couru ainsi, et à cause de la bière.

L'appareil photo est une arme meurtrière. Autrefois, on tirait sur les bêtes sauvages pour les tuer ; maintenant on les photographie. L'appareil photo prend tout dans le présent pour le mettre dans le passé.

Wolf compare ça aux bois de cervidés que les gens accrochent au mur partout en Allemagne. Ou aux collections de papillons. Chez ses parents, il y avait des bois dans toutes les pièces de la maison. Au-dessus de la table de la salle à manger. A la tête du lit. Dans l'entrée, à côté du portemanteau. Une après-vie. Les photos sont des bêtes mortes.

Voici comment on fait l'amour pour la première et pour la dernière fois.

Helen m'a demandé d'aller voir si tout allait bien. Va voir Daniel. Vérifie que tout va bien. Regarde s'il respire.

J'ai regardé s'il était bien couvert. J'ai éteint dans la salle de séjour et, en revenant, je me suis cogné le genou contre une chaise. Malgré la douleur vive, j'ai fait comme si de rien n'était, comme un joueur sur un terrain de football. Nous sommes restés un long moment allongés sur le dos à regarder le losange que formait au plafond le châssis de la fenêtre, projeté par les lumières de la cour. Ainsi allongés, nous avons parlé de tout et de rien. De rien, en réalité. Ma douleur au genou a disparu peu à peu. A un moment, j'ai eu l'impression que mes membres avaient disparu eux aussi. Je les sentais partis tout au bout d'un vaste paysage. Ou même plus loin encore.

Helen s'est redressée, elle a rejeté ses cheveux d'un côté, et, se penchant lentement, elle s'est couchée sur moi. Le poids, c'est impossible à mesurer. Helen est très légère. Et tout cela était sans précipitation. Le losange était du côté gauche de sa tête. De temps à autre, elle rejetait la tête en arrière pour regarder la fenêtre, ou peut-être le ciel. Pourtant elle avait les yeux fermés. Peut-être l'imaginait-elle, ce ciel. Et puis j'ai senti du lait couler sur ma poitrine. Comme si j'étais sous un robinet d'eau tiède. Je sentais le lait ruisseler sur ma poitrine, dégouliner sous mes bras et former de véritables mares. J'avais l'impression d'être sous un robinet d'eau fraîche un jour de chaleur. Il flottait une odeur de bébé; une odeur de lait et de bébé. Et puis Helen a compris ce qui se passait. Il y avait du lait partout. Quand elle s'est laissée aller sur moi de tout son poids, elle s'est aperçue qu'il y avait du lait partout.

Ah regarde, s'est-elle écriée. Tu ne pouvais pas me le dire ?

C'était la dernière fois. Le lendemain, je partais pour Stuttgart avec Hadja et Wolf.

Avant leur arrivée, le temps semblait s'écouler avec une paisible lenteur. J'avais tellement d'avance que je me suis assis sur le lit pour regarder Helen donner le bain du bébé. Elle a branché un radiateur pour qu'il fasse bien chaud dans la pièce. Puis elle a apporté la baignoire en plastique blanc remplie d'eau. De temps à autre, le bébé raidissait les bras et les jambes et il essayait d'agripper quelque chose avec ses petites mains en étoile. Helen calculait tous ses gestes. Chaque fois qu'elle prenait le savon ou qu'elle le reposait, on aurait dit que c'était avec une précaution extrême. Elle a enveloppé le bébé dans une serviette de toilette blanche. L'eau de la baignoire était bleutée et laiteuse. Presque bonne à boire, semblait-il.

Dès que Hadja est arrivée pour me chercher, tout a basculé dans la plus grande précipitation. Wolf attendait dans la voiture. Hadja a tout de suite parlé du nombre d'heures de route pour Stuttgart.

Allez, ON SE BOUGE, *ha* !

J'ai descendu un petit carton de matériel et Hadja a porté mon sac. En sortant, Hadja a vu l'appareil photo sur la table et elle l'a pris au passage.

Je récupère l'appareil, si ça ne te fait rien. On voudrait prendre des photos à Stuttgart.

La pellicule n'est pas terminée, lui ai-je dit. Il y a encore quelques photos à prendre.

Elle nous donnerait un autre rouleau de pellicule après Stuttgart. Et elle nous donnerait les tirages de nos photos, on arriverait bien à s'arranger. J'ai laissé faire. Tout semblait extraordinairement bousculé. Ce n'était pas le moment de discuter. Quand je suis remonté pour lui dire au revoir, Helen était sortie de la chambre, le bébé dans les bras, tout habillée.

Où est l'appareil ? a-t-elle demandé aussitôt.

Hadja en a besoin pour Stuttgart.

Mais la pellicule n'était pas finie.

Je sais. Ça ne fait rien. A Stuttgart, je récupérerai le rouleau et je le ferai développer.

Bon sang ! a-t-elle crié. Tiens-moi le bébé.

Elle a descendu l'escalier quatre à quatre et elle s'est précipitée dans la rue. Hadja était déjà en voiture. Elle avait mis ses lunettes noires. C'était elle qui conduisait. Il y avait de la neige dans la rue.

Tu peux me donner l'appareil ? a dit Helen. Je veux finir la pellicule.

Pas maintenant, Helen, *Schatz*, on n'a pas le temps. Il faut qu'ON SE BOUGE.

Tout d'un coup, Helen s'est mise en rage. Bien plus que ça n'en vaut la peine pour un rouleau de pellicule.

Hadja a refusé encore une fois. Disant qu'on n'avait pas le temps. Et Helen a élevé la voix. Sa voix a résonné dans la rue enneigée.

Alors Wolf est intervenu. PUTAIN DE MERDE. Donne-lui cet appareil, a-t-il crié. En y mettant bien plus d'ardeur que ça n'en vaut la peine pour un appareil photo.

Une fois qu'elle a eu l'appareil entre les mains, Helen n'a plus su quoi dire, ni de quel côté aller. Elle était surprise de voir que les choses ne s'étaient pas envenimées autant qu'elle l'aurait cru.

Hadja lui a fait signe de se dépêcher.

Helen a été prise de panique. Elle est remontée en courant. Il faisait bien trop sombre pour prendre des photos à l'intérieur, alors elle m'a demandé de descendre le bébé dans la cour. J'ai enveloppé le bébé dans la couverture à carreaux et j'ai suivi Helen. J'ai pris quelques photos d'elle et du bébé dans la cour. Et elle a pris quelques photos de moi. Sur certaines, je dois avoir l'air un peu effaré. Et puis Helen a pensé qu'il fallait aussi quelques photos de nous deux ensemble, alors nous sommes allés dans la rue, où elle a demandé à Wolf et à Hadja de nous prendre. Hadja est descendue de voiture et elle a saisi l'appareil. Elle a décidé que ce serait plus vite fait si c'était elle qui s'en chargeait.

La neige du trottoir était à moitié fondue ; transformée en gadoue.

Helen est debout à côté de moi, à gauche. Il faisait très froid. Je tiens le bébé dans mes bras. Nous sommes devant la double porte d'entrée de l'immeuble de Sonnenallee. Je suis plus grand que Helen. Elle sourit. Le bébé a les yeux ouverts. Je prends appui sur ma jambe gauche. Helen penche la tête vers moi.

Les véhicules en transit n'ont pas le droit de s'arrêter. Si forte qu'ait été mon envie de sauter de la voiture, je ne le pouvais pas.

Pendant la traversée de l'Allemagne de l'Est, il n'y a pas moyen de s'arrêter. Mais même à Helmstedt, à la frontière ouest-allemande, j'avais toujours envie de descendre et de retourner à Berlin.

A l'approche du poste de contrôle, Wolf a éteint la musique et il a retiré ses pieds du tableau de bord. Les panneaux routiers sont sans ambiguïté. Poids lourds. Voitures. Autocars. Hadja a tendu les trois passeports par la portière. C'est une erreur de penser que trois passeports ensemble ont un sens quelconque. Le garde-frontière a plié les genoux pour voir nos trois visages à l'intérieur de la voiture.

Plus loin, il y avait un panneau indiquant l'Autobahn ouest-allemande. Et d'autres panneaux pour Hambourg, Brême, Hanovre et Francfort. C'est une erreur de croire que les panneaux routiers ont un sens quelconque.

Dès que nous sommes repartis, Hadja s'est écriée encore une fois ALLONS-Y LES GARS. Wolf a remis la musique. Hadja a accéléré. Le même paysage blanc a recommencé à se dérouler, comme la fin d'un film, tout chargé de sens. Wolf a souri en me rendant mon passeport. C'est une erreur de penser que les occupants d'une voiture qui roulent ensemble sur l'Autobahn sont contents de leur sort.

C'est une erreur de juger sur les apparences. De croire ce que racontent les photos. Plus tard ce jour-là, une fois les trottoirs déneigés, Helen est allée dans un centre commercial pour faire développer les pellicules. Elle s'est promenée dans les rayons pendant une heure pour tuer le temps. Elle a regardé une démonstratrice vanter les mérites de la râpe à légumes. *Meine Damen und Herren.* Une râpe à légumes, c'est la même chose dans toutes les langues. Et puis il était l'heure d'aller chercher les photos.

Je n'en ai jamais vu aucune.

Après Helmstedt, ils n'ont plus cessé de se bagarrer dans la voiture. Cela a commencé par un silence mordant. La musique ne servait plus à rien. La musique en voiture, dans les restaurants et dans les magasins, c'est fait pour isoler les gens les uns des autres et pour créer une illusion d'espace.

Cette fois, c'est Wolf qui attaque. Ton jeune macho de Turc avec ses gros pectoraux va te manquer, je suppose, dit-il.

Prise au dépourvu, Hadja perd du terrain. Il lui faut un moment pour riposter.

Wolf, je t'en prie, tu ne peux pas m'accuser, puisque c'est à cause de toi que tout a commencé. Avec cette petite garce d'étudiante.

Wolf s'étrangle.

Tu aurais dû réfléchir quand tu t'es mis à traîner avec elle.

C'est de la vengeance, alors, c'est ça ? crie Wolf. C'est tout ce qui compte pour toi, te venger. Tu ne peux même pas te faire plaisir, parce que tu ne fais les choses que pour prendre ta revanche. Il a fallu que tu trouves un jeune Turc pour te retirer ta culotte. Et maintenant on est quittes, je suppose. C'est ça ?

C'est une erreur de comparer ce qui est comparable, ou de confondre plaisir et succès.

Comment oses-tu me dire que nous sommes quittes ? hurle Hadja. Sa rage est à son comble. Comment oses-tu comparer ce que tu m'as fait avec ce que j'ai fait…

Quelle mesquinerie, réplique Wolf. Donc, tu n'as pas encore fini de prendre ta revanche. C'est la seule chose qui te préoccupe, hein ?

Mais, dis-moi, qu'est-ce que j'en sais ? Est-ce que je peux savoir quand on sera quittes, espèce de salaud ? Rien ne sera plus jamais pareil après ce que tu m'as fait.

Te venger, tu ne penses qu'à ça.

Hadja change de sujet. Chose que le conducteur peut faire à son gré. Elle veut que Wolf prenne le volant un moment, dit-elle. Elle en a assez de conduire. Il refuse. Elle insiste. A partir de Braunschweig, il va falloir que tu me remplaces.

C'est une erreur de croire que la conduite est un plaisir. Peut-on être à égalité sur l'Autobahn ? Avec de la neige dans les champs ? Avec un public sur le siège arrière ? La vengeance ne devrait-elle pas être plus douce que ce qui l'a suscitée ? Alors, après tout, Hadja doit obtenir la meilleure part. Vaut-il mieux être égal dans le malheur ou malchanceux en des circonstances plus favorables ? Supérieur dans la misère ou défavorisé dans l'opulence ?

Qu'est-ce que ça peut bien foutre, LA-BAISE ? a crié Wolf. Qu'est-ce que ça peut foutre de savoir qui fait quoi ? Tu pourrais tenir les comptes aussi, pendant que tu y es. Combien de fois avant le petit déjeuner. Combien de fois après. C'est ça que tu veux ? Fellation : cinq. Divers : trois. C'est ça ?

Oui… *meinetwegen.* Pourquoi pas ?

Ach, je t'en prie, Hadja. Tu crois qu'Alan a envie d'entendre tout ça ?

Ça lui est bien égal, pas vrai, Alan ?

Hadja me regarde dans le rétroviseur. Si seulement ils pouvaient me laisser en dehors de tout ça. Bientôt, ils se mettent à faire des comparaisons de détail. Hadja veut savoir si Lydia sait bien s'y prendre au lit. Wolf veut savoir comment ça s'est passé entre Hadja et Mehmet.

L'œil furibond, Wolf écoute Hadja décrire ses aventures avec Mehmet, le Turc. Il a le regard fixé au-dessus de la campagne blanche comme s'il voyait tout cela sur un écran.

De Braunschweig à Göttingen, ils se sont tus.

Du côté de Kassel, on s'est arrêtés pour manger quelque chose. Schnitzel et *pommes frites*, quelque chose comme ça. Pour manger, Wolf s'assied en biais, les jambes croisées, et il balance une jambe. Dès qu'il a fini, il inspecte l'assiette de Hadja pour voir ce qu'elle a laissé.

Dehors, sur le parking, Wolf s'étire et se dégourdit les jambes. Nous remontons en voiture pour attendre, pendant que Hadja va aux toilettes. *Damen.* Cette fois, Wolf s'assied au volant. Hadja sort; elle s'est coiffée; et quand Wolf la voit approcher de la voiture dans le rétroviseur, il démarre brusquement, la plantant là sur le parking. Puis il fait marche arrière. Mais au moment où Hadja se penche vers la portière, Wolf redémarre en riant. Il refait marche arrière, et cette fois, il la laisse monter.

Du, Arsch DE MERDE, hurle-t-elle en montant.

Elle est blême. Je ne l'ai jamais vue aussi pâle.

C'est une erreur de renifler bruyamment. Il est dangereux de réprimer son rire ou de trembler en silence sur le siège arrière.

Du, Arsch DE MERDE, Wolf, a-t-elle répété. Et puis plus rien. On entendait le bruit des voitures sur l'Autobahn. Si jamais tu me refais ça, tu me le paieras. Compte sur moi.

De Giessen à Francfort, calme relatif. Wolf a remis la vieille cassette de B. B. King.

A partir de Darmstadt, la tension a remonté. Aux environs de Mannheim, jusqu'à Karlsruhe, tout a explosé une fois de plus. Pire que jamais. Haineusement.

Nous sommes arrivés à Stuttgart tard, dans une petite maison de la banlieue. Il y avait un petit rideau de pins dans le jardin; vert foncé, et même noir, dans l'obscurité. A la lumière des réverbères je ne voyais pas le toit de la maison, mais j'étais sûr qu'il était en tuiles rouges. C'était le cadre idéal pour Wolf. Pour créer sans inhibition. Juste ce qu'il fallait, a trouvé Hadja. En parfait impresario.

Hadja et Wolf échangeaient des regards.

Du bas, montait une odeur de cuisine. De la *Sauerkraut.* Ou peut-être une odeur de cumin ou de *Knödel.*

En montant l'escalier, Wolf a donné une tape dans le dos à Hadja en disant *rauf, rauf.*

J'ai rentré une partie des bagages et du matériel. J'ai aidé Wolf à décharger ses instruments. Je lui ai porté une de ses guitares et, en entrant dans la chambre, je me suis aperçu qu'ils étaient déjà sur le lit. Hadja à plat ventre. Wolf lui arrachant ses vêtements.

Hadja riait. Wolf lui donnait des claques.

Auf, auf!

J'ai apporté la guitare dans la pièce et je l'ai posée contre le mur dans un coin. Mais même à ce moment-là, j'ai eu de la peine à partir.

XV

LES AMANTS CHANGÉS EN ACHETEURS

C'est ce que je craignais.

Berlin a basculé. On a senti monter en ville une prospérité nouvelle. Un réalisme nouveau de lendemain de récession. Un optimisme assorti de discipline et de sens pratique. On parlait de deuxième miracle économique en Allemagne. De réévaluation du D-Mark. On parlait du gaspillage. Du réchauffement de la planète. D'industries non polluantes.

Hadja a quitté Stuttgart au bout d'une semaine et elle est rentrée seule en voiture à Berlin. A présent, Berlin était toute à elle. Mentalement, elle avait marqué d'une croix au feutre rouge l'endroit où Helen et Dieter devaient se retrouver. Elle savait exactement comment Helen devrait être. Naturelle. Comment elle devrait s'habiller. Manteau. Béret noir. Maquillage discret. *Immer natürlich.* Elle voyait exactement comment deux personnes doivent se rencontrer accidentellement après une longue absence. Coïncidence, mets-toi bien ça dans la tête, répétait-elle à Helen.

Ce serait une bonne idée, trouvait-elle également, que leur première rencontre ait lieu sans bébé. Juste pour voir quelle serait la réaction de Dieter. C'est ce que je craignais.

Sulima et Massoud se sont acheté un nouvel appartement à Schöneberg. Depuis, les soirées en l'honneur de tous leurs nouveaux amis se succèdent presque sans arrêt.

Konrad s'est pour ainsi dire installé chez Kristl. Il a pour ainsi dire quitté Gudrun, sa femme. Mais pour des raisons pratiques, il préfère considérer qu'il vit toujours avec Gudrun, bien que leur vie matrimoniale ait pris fin. Il est question de divorce et de désengagement. Mais pour des raisons pratiques, l'idée d'une séparation légale est écartée pour le moment. La succession serait plus compliquée. Konrad a toute chance de faire un plus bel héritage si son ménage est stable.

Helen a reçu une lettre de sa mère. Il faut croire que les photos ont fait effet. Ses parents ont fini par admettre son existence à Berlin, par accepter la situation, et Daniel, le nouveau-né.

On ne sait trop pourquoi, les parents de Helen sont persuadés qu'elle vit avec Dieter, un Berlinois. Ils poussent au mariage. Ils veulent que Helen vienne les voir avec le bébé. Ils veulent voir le petit garçon. Mais ils veulent que leur fille soit mariée et qu'elle arrive avec un époux.

On parlait d'une cité vivante. D'art vivant. Berlin est devenue une capitale pour artistes et pour alternatifs. On parlait d'innovations théâtrales. Berlin venait de découvrir la scène inclinée avec, parmi les accessoires, de vrais bouleaux plantés en pleine terre. Étant donné la demande du public, on parlait de redonner à la Schaubühne une nouvelle série de représentations des *Sommergäste* de Maxime Gorki, production dont le succès était sans égal.

Hadja sait tout ce qu'il y a à savoir sur Dieter. Dans certaines limites, s'entend. Dieter est grand. Il roule en Audi. Il semble avoir un parti pris contre les modèles courants. Étant mécanicien de métier, il peut entretenir une vieille voiture. Il passe beaucoup de temps dans les magasins de hi-fi, chez les disquaires, et à la plus grande piscine de Berlin. Il aime évoluer en toute liberté dans l'eau et dans le temps. Il semble avoir envie de tout ce qui offre un espace imaginaire, en quoi il ne diffère pas de la majorité des Berlinois. Il vit seul à Kreuzberg. A rarement quelqu'un chez lui. Et jamais pour passer la nuit. Il ne parle que si c'est nécessaire. Est très capable de veiller tard et de se présenter frais et dispos pour travailler au garage le lendemain matin. S'est lancé récemment dans des activités artistiques. La sculpture.

C'est ce que je craignais.

Helen a décidé d'apprendre l'allemand. Si elle devait se fixer à Berlin et élever un enfant en Allemagne, autant qu'elle apprenne la langue, se disait-elle. Elle voulait pouvoir s'expliquer. Poser des questions. Elle voulait pouvoir se faire entendre.

Kartoffel! Brot! Milch! Wurst!

Elle voulait pouvoir faire des rapprochements et des comparaisons et appeler dûment les choses par leur nom, au lieu de constamment montrer les objets du doigt dans les boutiques, et d'être obligée de répondre par des gesticulations et de grands sourires aux vieilles dames qui l'arrêtent dans la rue pour admirer le bébé. Il devait y avoir pénurie de bébés à Berlin, se disait-elle. Elle voulait parler à ces vieilles dames qui regardent le bébé avec le même air nostalgique qu'elles prennent pour évoquer le passé, la vie d'avant-guerre, au temps où Berlin était encore Berlin.

Helen a réfléchi au meilleur moyen d'apprendre l'allemand. Ça n'était sûrement pas en faisant ses courses au supermarché, où l'on échange peu de mots en dehors du minimum requis. Le mieux, a-t-elle trouvé, c'étaient les journaux. Les journaux du soir semblaient convenir parfaitement. Tout est simplifié. Il y a abondance de photos, qui, généralement, parlent d'elles-mêmes.

Feuerwehr kam zu spät, sagt Witwe! Les pompiers sont arrivés trop tard, dit la veuve.

Helen a toujours eu de l'oreille pour les langues. Quand elle lit quelque chose, elle croit l'entendre. Elle savait rajouter aux titres qu'elle lisait le ton approprié, geignard ou scandalisé, avec l'accent de Berlin. Elle commençait aussi à avoir une vision simplifiée de sa propre vie. Sa situation et les événements de sa vie personnelle étaient devenus la manchette de la presse du soir. Même les faits les plus banals de la vie quotidienne lui revenaient formulés comme des titres de journaux.

Fenêtre laissée ouverte ! Bébé endormi ! Livre posé sur la table ! Cuiller sert de marque-page ! Père naturel retrouvé ! Rencontre accidentelle organisée !

Tout événement de sa vie prenait une dimension à la fois tragique et risible. Sa situation lui apparaissait comme elle serait apparue à des millions de lecteurs. En tout, elle se trouvait à la fois accusée et défendue. Obligée de rendre des comptes à l'opinion publique, qui tantôt se braquait contre elle et qui, l'instant d'après, la comprenait et s'apitoyait même sur son sort. Toute situation, tout acte quotidien donnait lieu à un portrait de Helen pour les lecteurs de Berlin.

Jeune, séduisante, seule ! En quête d'un père ! Les parents poussent au mariage ! Déviation de la circulation prévue à Sonnenallee ! L'eau de Berlin laisse un dépôt sur les tasses ! Le café devient boisson nationale ! Vague de folie ménagère, avertissent les médecins !

Je le savais.

On a parlé de nécessité. On a parlé de définitif et de mariage. De famille. De fonction parentale. On a parlé de l'impossibilité de se passer de certaines choses. De céréales. De saucisses. D'amour.

Helen a eu un coup de chance. Elle était allée faire quelques courses d'épicerie au supermarché du quartier. Elle paie toujours tout ce qu'elle prend. Presque toujours. Une ou deux fois, il lui est arrivé de glisser quelque chose dans son sac. Mais pas plus. Elle n'aime pas ça. Un délit perd tout attrait quand on le commet par nécessité. A part cela, elle n'a jamais rien reçu gratuitement. Elle n'a jamais rien gagné de sa vie. Alors elle avait peine à croire à cette chance.

Elle faisait le tour des rayons un samedi matin, abasourdie, comme tout le monde. Quand on fait ses achats, on n'a plus conscience de la présence des autres. Le supermarché avait décidé de jouer sur le rouge et le blanc. L'arrangement des couleurs n'agissait que sur le subconscient. Les rapports entre les gens deviennent subliminaux. Un mari croisait sa femme sans qu'aucun des deux s'en rendît compte. Un visage célèbre passait inaperçu. Les articles en promotion attiraient l'attention plus que les belles jambes. Les gens ne pensaient plus à l'amour, ils étaient tout à leurs achats. Les amants s'étaient changés en acheteurs.

Quand Helen est arrivée à la caisse, elle a posé ses articles sur le tapis roulant derrière le panneau Nächste Bedienung : client suivant. Elle se déplaçait parallèlement à ses achats. Elle se reconnaissait à ce qu'elle avait acheté. Et sitôt le tout enregistré et payé, une sonnerie a retenti.

Immédiatement, elle a été entourée de vendeurs et des gérants qui tous lui faisaient des sourires et de grands signes. Elle a d'abord cru qu'elle avait fait quelque chose de mal. Mais, à voir tous ces gens sourire comme des fous autour d'elle, elle a fini par comprendre qu'elle avait dû gagner quelque chose. Elle était la gagnante. La millionième cliente.

Oui, oui ! a dit quelqu'un. Maintenant vous venez avec nous.

Les autres acheteurs, qui jusque-là étaient dans une torpeur distraite, se sont réveillés à l'idée que la chance était passée si près d'eux. Le gérant du magasin a pris Helen par le bras. Un vendeur s'est chargé de la poussette et du bébé. Et une troisième personne lui a porté ses achats. On l'a amenée à un stand où on a pris son nom et où on a annoncé que Helen Quinn, d'Irlande, venait de gagner chez Tenglemann deux minutes de shopping gratuit pour tous les articles. Il lui suffisait de revenir n'importe quel jour de semaine à sa convenance.

Helen avait peine à croire à cette chance.

Il y a une chose que Helen sait et que Hadja ne sait pas. Une chose qu'elle est seule à savoir. Dieter est généreux. Elle ne peut toujours pas croire qu'il soit parti délibérément et de son propre gré ; elle tient à lui accorder le bénéfice du doute et à croire que quelque chose l'y a poussé. Elle sait que son père et lui ne se sont jamais entendus ; ils se parlaient peu. Autrefois il a demandé un visa pour les États-Unis, mais il n'est jamais parti. Il a toujours bien aimé le pain noir irlandais. Pendant qu'il vivait en Irlande, il a peu à peu acquis la certitude que tout avait déjà été dit. Il s'est mis à réfléchir à ces hommes innombrables qu'il voyait contempler l'océan depuis le front de mer, comme s'ils avaient tout vu et tout entendu. Désormais il importait de donner l'impression qu'on n'avait plus rien à apprendre. Chaque jour, en allant nager, Dieter voyait des hommes regarder la mer, assis sur des bancs, des murs de pierre, et des parapets en béton. Des hommes mangeaient furtivement un sandwich sur les bancs bleus le long du front de mer. Le vent faisait voler des papiers. Un bateau traversait la baie. Le soir, toutes les places avaient été attribuées à de nouveaux venus ; les uns avaient un cornet de glace, d'autres une bouteille de cidre.

C'était la veille du jour où Dieter a quitté l'Irlande. Helen savait ce qui le préoccupait quand il est parti.

Sur le plan que Hadja a en tête, la croix qui marque l'endroit où le sort doit réunir Dieter et Helen se trouve à l'angle de Lietzenburger Strasse et de Bleibtreu Strasse. Helen ayant l'avantage d'être prévenue d'avance, il n'est que justice, trouve Hadja, de donner à Dieter un avantage équivalent en lui permettant de voir Helen arriver de loin. Il faut qu'il puisse réfléchir, sans avoir le temps d'éviter la rencontre ou de s'enfuir.

Helen n'avait rien à perdre.

En sortant de la douche, elle a posé les pieds sur une serviette qu'elle avait placée sur le sol de la cuisine. Elle avait lu quelque part que le bain et la douche contiennent des ions positifs et des ions négatifs, mais elle ne savait plus ce qui contenait quoi. Elle préférait la douche et elle craignait que de plus amples informations ne l'obligent à changer d'avis.

Elle s'est séchée rapidement et elle a circulé dans l'appartement en se demandant si on pouvait la voir des échafaudages de la cour. Elle s'est rassurée en se disant que tant qu'elle entendait les ouvriers travailler, elle ne risquait rien.

Son corps avait retrouvé sa perfection. Elle pouvait à juste titre s'enorgueillir qu'on n'y voie pas la moindre marque ou le moindre pli prouvant qu'elle était mère. Elle se massait toujours le ventre avec de l'huile quotidiennement, mais à présent elle ne craignait plus de se montrer nue, personne ne devinerait jamais, elle le savait. Elle n'a plus peur de rien. De temps en temps, ses seins laissaient encore échapper une ou deux gouttes de lait, mais le risque était minime. Le bébé avait été sevré. Et, sans la présence de Daniel, là, à côté d'elle, personne n'aurait voulu croire qu'elle avait un enfant.

Dès qu'elle a été habillée, elle a placé un miroir incliné contre la fenêtre. Elle s'est un peu maquillée. Très discrètement. En ayant soin de se donner un air naturel. *Immer natürlich*. Puis elle est allée chercher un deuxième miroir pour examiner son profil et sa nuque. On a besoin de deux miroirs.

Le soir où Helen et Dieter sont tombés nez à nez par hasard en plein centre-ville, il y avait un petit vent doux. Avant-coureur du printemps. Un de ces soirs qui obligent les gens à repenser leur garde-robe. Helen et Hadja descendaient Lietzenburger Strasse côte à côte en toute innocence, avec le plus grand naturel. Elles allaient prendre un verre ensemble, comme peuvent le faire deux femmes à Berlin, et soudain elles ont vu Dieter arriver dans leur direction le long du trottoir en mosaïque. Helen n'en croyait pas ses yeux. Dieter non plus.

En ce premier instant qui fait suite à une si longue absence, tout est possible. Les choses auraient aussi bien pu aller dans un sens que dans l'autre. Ils auraient pu se regarder et décider de s'en tenir au souvenir plutôt que de renouer le fil du discours en pleine rue. Après une semblable absence, il faut tout réévaluer sur-le-champ. Tant qu'ils avançaient l'un vers l'autre dans Lietzenburger Strasse, c'était l'incertitude complète. Ils pouvaient aussi bien se tomber dans les bras sans réserve. Que se croiser sans s'arrêter, rageusement.

En l'occurrence, quand ils ont été à six ou sept mètres l'un de l'autre, ils ont tous deux souri d'un air gêné. D'un sourire en biais. A partir de là, ils sont allés au-devant l'un de l'autre comme des mécaniques ; comme s'ils marchaient en crabe. Et quand ils se sont rejoints, ils se sont embrassés sans un mot, comme on voit parfois les gens s'embrasser dans la rue ou dans les gares, sans fin, sans retenue, ce qui donne à penser à qui les observe que ce doit être une longue histoire. Les pieds de Helen ont décollé du trottoir. Hadja a reculé. Une moto est passée derrière eux à toute vitesse dans Lietzenburger Strasse.

C'est incroyable, a fini par dire Helen.

Sag mal, Helen !

Ils se sont enlacés en se serrant indûment. Helen avait toujours la hantise insensée que pareille étreinte ne fasse jaillir du lait de ses seins en laissant des taches circulaires sur sa robe. Leur étreinte s'est prolongée indûment. Gênante pour qui se trouvait là. Ils ne voulaient ni l'un ni l'autre être le premier à rompre ou à desserrer cette étreinte. A quelque deux mètres en arrière, Hadja s'impatientait. Un homme est sorti d'un immeuble juste à côté en tenant deux petits chiens au bout de deux minces laisses en cuir qui ne pouvaient que s'emmêler et faire des nœuds étant donné la façon dont les chiens tiraient dessus et se croisaient, en entraînant leur maître dans la direction du Ku-damm.

Helen a reculé pour lever les yeux vers Dieter. Il est beaucoup plus grand qu'elle.

C'est incroyable, a-t-elle dit. Où étais-tu ?

Ach, Helen, tu ne sais pas comme tu es dans ma tête.

Les fautes de langue sont-elles des fautes vénielles ? Helen a hésité entre le rire et les représailles. Tout est dans la manière de présenter les choses. Tout dépend de ce que l'on est prêt à croire. Helen et Dieter se sont regardés droit dans les yeux, mais, de si près, ils ne pouvaient sûrement pas voir grand-chose. Il y avait une odeur douceâtre de bière. Helen était tranquillement renversée en arrière sur le bras de Dieter. Des questions et des réponses ont fusé brièvement, sottes et hors de propos pour la plupart.

Tu ne recevais pas ma lettre, a dit Dieter.

Non ! Où l'as-tu envoyée ?

Mountpleasant ! A Dublin, à notre adresse. Mais elle revient à Berlin après trois mois.

Je ne l'ai jamais reçue.

Combien de temps tu es ici à Berlin ?

Ça fait presque un an.

Aber, Helen ! C'est pas possible. *Wirklich?*

Mais si, je t'assure. Je suis allée chercher ton sac à l'hôtel – l'hôtel comment, *Potsdam*, c'est ça ? Je l'ai toujours.

Ist das möglich?

Soudain, toute question et toute explication ont perdu leur sens, comme c'est souvent le cas quand on se connaît si bien. La familiarité d'antan permet de court-circuiter les mises au point. On a reporté les explications à plus tard. Tout d'un coup, Helen s'est aperçue qu'ils faisaient attendre Hadja au beau milieu de la rue. Elle s'est écartée de Dieter pour faire les présentations. Hadja et Dieter se sont serré la main.

Hadja a proposé d'aller prendre un verre. Dans un bar tranquille juste au coin. Elle s'attendait à ce que Dieter et Helen s'affrontent d'une manière ou d'une autre. Mais ils se sont mis à parler comme s'ils ne s'étaient jamais quittés. On a parlé de Berlin. Et de Dublin. De la mère de Dieter. Des lettres. Du travail. On n'a pas encore soufflé mot du bébé. On a parlé de Kreuzberg. Des trajets pour aller au travail et en revenir. De la commodité des transports en commun par rapport à la voiture. On a parlé primes d'assurance. Et assurance vie.

Personne n'a eu la présence d'esprit de commander les consommations. Une fois assis autour d'une table dans le bar le plus proche, c'est Hadja qui a dû penser pour tout le monde. Elle a commandé trois bières. Elle bouillait de rage. Elle n'arrivait pas à croire que Helen puisse céder si facilement, sans le moindre signe de rancune. Pas d'accusations. Pas d'hostilité. Pas de larmes. Cela viendrait peut-être plus tard, se disait-elle.

On a parlé des amis de Dublin. De l'appartement de Mountpleasant. David, le frère de Helen, avait tout débarrassé et il avait même réglé le loyer qui était dû, a-t-elle expliqué. En compensation, il avait hérité de la chaîne hi-fi et des disques de Dieter.

Schluss! s'est écriée Hadja subitement. Dieter et Helen se sont regardés avant de se tourner vers elle.

Schluss jetzt, a-t-elle répété en tapant sur la table. J'en ai plein le dos de tout ça.

Elle s'est mise à parler en allemand pour accuser Dieter de tout ce qu'elle avait cru que Helen lui reprocherait. Pourquoi l'avait-il quittée ? Pourquoi l'avait-il traitée ainsi ? Il croyait peut-être qu'il allait traiter les femmes comme de la crotte et s'en tirer à si bon compte ? Sans même une excuse ?

Helen ne comprenait pas tout ce que disait Hadja. Mais elle savait qu'on prenait sa défense. Et elle ne supportait pas qu'on parle à sa place. Elle ne supportait pas l'idée d'être confondue avec les autres femmes. Pourquoi faut-il toujours que les gens parlent pour les autres ? Elle a supplié Hadja d'arrêter.

Laisse-moi finir, a dit Hadja. Au ton de sa voix, on se serait cru au tribunal. Elle a continué d'accuser Dieter en lui pointant une main au visage comme une bêche, paume en l'air.

Hadja, arrête, je t'en prie.

A présent, on aurait dit que Helen se mettait à défendre Dieter, ce qui redoublait la fureur de Hadja. Dieter faisait tourner un dessous de verre sous son doigt, à la verticale. Il savait bien que ce n'était pas à Hadja de dire tout cela.

La serveuse portait des chaussures confortables. C'est le règlement. La bière ne contient pas de produit chimique pour faire tenir la mousse. Encore le règlement. Helen a regardé l'intérieur de son verre en fermant un œil pour savoir comment on voit l'intérieur d'un verre quand on est borgne. C'est bien une idée de mère. Elle a essayé de ne pas écouter la tirade de Hadja. Sans cette tirade, elle se serait peut-être montrée plus agressive elle-même.

Hadja s'est levée. Elle a regardé Helen de l'autre côté de la table et elle lui a fait signe de la tête.

Allez, maintenant je te remmène chez toi, a-t-elle dit.

Mais Helen n'a pas bougé. Elle rentrerait par ses propres moyens, a-t-elle répondu. Hadja a tourné les talons et elle est sortie, furieuse.

Comment savoir qu'une femme est mère ? A quoi peut-on le deviner ? Sûrement pas à son aspect physique. Parfois, le fait qu'elle ait un peu de ventre est une indication. Mais Helen n'en a pas. Comment Dieter aurait-il deviné ? Sûrement pas à son corps. Ni à sa façon de marcher, ni à sa façon de parler. Serait-ce à ce regard tranquille et insistant qui a raison de toute imposture et de toute platitude ? Ou est-ce parce qu'elle a l'esprit ailleurs ?

Les mères sont comme ça. Il lui arrive d'être insensée. De se comporter bizarrement, comme si c'était son droit, sans donner d'explication. De se lever subitement parce qu'elle a envie de partir. De changer d'avis sans raison. De s'ennuyer. De se désintéresser ostensiblement de l'actualité et des conversations sur les livres et les films nouveaux. De prétendre qu'il y a des choses plus importantes dans la vie, il y a toujours quelque chose de plus important. Par moments, il lui arrive d'avoir peur et de vouloir partir. Il arrive que son imagination lui joue des tours. Il lui arrive d'entendre un bébé qui pleure quand il n'y a rien du tout. D'entendre un bébé qui pleure quand ce sont des portes qui grincent ou quand la serveuse tourne de quatre-vingt-dix degrés sur ses semelles de crêpe.

Dieter a remmené Helen chez elle dans sa vieille Audi. Il conduit vite. A l'intérieur de la voiture, Helen a senti une odeur douceâtre qui lui a surtout rappelé celle du dentifrice. Arrivés à Sonnenallee, elle n'a pas voulu le faire entrer. Pour des tas de raisons. Pas ce soir-là. Elle voulait réfléchir.

Reviens demain, lui a-t-elle dit. J'ai quelque chose à te montrer.

Quoi donc ?

Demain.

Helen a refusé d'en dire plus. Elle voulait que Dieter rentre chez lui pour y réfléchir. Elle voulait que l'idée du bébé lui vienne tout doucement, en chemin. Elle voulait qu'il devine tout seul. Comme autrefois quand ils jouaient à Devine-qui-j'ai-vu-aujourd'hui… Elle voulait qu'il soit seul pour y réfléchir, et s'il revenait le lendemain, c'est qu'il aurait décidé de revenir, parce qu'il pensait qu'il était capable de jouer son rôle de père. C'était le test.

Soudain, une fois de plus, elle s'est rappelé qu'elle était mère et qu'un bébé l'attendait. Comment avait-elle pu s'absenter si longtemps ? Est-ce permis quand on est mère ? Elle est montée à l'appartement quatre à quatre. Elle avait demandé à la vieille Frau Brab, sa voisine de palier, de prêter l'oreille. Mais dans quelle mesure pouvait-on se fier à ce qu'entendait Frau Brab ? Helen avait laissé sa porte entrouverte. Elle s'attendait à entendre pleurer le bébé en montant l'escalier. Mais rien. Danny... Danny, a-t-elle crié en se précipitant au fond de l'appartement sans refermer les portes derrière elle.

Les mères sont comme ça. Elles répètent sans raison le nom de leur enfant. Elle a allumé la lumière et, dans sa folle panique, elle a pris le bébé dans ses bras, elle l'a réveillé, elle lui a ouvert les yeux, et elle s'est arrêtée de respirer un instant pour mieux entendre et s'assurer qu'il était vivant.

Frau Brab est sortie en robe de chambre au bruit des pas précipités dans l'escalier. Elle a aperçu Helen à l'intérieur de l'appartement, sous la lampe : elle couvrait le bébé de baisers et le tenait dans ses bras d'une façon effrayante, comme si ses os étaient sur le point de se briser ; comme si tout l'air était chassé de ses petits poumons. Elle continuait à répéter son nom. Danny. Danny. Danny. Comme s'il était sourd à sa voix.

Dès qu'elle l'a entendu réagir, Frau Brab a refermé sa porte avec un hochement de tête. Helen est tombée à genoux en lui disant tout bas à l'oreille : Je ne te quitterai plus jamais – plus jamais.

Le lendemain, Dieter est revenu. Il a pris son fils dans ses bras comme si, depuis la veille au soir, il était impatient de voir cet enfant. Comme si cette impatience durait depuis des mois. Daniel, répétait-il. Daniel. Daniel. Comme s'il avait besoin d'un nom pour croire à ce qu'il tenait dans ses bras. En fait, à partir de ce moment-là, Helen et Dieter se sont vus tous les jours. Dieter avait envie de voir son fils de plus en plus souvent. Et aussi Helen. On a parlé de reprendre la vie commune. Helen pourrait venir habiter chez Dieter. On a parlé de plier bagage. De faire de la cuisine pour deux. Pour trois. On a parlé de mettre un siège de bébé dans l'Audi. On a parlé mariage.

C'est ce que je craignais.

☆

Rendez-vous avait été fixé chez Tenglemann un mardi matin pour ces deux minutes d'achats gratuits que Helen avait gagnés. Ça s'appelait le *Millionen Einkauf*. Tout ce qu'on pouvait entasser dans un chariot en l'espace de deux minutes. Offert par Tenglemann. Helen a mis un certain temps à s'habiller et à se préparer.

Dieter a décidé de l'accompagner. Il s'est échappé de son travail pendant une heure pour l'emmener en voiture au centre commercial de Neuköln. Il s'est garé dans le parking souterrain. Avant de sortir de la voiture, comme il était allé au préalable repérer l'emplacement de tous les articles, il a dessiné pour Helen un plan succinct des rayons. Il lui a dit ce qu'il fallait viser ; où se trouvaient la boucherie, les vins, le saumon fumé, les conserves d'épicerie fine. Ça n'avait pas de sens de remplir le chariot de maxi-paquets de céréales puisqu'elle avait le choix. Deux minutes, c'est vite passé, lui répétait-il. Il faut savoir ce qu'on veut.

Chez Tenglemann, Helen était attendue par tous. Il y avait une grande banderole déployée sur toute la largeur du plafond, à l'intérieur du supermarché, derrière les portes en glace : MILLIONEN EINKAUF. Sous la banderole, le gérant et quelques vendeurs l'ont accueillie avec force sourires à son arrivée. Le gérant s'est présenté et il s'est mis à lui expliquer les règles de l'opération. Il y avait aussi des gens de la presse, envoyés par le journal local, le *Neukölner Anzeiger* : l'« Informateur de Neuköln ».

Le gérant tenait le chariot tout prêt. Helen se serait passée de toute cette mise en scène. Elle aurait préféré être moins bousculée. Le gérant avait un chronomètre en main et il a fait signe avec le pouce et l'index : *Zwei Minuten*. Cramponné à la poussette de Daniel, Dieter se tenait derrière la barrière qui avait été placée en travers de la première travée. Il a donné à Helen des indications de dernière minute quant à l'emplacement de la boucherie et du rayon des vins.

Achtung – fertig – los !

Dieter l'a vue foncer droit devant elle dans la première travée sans rien regarder et, arrivée au bout, tourner à gauche. Elle avait tout le supermarché pour elle seule. Tantôt on l'apercevait traverser au galop à l'intersection de deux travées. Tantôt elle s'arrêtait en plein milieu en regardant autour d'elle comme si elle était perdue. Prise de panique. Elle courait. Elle jetait dans le chariot tout ce qu'elle pouvait attraper. Deux minutes, c'est vite passé, et bientôt, elle était revenue à la ligne de départ, où elle recevait les félicitations du gérant et de tout le personnel.

Tu t'en es très bien tirée, lui a glissé Dieter à l'oreille à la première occasion.

Le chariot était presque plein à ras bords. On a fait le décompte à une des caisses. Le tout se montait à trois cent quarante-deux marks. Une salve d'applaudissements est partie du personnel et des clients qui attendaient pour faire leurs courses. Le gérant a annoncé le total. Dans un petit discours prudemment formulé et ponctué de temps d'arrêt, il a fait remarquer que Helen, la jeune femme d'Irlande, avait très bien réussi son coup. Elle avait fait les bons choix. Mais il était fier d'annoncer que, malgré tout, elle n'avait pu arriver qu'à un total de trois cent quarante-deux marks, ce qui signifiait sûrement que les prix Tenglemann étaient plus bas que jamais. Tout le monde a ri. Il y a eu une nouvelle salve d'applaudissements.

Helen était encore tout essoufflée. C'était l'émotion, plus que l'effort physique. Elle a vu Dieter derrière la barrière et

Daniel dans sa poussette. Elle s'est mise à pleurer sans raison. Les mères sont comme ça. Elle-même ne s'expliquait pas pourquoi. Elle ne savait pas pourquoi. Les spectateurs s'attendrissaient sur elle. Tout le monde s'attendrissait. On a parlé de Kleenex. Et une des employées, une petite dame rondelette au visage rougeaud, lui a tendu un mouchoir en papier. Helen ne savait plus où elle en était. Cela se comprenait. Quand elle a retrouvé ses esprits quelques instants plus tard, le photographe l'a prise au côté du gérant, en train de lui serrer la main.

Puis ça a été le tour du journaliste de lui poser quelques questions pour le *Neukölner Anzeiger.* Elle était irlandaise, il le savait déjà. Quel était son nom de famille ? Sur le moment, Helen n'a pas su quoi répondre. Elle s'est mise à penser à sa mère. A l'océan et aux bateaux. Sans raison, elle était transportée chez elle, elle pensait à une petite brouette d'enfant rouillée à moitié enfouie, de travers, au fond du jardin, et où le chien allait toujours s'abreuver quand l'eau de pluie venait s'y loger. Les mères sont comme ça. Elle avait l'esprit ailleurs. Le journaliste a reposé sa question. Plus nettement cette fois.

Alors Helen, quel est donc votre nom de famille ?

Helen Penzholz, a-t-elle répondu instinctivement, car c'est le premier nom qui lui est venu à l'esprit sur le moment. Et c'est le nom qui a figuré dans le *Neukölner Anzeiger* du lendemain. Juste au-dessous de la photo où elle sourit à côté du gérant et du chariot plein. Prise au piège par son propre titre dans le journal. Par sa chance.

UNE SUR UN MILLION. Helen Penzholz.

XVI

SABLE

A dater de cette période-là, seule l'apparence a compté en tout ce qui s'est fait, ou presque. A la Dresdner Bank, la façade a été ravalée. A Sonnenallee, le revêtement de la chaussée a été refait. Dans le centre des villes, de nouvelles rues ont été transformées en rues piétonnes et la mosaïque a remplacé l'ancien pavage. Des sculptures ont été ajoutées dans les rues. Ainsi que du mobilier urbain pour les piétons. Peu à peu les journaux ont adopté la mentalité du piéton. La stratégie a pris des airs d'innocence. Les enquêtes publiques sont devenues des procès-spectacle. La peur orchestrée par les médias a promu le terrorisme. Pour être authentique, le petit pain rond du hamburger devait être parsemé de graines de sésame. La fabrication de la Coccinelle Volkswagen a été arrêtée. Les bouillies Milupa ont remplacé l'allaitement au sein. Le justaucorps a fait fureur en Europe. Le pape s'est mis à voyager. Les couches jetables se sont adaptées au sexe des bébés.

Helen s'est mise à se raser les jambes. A répondre au téléphone en allemand : *Guten Tag. Bei Penzholz.* Elle a fait quelque chose à ses cheveux. Quoi exactement ? Personne n'aurait su le dire. On a acheté un costume marin pour le petit Daniel, et pourtant il était peu vraisemblable qu'il fût marin un jour. Helen a reçu par la poste une robe de baptême envoyée par sa mère; une robe de baptême en dentelle ancienne qui avait légèrement jauni au cours des ans et qui était dans la famille depuis plus d'un siècle. Le paquet avait été expédié en recommandé et assuré pour un millier de livres. Rien ne pouvait remplacer l'apparence due au nombre des années. Ni la tradition. L'apparence des choses telles qu'elles sont depuis toujours. Dieter et Helen ont décidé de se marier. Après réflexion, ils se sont dit que c'était ce qu'ils pouvaient faire de mieux. Depuis leurs retrouvailles, Dieter n'avait fait que donner des preuves de son soutien et de son engagement absolu. C'était un vrai père.

A la fin de février, Helen m'a contacté à Stuttgart à ce propos. Nous nous étions téléphoné brièvement un certain nombre de fois, nous contentant de bavarder et de rire, essentiellement. Mais cette fois, j'avais des raisons de craindre le pire. Elle avait laissé un message me demandant de la rappeler. Et j'ai rappelé d'une cabine publique. J'ai dû pâlir quand elle a commencé à m'expliquer.

Alan, il faut que je te parle de quelque chose, a-t-elle dit calmement. Au téléphone, Helen n'était plus la même. L'affirmation avait quelque chose d'un avertissement immédiat. La voix, quelque chose d'alarmant.

Non, ne dis rien, ai-je failli répondre. Mais je l'ai laissée parler.

Alan, je ne sais pas très bien comment t'expliquer, mais je trouve que ce serait grossièrement malhonnête de ma part de ne pas te prévenir tout de suite. Dieter et moi, on s'est retrouvés, et on a décidé de vivre ensemble à nouveau. On va se marier. C'est affreux de t'annoncer ça, je sais, surtout par téléphone. Mais il faut bien…

Ma première réaction a été de me taire. Et puis j'ai cherché à la dissuader.

Helen, pourquoi ? Tu ne peux pas faire ça. Tu ne peux pas juste partir comme ça.

Je me suis retourné pour voir à travers le panneau de verre si quelqu'un attendait la place. Pour savoir si je me comportais de façon insensée.

Écoute, Alan, c'est très difficile. Je ne peux pas vraiment te parler de tout ça par téléphone. C'est injuste de me demander des explications.

J'aurais dû m'en douter, je suppose, ai-je dit.

Nous nous sommes empêtrés dans quelques répliques mal formulées, précipitées et prononcées à demi. On est toujours pris d'une certaine panique quand on téléphone de loin, même aux meilleurs moments. Est-ce le risque d'être coupé, l'argent qui s'épuise avant qu'on ait dit l'essentiel ? Est-ce le besoin d'être spirituel pour qu'on se souvienne de vous ? Est-ce cette panique insensée des communications téléphoniques à longue distance qui fait que la personne au bout du fil paraît toute proche, comme si elle était dans la pièce voisine ou presque, comme si je pouvais la toucher ? La communication était si nette. Alors qu'il me restait encore un crédit de dix-sept marks, je n'ai pas pu m'empêcher de remettre cinq marks dans l'appareil.

Tout ça me ravage, a-t-elle dit. Vraiment, c'est affreux. Je m'en veux beaucoup de te faire ça. Mais je ne vois pas comment en sortir. Ça n'a pas de sens de refuser d'admettre ce qui s'est passé.

Helen, je ne peux pas te laisser faire ça.

A présent, quelqu'un attendait devant la cabine. Et il y avait ces longs silences ridicules. A un moment, j'ai compté un silence de sept marks. Et puis la voix de Helen a ressurgi. Plus claire que jamais.

Non, Alan, ne me demande pas de changer d'avis. Je ne le ferai pas. Je ne le peux pas.

L'idée m'est venue que je devrais sans doute rentrer à Berlin de toute urgence pour l'arrêter. Je ne pouvais pas la laisser faire ça.

Helen, attends. Ne fais rien. Je rentre à Berlin. Attends. Tu ne vas pas te marier, c'est impossible.

Non, Alan, ne viens pas. Je t'en prie. Ça n'arrangerait rien.

Le baptême a eu lieu à Kreuzberg, à l'église catholique la plus proche. Une église vaste qui, au grand dam du prêtre, était en sous-emploi. Les gens ne savent même pas qu'il y a une église dans Grossbeerenstrasse, jusqu'au jour où ils la voient et se disent : Tiens, une église. A l'intérieur, l'atmosphère sacrée du lieu ajoutait au caractère secret du baptême : le silence, en plein jour, pas de témoins, et la circulation qui continuait imperturbablement au-dehors. Le prêtre a toussé en s'approchant des fonts baptismaux. Quand on tousse à l'église, c'est pour l'effet. Le bébé tenait à peine dans la robe, et les photos prises à cette occasion, avec l'appareil de Dieter cette fois, dénotent clairement un baptême tardif. Après la cérémonie, le prêtre a demandé à Dieter et à Helen d'attendre un peu car il voulait faire résonner l'église de sa musique. Il avait une passion pour l'orgue, leur a-t-il dit, et il n'avait pas souvent une aussi belle occasion de jouer pour quelque chose. Il s'est remis à parler de la baisse de la fréquentation. La musique d'orgue est d'une puissance agressive qui déferle le long des murs de l'église ; c'est un défi de mort avec une pointe involontaire de gloire comique, indifférente à tout ce qui est au-delà des murs de l'église, noyant la circulation urbaine et tout ce qui tue Dieu.

Finalement, je ne suis pas retourné à Berlin. Ça n'était guère possible. Wolf venait de terminer ses enregistrements, et il se préparait à partir en tournée dans le sud de l'Allemagne. Je ne pouvais pas vraiment lui faire faux bond. De plus, je n'étais plus très sûr que ce fût une bonne idée de revenir auprès de Helen pour la faire changer d'avis. Ça n'aurait servi à rien. J'entends, comment lui demander de ne pas épouser Dieter si je n'étais pas prêt à l'épouser moi-même ? Je n'étais pas prêt à lui offrir ce qu'il lui apportait. Un avenir, une famille ; toutes les apparences d'une vie bien assise. C'est du moins ce que je me racontais. Je n'étais pas prêt à croire qu'elle avait choisi de retourner avec Dieter pour une autre raison. Je ne supportais pas d'autre explication.

Je l'ai rappelée le lendemain, de la même cabine. C'est elle-même qui a abordé le sujet.

Écoute, Alan, je ne veux pas être mise en demeure de choisir entre deux hommes. Je n'ai pas envie de te troquer contre Dieter, ni de faire de comparaisons entre vous deux. Pour moi, vous n'avez absolument rien de commun.

Sinon que j'appartiens au passé et que lui appartient au présent.

Écoute, Alan. Elle s'est tue un instant. Ne sachant plus quoi dire. Tu as été très bon pour moi, Alan, je ne t'oublierai jamais tant que je vivrai.

Je t'en prie, Helen, je ne veux pas entendre ça.

Il faut bien que je sois honnête envers moi-même, Alan. Tu ne m'aurais pas épousée. Tu n'aurais jamais été un mari ni un père, est-ce vrai ?

Qu'est-ce que tu en sais ? De toute façon, le mariage, quelle importance ? En quoi est-ce que ça compte, bon Dieu ? Qu'est-ce qu'on en a à foutre que tu sois mariée ou pas ?

Mais si, ça compte, Alan.

Il y a eu un silence. Quand quelqu'un ne cesse de vous appeler par votre prénom, vous avez tout lieu d'être inquiet. Ou bien on vous sous-estime, ou bien vous êtes un peu simplet, c'est tout.

Pourquoi ? ai-je demandé. Trouve-moi une seule raison valable.

Alan, tu ne comprends pas. J'ai besoin de savoir où je vais. De voir un peu devant moi. J'ai un enfant qui a besoin d'un père et d'une mère. D'un foyer sûr.

Allons donc, Helen. En Allemagne, tu peux faire tout ce que

tu veux sans être mariée. Tu pourrais fonder un foyer sûr à toi toute seule, sans l'aide de personne.

Mais justement, Alan. Avec toi, il n'y avait rien de certain, rien de permanent. Je ne savais jamais où j'allais d'un jour à l'autre. Je t'aimais à cause de cela. Avec toi, je ne voulais pas d'avenir. Je ne voulais pas que les choses soient organisées et réglées d'avance. C'est ce qui me plaisait tant chez toi.

Alors pourquoi faut-il que, brusquement, tout devienne permanent ? C'est une véritable phobie, Helen. La moitié du pays divorce, et toi tu en es encore à vouloir t'installer dans le mariage à perpétuité.

Elle s'est tue un instant. Elle a failli dire ce qu'elle voulait dire. Ce qu'elle n'avait pas dit. A nouveau, j'ai vu les marks disparaître pour rien ; quinze, quatorze, treize. Ça m'était égal. J'ai remis des pièces. J'aurais pu rester là des heures sans rien dire. Tout ce que je voulais, c'était la garder au bout du fil.

Alan, tu ne veux pas me laisser t'expliquer. Je ne veux pas discuter avec toi au téléphone. Ça nous fait du mal à tous les deux. Ça n'est pas bien.

Alors tout cela n'est qu'une affaire de mariage et de sécurité, c'est ça ? Je me suis étonné moi-même de mon agressivité et de mon amertume, car depuis le début, je voulais donner l'impression de prendre les choses raisonnablement et avec humour. Je voulais laisser un bon souvenir. Que ce soit la fin ou pas, je voulais laisser un bon souvenir.

La stabilité, c'est ça ?

Non, Alan, ça n'est pas ça du tout. Pour être franche, jusqu'à ce que je retrouve Dieter, je ne savais pas ce que je voulais.

Ce jour-là, personne n'attendait devant la cabine, et j'aurais pu parler à Helen pendant des heures. Je voulais l'empêcher de tout m'expliquer. J'aurais pu rester là éternellement à écouter dans le vide. La communication était si nette. Je ne voulais pas qu'elle en dise davantage. Je la gardais simplement au bout du fil. Pour la première fois de sa vie, Helen savait exactement ce qu'elle voulait. Cela du moins était clair. Celui qu'elle voulait, c'était Dieter, et pas moi.

A dater de cette période-là, tout a été soumis aux lois du marché. Le noir est devenu à la mode. Il y a eu une demande accrue de saumon fumé irlandais, de rock britannique, de lingerie française et de technologie japonaise. On a associé le bleu marine et le jaune à la Lufthansa, au voyage et à la liberté. Inconsciemment, la lettre M a donné faim aux gens. Dans tous les esprits, le rouge a été la couleur réservée à l'intimité, aux extincteurs, aux lèvres et aux cœurs. Pourquoi le sang est-il rouge ? Ce caprice de l'évolution est devenu un rêve de graphiste. En musique, l'accordéon a été réhabilité. Le sexe est devenu un cliché. Les manières de lit ont pris de l'importance. Après vous. Le cliché a marché mieux que jamais.

La seule question qui restât sans réponse était celle de savoir si c'était la vie qui reflétait les lois du marché ou vice versa. Si ces lois du marché faisaient partie d'un ordre naturel. On ne savait pas très bien non plus si on pouvait considérer le mariage comme une institution naturelle.

Rien n'était moins sûr désormais que mon appartement de Sonnenallee. Pendant qu'elle était au téléphone avec Wolf, Hadja a demandé à me parler, et elle m'a expliqué qu'il fallait qu'elle se décide à récupérer les lieux. Elle devait savoir que Helen était partie. Elle m'avait trouvé un joli petit appartement dans Oranienstrasse, a-t-elle dit. Elle allait transformer Sonnenallee en salle de répétition et en studio pour Wolf. Avec ma permission, elle voulait entreprendre les travaux tout de suite et demander aux ouvriers de commencer à insonoriser les murs. Il suffirait que je déménage dès mon retour à Berlin. Je n'avais pas grand-chose à déménager.

Dieter et Helen se sont mariés. Ils se seraient mariés à l'église s'ils avaient pu inviter de la famille. La mère de Dieter est beaucoup trop âgée et elle n'a plus bien conscience de ce qui se passe. Seuls les parents de Helen auraient été sensibles aux gâteaux de mariage, aux fleurs et aux limousines. Et encore, seulement si les gens qu'ils souhaitaient avaient été là pour voir. Helen et Dieter ont donc décidé d'une cérémonie en toute simplicité à la mairie. Ça n'avait pas d'importance, se disaient-ils. Helen était en bleu marine. Elle s'était demandé si elle ne devrait pas acheter une robe neuve pour l'occasion, et puis, elle avait finalement décidé que non. Elle faisait une nette différence entre une noce et un mariage. L'Irlande a toujours été un pays de grandes noces et de petits mariages. Un petit pays avec une grande imagination. Le mariage est affaire d'imagination.

Ça n'a été qu'une formalité. Pas de paroles superflues. Pas de musique. En fait, ils auraient pu avoir de la musique d'orgue s'ils avaient voulu, moyennant finance. Le préposé a paru surpris quand Dieter a dit non. C'était un mariage qui débutait sans fanfare. Il n'y avait pas d'amis. Le seul témoin était un Tunisien qui travaillait à Kahl Autowerkstadt avec Dieter et à qui celui-ci avait demandé de venir. Il a signé, il a souri, et il est retourné au travail. La seule marque de solennité dans le bureau de l'état civil était le velours des sièges, d'un rouge couleur de vin de Bourgogne. Autrement, tout était simple.

Dehors, un photographe professionnel s'est mis en position pour prendre des photos, et puis il s'est aperçu que Helen avait un bébé dans les bras et que Dieter commençait à déplier la poussette. Dieter a fait signe de la main. Il s'est retiré. Helen l'a vu sourire. En bas des marches, elle a mis Daniel dans la poussette, elle l'a attaché, et elle s'est mise en route sur le trottoir. Ils ont marché un moment. Puis ils se sont arrêtés pour prendre un verre, non pas en l'honneur de l'événement, mais pour ne plus penser à tout cela. Le mariage est une chose qu'on met derrière soi. Au grand jour. Sans un mot.

Je continuais d'appeler Helen, tous les jours, ou presque. Je ne pouvais pas m'arrêter. Cela devenait une habitude de lui téléphoner, d'une cabine quelque part au bord de l'Autobahn, devant un restoroute quelconque, ou dans une rue inconnue. Je dépensais toute ma monnaie au téléphone. J'ai appris à connaître les cabines téléphoniques. Comme celle de Fribourg d'où j'ai appelé trois fois. Qu'on ne vienne pas me dire que toutes les cabines téléphoniques se ressemblent.

Évidemment, une fois que Helen a été mariée, j'avais de moins en moins de raisons de lui parler. Nous avions de moins en moins de choses à nous dire. Elle semblait comprendre que j'avais besoin de lui parler, besoin d'être sevré. Cette forme de compréhension suscitait en moi une rage secrète. Je sais pourquoi les cabines téléphoniques sont vandalisées. Mais je me disais toujours que c'était la dernière fois que je l'appelais. J'aurais le dernier mot. Je n'avais que des derniers mots à la bouche.

Dieter lui aussi semblait faire preuve de cette compréhension pleine de tact, car une fois c'est lui qui a répondu au téléphone, et apparemment il a tout de suite compris qui j'étais. Il a été courtois. A quoi bon une animosité quelconque ?

Ein Moment, s'il vous plaît, a-t-il dit. Je vais la chercher.

Helen et moi ne nous disions plus jamais rien de capital. Ce n'était que bavardage sans importance. Nous ne parlions que de choses actuelles. Il devenait impossible de faire allusion au passé. Nous parlions de Wolf. Des concerts. Je lui parlais de l'Allemagne du sud. Elle aimerait tant y aller un jour, disait-elle. Nous parlions de Hadja qui était redescendue de Berlin pour accompagner Wolf en tournée. Nous parlions musique. Je lui ai raconté comment Wolf s'était presque cassé une dent sur une pièce de monnaie qu'il avait trouvée dans une saucisse ; il menaçait d'entamer des poursuites, mais il était trop pressé par le temps. Le voilà dégoûté de la Wurst à vie.

A Göttingen, d'un endroit où je voyais l'université, j'ai dit à Helen qu'elle avait bien raison. C'était sûrement la chose à dire à quelqu'un comme elle ! D'une certaine manière, pourtant, j'étais sincère. Mais je savais bien qu'elle ne me croyait pas. Je lui ai appris que j'allais déménager de Sonnenallee à mon retour à Berlin.

Dis-moi, Alan. Est-ce que ça t'ennuie que je prenne le lit d'enfant ?

Bien sûr que non ! Pourquoi ? Tu ne voudrais tout de même pas que je dorme dedans, si ? Je n'en ai fichtre rien à faire, ai-je dit, conciliant, en essayant d'être drôle.

Je te rembourserai, a-t-elle continué.

Helen, je t'en prie. Ne fais pas d'histoires. Je tiens à ce que tu le prennes. C'est toi qui en as besoin, non ?

Mais je n'ai plus de clef de l'appartement.

Peu importe. Il y a tout le temps des ouvriers sur place en ce moment. Tu peux aller le chercher quand tu voudras avec Dieter. Tu n'as qu'à dire que tu me connais. Que tu viens de la part de Hadja Milic.

A nouveau, Helen a insisté pour me payer le petit lit. Je lui en voudrais beaucoup, lui ai-je dit. Il n'en était pas question. On ne sait trop pourquoi, les mots de la fin sonnent toujours faux. Tant qu'on ne les a pas médités.

Il y a eu une demande accrue pour l'holistique : la pharmacie, l'alimentaire, les livres, les bicyclettes. On a cessé de juger sur les apparences. On a oublié les excès passés. Partout il y avait des fumeurs et des drogués repentis. Les amis se tournaient le dos. Les gens se mettaient à la macrobiotique du jour au lendemain. Il y a eu une demande accrue de juristes-conseils, de programmateurs, d'experts-comptables. Les gens ont donné dans le professionnalisme jusqu'à un point de non-retour. Ils ont eu, jusqu'à un point de non-retour, l'obsession de l'excellence, des poumons sains et de la régularité. La logique s'est introduite dans la chaîne alimentaire. Et puis, on a combiné la logique et l'amour. Il y a eu une demande accrue d'huile pour bébé. Les gens sont devenus imaginatifs jusqu'à un point de non-retour.

Un après-midi où elle était seule avec Dar[illegible]z Dieter, et où le soleil entrait à flots par la fenêtre, Heler[illegible]nise à réfléchir à sa situation. Comme elle tenait son petit [illegible] à la lumière, il lui est venu l'idée que les poumons de [illegible] étaient translucides. Elle avait lu quelque part dans un[illegible]e, contrairement aux adultes, les poumons des bébés se r[illegible]ent complètement d'air pur. Elle imaginait les poumor[illegible]bé, elle les voyait roses. Un peu comme une lanterne v[illegible] allumée.

Alors, peu à peu, elle a songé à [illegible]erlin. A retourner à Dublin quelque temps. C'est une [illegible]lle avait toujours eue en tête. Mais jusque-là elle n'[illegible]ais eu l'occasion d'y penser.

Presque tous les jours, He[illegible]t retrouver Dieter, soit au garage, soit à la piscine, o[illegible] nager pendant une heure après sa journée de trava[illegible]lier de Kahl Autowerkstadt résonne du bruit des clés [illegible]s et du pont hydraulique. La musique diffusée par l[illegible]t-parleurs aide chacun à se concentrer. Parfois, un [illegible]caniciens se met à brailler avec la chanson, faisant vir[illegible]ostalgique au comique. De temps à autre, la musique es[illegible]errompue par la voix de Mechtild, à la réception, dans le bureau. Tous les mécaniciens au travail se représentent aussitôt ses cheveux blonds, ses yeux bleus et ses chaussures rouges à talons hauts. On peut aisément imaginer sa bouche d'après le son familier et si proche de sa voix dans les haut-parleurs.

C'est avec un mélange de terreur et d'émotion que Dieter entend soudain que Helen et Daniel l'attendent à la réception. Son rôle de père lui est rappelé constamment, comme un titre honorifique qui lui aurait été conféré. C'est avec terreur et émotion qu'il pense à son fils, la partie la plus vulnérable de lui-même, flottant dans sa poussette dans les rues de la ville, respirant l'air de Berlin comme une lanterne vénitienne rose. Un fils oblige son père à montrer son vrai visage. A repenser les choses. Dieter s'apercevait qu'il lui fallait désormais réviser tous ses anciens faux prétextes envers le monde.

Il est sorti pour retrouver Helen. Il a essuyé ses mains pleines de cambouis sur son bleu de travail et il l'a embrassée. Dans la voiture, en rentrant, Helen a dit qu'elle avait repensé à Dublin. Ce serait tellement bien de retourner vivre là-bas. Ce ne serait pas un retour, elle le promettait, mais un pas en avant.

Dieter a arrêté la voiture. Ça lui donnait un air théâtral. Il s'est tourné vers Helen et il l'a regardée au fond des yeux. Pourquoi pas ? a-t-il dit. Berlin n'est pas pour nous. Retournons vivre à Dublin.

Apparemment, on attendait juste que la chose fût dite. Une fois dite, il y a eu un sentiment d'entente parfaite, une étreinte, le silence, une main passée dans les cheveux de Helen. Quand on pense la même chose, il n'y a rien de plus à dire. Dieter a remis sa voiture en marche et il est reparti dans le flot de la circulation de la fin d'après-midi.

Dieter est bon nageur. Presque tous les jours, Helen allait le voir nager à la piscine. Parfois elle tenait le petit Daniel dans ses bras devant la baie vitrée pour que Dieter le voie du bassin. Parfois le bébé souriait. Parfois la vitre était couverte de buée.

La piscine est bleue – ou verte ? Le bruit de l'eau quand quelqu'un plonge ressemble à celui d'une page qu'on tourne dans une maison silencieuse – ou à une lettre qu'on décachette à la hâte ? Les mouvements de bras d'un nageur dénotent sa panique – ou sa force ? Quand Dieter arrive au bout de la piscine, il pique un plongeon. On voit ses pieds émerger un instant à la surface, et puis son corps se propulse en avant, sous l'eau. Si on n'y regarde pas de près, on a l'impression qu'il ne remonte jamais prendre son souffle.

Avec un mélange de terreur et de curiosité, de hantise et d'effroi, Dieter a maintenant conscience de l'élément dans lequel il fait avancer son corps, tel un phoque. Il pense à son nouveau statut de père. Il se sent faire partie d'un mouvement universel ; d'une conspiration, d'une société qui se perpétue et qui s'autodéfend, une sorte de fédération natatoire. Désormais, il appréhende l'eau d'une façon complètement nouvelle. Avec un mélange de terreur et de hantise, il s'aperçoit qu'un grand nombre de choses ordinaires prennent pour lui un sens qu'elles n'avaient jamais eu auparavant. Les parents sont des précurseurs.

Il est sorti de la piscine et l'eau a ruisselé de son dos. Il a le torse fait pour l'effort et la mobilité. Il a la démarche des nageurs. Ses cuisses musclées se touchent quand il marche. L'eau perle sur ses biceps comme sur des canettes de bière qu'on vient de sortir du frigo. Même en dehors de l'eau, il ne semble pas vraiment avoir besoin de respirer.

Dieter a l'air à la fois hargneux et gentil. Soucieux et insouciant. Il ferait n'importe quoi pour Helen. Et aussi pour Daniel, son fils. Il a conscience d'une responsabilité nouvelle. Il faut désormais qu'il fasse preuve d'un certain respect pour lui-même. Tout est régi par les lois du marché. On met les gènes en commun.

C'est avec un mélange de gaucherie et d'habitude, de libre choix et de devoir, qu'il s'est mis à se sécher avec sa serviette de bain.

Tout est allé de l'avant. Et seulement de l'avant. Personne n'a regardé en arrière. Il y a eu une demande croissante de culture et d'activités de loisir, comme le surf. L'équilibre du surfeur est devenu un art; mi-assis, mi-debout. Il est devenu important d'oublier. Le stress était un mot clé. N'importe quoi pour oublier. Mémoire et progrès étaient incompatibles. Impossible de faire cohabiter le passé et le présent.

Je n'avais plus qu'à oublier moi aussi. Je n'arrivais pas à chasser Helen de mon esprit. Je me suis jeté à corps perdu dans mon travail. Hadja et Wolf ont constaté chez moi une efficacité accrue. Le grand succès de la tournée de concerts se confirmait. Partout, les gens s'attachent au succès. C'est contagieux. Les choses mauvaises, tout le monde les rejette derrière soi.

Je ne sais pourquoi, chaque fois que j'essayais d'oublier Helen, il me revenait des souvenirs plus lointains. Plus pénibles. L'école, par exemple. Mon pays. Des choses auxquelles j'espérais ne plus jamais avoir à penser. Des choses que seule Helen pouvait m'aider à oublier. A Francfort et à Mannheim, j'ai commencé à me dire qu'il ne m'était rien arrivé depuis que j'étais parti de chez moi. Je n'ai pas changé. A présent, je commence à mutiler ma mémoire. Et Helen.

Impossible de faire cohabiter la logique et les envies. Tout le monde a donné dans la créativité jusqu'à un point de non-retour. Tout le monde a remodelé sa personnalité. Nul n'était plus lui-même.

La dernière fois que j'ai parlé à Helen, c'était de Munich. Je lui ai téléphoné rapidement d'un bar, le *Frauenhoffer*, et quand elle m'a annoncé qu'elle quittait Berlin, je lui ai dit de raccrocher, j'allais la rappeler. J'ai trouvé un lieu plus discret devant la poste. Cette fois encore, j'ai eu envie de rentrer à Berlin tout de suite pour essayer de l'en dissuader.

Elle m'a dit que Dieter et elle avaient décidé de retourner vivre à Dublin. Ils avaient l'intention de faire leur vie là-bas plutôt qu'à Berlin. Le projet était que Helen reparte la première par avion et qu'elle descende chez ses parents, pendant que Dieter réglerait les choses à Berlin et s'occuperait de leurs affaires et de leurs bagages, et il suivrait en voiture plus tard. Le temps que Dieter la rejoigne, Helen essaierait d'installer un appartement à Dublin.

Elle était tout heureuse de repartir. Je lui ai dit qu'elle avait bien raison. L'idée m'a traversé l'esprit que Dieter risquait de changer d'avis et de ne pas la suivre, mais elle paraissait très confiante, et je ne voulais pas avoir l'air pessimiste. Je lui ai souhaité toute la chance possible. En l'assurant que j'étais sincère.

Ça ne te tenterait pas, a-t-elle dit.

Quoi donc ?

De retourner en Irlande.

Non, je ne pense pas. Jamais.

Elle m'a expliqué que Dieter était plein d'enthousiasme à cette idée. C'est lui qui avait tout organisé. Elle m'a dit qu'en un sens, elle regretterait de quitter Berlin : silence, ce fameux silence, à nouveau. J'ai recommencé à chercher de la monnaie, à chercher mes réponses.

Je voudrais te voir avant de partir, a-t-elle dit.

Je ne crois pas. Je ne peux pas. Peut-être. Non, il vaut mieux pas.

On était pleins des meilleures intentions. Polis jusqu'à un point de non-retour. Tout le monde se faisait des grâces.

Tempelhof est le plus petit des deux aéroports de Berlin-Ouest. C'est aussi le plus proche de Kreuzberg. Le jour où Helen est partie, il y avait beaucoup de vent. Début avril. Un emballage de hamburger en polystyrène voltigeait sur l'esplanade de l'aérogare. Le vent arrachait et jetait à terre des rameaux couverts de fleurs précoces et de feuilles vert vif. Il s'engouffrait sous les valises. Il soulevait du sable qui arrivait en plein visage. Helen a traversé l'esplanade précipitamment avec la poussette, face au vent, penchée en avant, une main sur le visage du bébé, pour éviter que le sable ne lui entre dans les yeux. En fin de compte, c'est Helen qui a dû recevoir un grain de sable dans l'œil, car, quand elle a franchi les portes en verre, côté départ, elle ne voyait plus rien. Elle était comme une aveugle. Elle roulait les yeux. Renversait la tête en arrière. Elle avait un œil tout rouge à force de le frotter. De l'intérieur, à travers les baies teintées, on avait l'impression d'une véritable tempête de sable. A l'aspect des vitres, on voyait qu'il avait aussi commencé à pleuvoir. Helen était passager en partance. *Abflug*. Elle a vérifié qu'elle avait bien son billet et son passeport. Elle a dit qu'elle n'avait rien à lire. Elle n'arrêtait pas de hausser les épaules et de sourire.

Tu veux des bonbons pour le voyage ? a demandé Dieter.

Ils ont eu le temps d'acheter des bonbons. Des bonbons acidulés au citron. Ils ont regardé un ou deux magazines ensemble. Et puis c'était l'heure du départ et ils se sont regardés.

Und so, a dit Dieter. On se verra donc à Dublin.

XVII

LA MUSIQUE TUE

Berlin n'est plus ce qu'il était.
Mais peut-être n'a-t-il jamais été ce qu'il était.

(UN BERLINOIS VIEILLISSANT)

On pouvait dire de Dieter qu'il était engagé. Marié. Désiré. Attendu à Dublin sous peu. On pouvait dire qu'il avait la plus grande place dans les pensées de Helen, de même qu'elle avait la plus grande place dans ses pensées à lui. Il ne resterait pas à Berlin une minute de plus qu'il ne le fallait. Il avait déjà donné son préavis d'un mois à ses employeurs de Kahl Autowerkstadt. Il avait aussi donné son préavis de départ à ses propriétaires et il avait commencé à repeindre les murs de l'appartement en blanc. Le contrat de location stipule qu'il faut laisser les murs blancs. Comme nombreux sont les habitants de Kreuzberg qui peignent les murs de leur appartement en couleurs criardes, le blanc est généralement considéré comme le retour à la normale. Tous les meubles que Dieter avait accumulés ont été vendus au marché à la brocante le plus proche. Le petit lit rose a été revendu beaucoup moins cher qu'il n'avait été acheté à l'origine. Dieter a décidé de n'emporter que l'essentiel. Comme toujours, il y avait des choses qu'il était triste de laisser derrière lui, et d'autres dont il était content de se débarrasser. Il y avait des cartes, de vieilles cartes d'Allemagne dont il ne voulait absolument pas se défaire. Il était impatient. Il se sentait obligé de faire la fête une dernière fois à Berlin avant de retourner à Dublin ; de glaner quelques souvenirs de dernière minute. Mais la préparation du voyage lui a pris trop de temps. Il avait encore des choses à acheter.

C'est difficile d'imaginer Berlin sans Helen. Difficile aussi d'imaginer que je n'ai plus de place dans ses pensées. Dès mon retour en ville, je me suis mis à envisager de partir pour Dublin ; d'y arriver avant Dieter, de parler à Helen, de la mettre de mon côté pour toujours. Peut-être la simple idée de me présenter à sa porte a-t-elle suffi. J'étais partagé entre l'envie de partir, et celle de rester à Berlin. D'en finir. D'oublier. De la même façon qu'on est toujours partagé entre l'envie de s'appesantir sur les choses, de tout raconter à tout le monde, de discuter à fond, et celle de ne pas ouvrir la bouche et de ne rien dire.

Je suis rentré un dimanche après-midi par la gare de Zoo. Il fallait que je parle à quelqu'un. J'étais revenu par le train parce que je ne pouvais pas supporter de faire tout le trajet de retour jusqu'à Berlin en voiture avec Hadja et Wolf. Et le dimanche après-midi est sans doute le plus mauvais moment pour rentrer en ville, où que ce soit. Tout a un air épuisé, consommé, fini. Les bars semblent désertés et la vie intense que l'on associait à la ville n'est plus que l'ombre d'elle-même ; une déception. La panique vous prend. Le dimanche est un jour où il faut s'offrir des loisirs ; se détendre en diable avant d'attaquer une nouvelle semaine. La fréquentation des quais de la gare était réduite de moitié. Les pigeons semblaient en être conscients, car ils prenaient des risques plus hardis et volaient bas entre les voyageurs. Ils marchaient en toute liberté parmi les tables rondes autour desquelles les gens avalent à la hâte une Wurst ou des Pommes frites, debout, tandis que les pigeons ramassent les miettes, et de temps à autre ils s'adonnaient furtivement à des rituels d'accouplement. Je me serais bien arrêté à une table pour prendre une bière ou manger quelque chose, mais j'étais pressé de rentrer à Sonnenallee pour rassembler mes affaires et voir les transformations dans l'appartement. Je n'ai pas reconnu les lieux. Tous les murs paraissaient épais, matelassés.

Sitôt arrivé, j'ai appelé Wolf de l'appartement. Je pensais qu'il viendrait peut-être avec moi prendre un verre. Mais c'est Hadja que j'ai eue au téléphone. Ça n'était pas le bon moment, m'a-t-elle dit. Ils se préparaient à célébrer le nouvel album de Wolf entre eux, en privé. La maison de disques devait fêter le lancement officiel. Et Konrad, le frère de Hadja, allait aussi donner une soirée pour ce dernier succès. Ils avaient toutes sortes de mondanités en perspective, a dit Hadja; ils avaient besoin, pour une fois, de passer un dimanche soir à la maison, ensemble, tranquillement. A quoi j'ai compris qu'ils se disposaient à prendre un bain ensemble, toutes bougies en place dans le candélabre, champagne au frais dans le frigo. Wolf m'a souvent dit que la chaleur combinée à l'afflux d'alcool carbonaté produisait un effet très intense sur le système sanguin et sur l'esprit. Hadja a été brève au téléphone. Manifestement, Wolf était là derrière elle à craquer les allumettes humidifiées par la vapeur, et bientôt la salle de bains serait transformée par une lumière dorée. Hadja m'a dit qu'elle passerait le lendemain pour m'aider à déménager mes affaires dans le nouvel appartement d'Oranienstrasse. Entendu, je l'attendrais. J'ai eu l'impression que Wolf était derrière elle à faire des signes de tête impatients en direction de la salle de bains, la bouteille de champagne à la main. J'imaginais la peau brune de Hadja rosissant légèrement à la chaleur du bain. Le bouchon flottant sur l'eau entre eux deux; dansant à la surface avec leurs rires. Il m'a semblé que la baignoire était trop petite et qu'ils ne savaient ni l'un ni l'autre où mettre les genoux et les jambes; Wolf décidant de s'asseoir un moment jambes pliées, tenant entre le pouce et l'index le fragile verre de champagne qui reposait sur un de ses genoux comme un monument.

Dieter avait certaines choses à se procurer avant de partir. Helen lui avait demandé d'apporter un de ces moulins à café en bois à manivelle avec un tiroir en bas. Elle voulait aussi une cafetière par la même occasion. Des trois semaines qui lui restaient à Berlin, Dieter a passé la dernière à rassembler toutes sortes de petites choses pour leur nouvelle maison. Des articles qu'il savait ne pas pouvoir trouver à Dublin. Il avait aussi des achats à faire pour son fils. Quelque chose qui permette au bébé d'apprendre à marcher. Des petits canards et des bateaux en bois pour le bain. Des cubes en bois non toxiques. Il savait que Daniel porterait instinctivement tous ces objets à sa bouche ; ces cubes allaient grincer sous les gencives et la salive pure du bébé quand celui-ci s'exercerait à mâcher. Dieter a aussi acheté quelques livres pour enfants, encore qu'il fût sans doute beaucoup trop tôt pour cela. *Max und Moritz.* Ça lui rappelait sa propre enfance.

J'ai rencontré le Hausmeister dans la cour le lendemain matin. Nous nous sommes d'abord salués de la tête, puis il m'a dit *Guten Morgen*. Il devait avoir quelque chose dans la bouche, un caramel, ou du chocolat un peu pâteux, car il a eu du mal à prononcer mon nom après. Il devait être au courant de tous les changements. Il devait savoir que Helen était partie. Que l'appartement était transformé en studio. Ça ne lui plaisait peut-être pas, car il ne m'a posé aucune question. Je m'attendais à une certaine curiosité de sa part. Je n'ai pas pris les devants.

Dieter a dû retourner au restaurant où Helen avait travaillé un moment pour récupérer certains papiers pour le fisc qu'elle ne s'était jamais donné le mal d'aller chercher. Elle avait droit à un remboursement d'impôt pour la période pendant laquelle elle avait travaillé à la *Weinstube*. Dieter s'est chargé de remplir les formulaires et il s'est assuré que Helen serait remboursée. Il a téléphoné plusieurs fois à la *Weinstube* et le gérant lui a dit que tous les papiers étaient au siège social. Il est allé les y chercher, puis il s'est rendu à la perception où on lui a affirmé que l'on ferait suivre la somme à Dublin. Il a fait une demande similaire de remboursement d'impôt pour lui-même. Il a donné comme adresse celle des parents de Helen.

L'appartement de Sonnenallee est complètement transformé. On en a fait un studio parfaitement insonorisé. Les portes intérieures sont lourdes et épaisses. Elles s'ouvrent et se ferment avec un souffle, comme une porte de chambre forte dans une banque. Les fenêtres ont été renforcées elles aussi, avec de lourds volets isolants qui arrêtent complètement le bruit et la lumière. Les murs et les plafonds ont été recouverts d'un revêtement en polystyrène d'une dizaine de centimètres d'épaisseur, qui ne laisse pas passer les sons. On a fait poser sur le sol une moquette en mousse spéciale. Tout cela n'est que le minimum requis pour étouffer le bruit des répétitions. Les résidants tiennent beaucoup au calme des lieux. Tous les meubles ont disparu. De toute façon, aucun ne m'appartenait.

On a l'impression d'être sous vide.

Quand on travaille avec des musiciens, il faut être prêt à déménager à tout moment. Tous mes bagages étaient prêts quand Hadja est arrivée.

Qu'est-ce que tu en penses ? m'a-t-elle demandé en jetant un coup d'œil à l'appartement.

Parfait.

Tu pourras ranger tout ton matériel d'éclairage ici. Ça t'évitera d'encombrer ton appartement.

Ah oui, parfait.

Bien, alors, allons-y, a-t-elle dit.

Je me suis donc mis en devoir de transporter mon matériel jusqu'à sa voiture. Elle m'a aidé à porter quelques-uns des petits cartons. C'était peu de chose, de toute façon. Nous sommes allés au nouvel appartement d'Oranienstrasse, qui est un rez-de-chaussée surélevé sur rue. De la fenêtre, je vois juste le sommet du crâne des passants sur le trottoir. C'est plus sombre que Sonnenallee, mais c'est fonctionnel. C'est plus petit aussi, mais Hadja m'a dit que c'était provisoire, le temps qu'elle me trouve mieux. Elle allait continuer à me chercher quelque chose de vraiment bien.

Ça n'est que pour un petit moment, m'a-t-elle dit.

L'album de Wolf est intitulé *Atlantis*. J'ai vu la maquette de la pochette. Mélange astucieux d'images et de graphisme. Des photos de Berlin, Kreuzberg et le Mur, en surimpression autour d'une photo de Wolfgang Ebers, le regard perdu sur les flots atlantiques, cheveux au vent. Le titre de l'album est écrit sur le mur de Berlin comme un graffiti parmi les autres. Le nom de Wolf est écrit à la bombe.

Ces jours derniers aussi, j'ai vu le numéro du *Neukölner Anzeiger*, le journal local, dans lequel est parue la photo de Helen. Une sur un million. L'article accompagnant la photo insistait plus sur Tenglemann, le supermarché, que sur elle, la gagnante. C'étaient surtout les paroles du gérant du magasin qui étaient citées.

Dieter est allé au Polizei Präsidium pour signaler son changement de résidence. Quand on change d'adresse, ou qu'on va habiter à un autre endroit en Allemagne, on est tenu d'en aviser les autorités centrales du Polizei Präsidium. Je vais devoir le faire un de ces jours moi aussi pour Oranienstrasse. Dieter a rempli les formulaires d'usage pour lui et pour Helen. Il a inscrit la date du 5 mai, le jour où il prévoyait de quitter Berlin.

J'ai aidé Wolf et Hadja à apporter tout leur matériel dans l'appartement de Sonnenallee. Guitares, amplis, une nouvelle batterie, une nouvelle chaîne hi-fi, et certains des dossiers de Hadja. Ils sont très satisfaits du nouveau studio. Les murs du nouveau bureau de Hadja sont couverts de la pochette du nouveau disque, *Atlantis*.

Wolf est tout feu tout flamme avec ce nouveau studio. Il parle déjà de son prochain album. Moi, le lieu me fait un effet bizarre. Je ne peux toujours pas m'y habituer. Je continue à entendre des cris de bébé imaginaires. On n'arrive jamais à tout éliminer.

Pendant que nous étions là, Wolf et Hadja ont voulu tester l'insonorisation de la pièce principale. Chacun de nous est resté à tour de rôle dans la pièce hermétiquement fermée pendant que les autres écoutaient de l'extérieur si le son filtrait. Les fenêtres étaient bouchées par les volets. Ils m'ont demandé d'aller dans la pièce et de faire autant de bruit que je pourrais pendant qu'ils écouteraient à l'extérieur. La porte s'est refermée avec un souffle feutré. On aurait dit qu'il y avait un changement de pression dans la pièce, comme les changements de pression sensibles aux oreilles quand on voyage en montagne. Hadja est descendue dans la cour pour voir si elle entendrait quelque chose d'en bas. J'étais censé hurler n'importe quoi, de toutes mes forces. Ce qui me passerait par la tête.

Sonnenallee... Sonnenallee... Sonnenallee... Lufthansa... Tenglemann... Tenglemann... BVG... BVG... BVG...

L'autobiographique se fourre partout.

Wolf est entré tout souriant. Il n'avait pas entendu un mot. Et puis il m'a demandé de faire un essai avec les instruments, et il est ressorti, en refermant la porte avec son bruit feutré. J'ai soufflé quelques notes grossières dans le saxophone. Et puis j'ai branché la guitare électrique et j'ai gratté un petit peu. Rien de musical. Des bruits profanes, c'est tout.

Dieter avait tout organisé. Il avait même veillé à acheter des cadeaux bien allemands pour le père et la mère de Helen. Des bretzels et des *Lebkuchen* au chocolat. Il ne lui restait plus qu'à aller faire une visite à sa propre mère. L'après-midi où il est allé la voir, c'est à peine si elle l'a reconnu. Les chiens aussi. Ils ont aboyé comme des fous. Il lui a dit qu'il repartait vivre à Dublin. Tout cela ne signifiait pas grand-chose pour une vieille dame comme elle. Elle était contente d'avoir son fils près d'elle un petit moment. Dieter était impatient et mal à l'aise. Maintenant qu'il avait fait l'effort de venir, il avait du mal à s'en aller. La voir lui faisait peur. Et quand il l'a quittée au bout d'une heure, elle n'a presque rien dit. Elle ne l'a pas supplié de revenir, comme il s'y attendait. Elle ne lui a pas demandé de rester. Les chiens se sont remis à aboyer. Pendant qu'il partait, ils sautaient dans tous les sens sur le canapé.

On a décidé de donner une fête en plein air pour célébrer le nouvel album de Wolf. A Alt Mariendorf, dans la banlieue de Berlin, où Konrad est propriétaire d'un grand jardin avec piscine et court de tennis. Ce serait le premier barbecue de l'été, et la première réunion du club Country et Western. Tous les invités étaient censés être en costumes de l'Ouest américain ou signaler leur participation d'une façon ou d'une autre, mais moi, je pouvais m'en dispenser, m'a dit Hadja. J'étais un anglophone authentique, ça suffisait. Elle a envoyé des invitations à tous ses amis. Elle était bien décidée à ne laisser personne de côté. Elle était également chargée d'organiser le bar et le buffet. Le tout sur le compte de Konrad. Il y tenait.

Le matin, Dieter est allé nager un long moment. Il a passé plus d'une heure dans l'eau, à faire des longueurs de piscine. Il ne se rappelait plus que c'était aussi facile de faire demi-tour dans l'eau. La longueur du bassin lui convenait. Quand il est sorti de l'eau, il ne se rappelait plus que c'était aussi étrange de marcher sur la terre ferme, sur un carrelage antidérapant.

Après déjeuner, il a commencé à charger ses affaires dans la voiture. Il procédait lentement, sans précipitation. Son impatience était intérieure. Il ne se rappelait plus à quoi ressemblait Helen. Comme ce serait étrange de tenir son fils dans ses bras. D'étreindre Helen. De rester à parler pendant des heures. Il ne se rappelait plus ce que c'était que de la sentir tout près.

Il a mis l'après-midi entier et le début de la soirée à tout charger convenablement dans la voiture. Il fallait qu'il verrouille les portières chaque fois qu'il remontait chercher quelque chose. Tu connais Kreuzberg, se disait-il. Il changeait les choses de place trois ou quatre fois avant de trouver le bon arrangement. De Berlin à Dublin, il y a un bon bout de chemin. Il s'est assuré que ses paquets ne dépassaient pas trop en hauteur sur le siège arrière. Il ne voulait pas gêner la visibilité par la lunette arrière.

Le soir de la fête, nous sommes allés en voiture ensemble à Alt Mariendorf, Hadja, Wolf et moi ; c'est presque à la hauteur de Lichterfelde, et ce ne sont que jardins et résidences d'été. Dans le jardin de Konrad, il y avait une cabane de rondins avec une cheminée en métal. La piscine était éclairée du dedans et l'eau paraissait bleue, même de nuit. Le jardin était entouré d'une guirlande de lanternes de couleur accrochée d'arbre en arbre sur tout le pourtour. A l'extérieur, les voitures étaient à moitié garées sur le trottoir. Le trottoir était en sable rouge, comme celui qui est souvent utilisé en Allemagne pour les terrains de football et les courts de tennis.

A l'entrée du jardin nous avons été accueillis par Peter, un individu déguisé en Davy Crockett, avec une toque de fourrure et des vêtements de trappeur. Il a commencé par s'adresser à Hadja en anglais, et puis il est revenu à l'allemand. C'est lui qui était responsable du buffet, m'a appris Hadja. En Allemagne, on serre la main à tout le monde. La plupart des invités se tenaient sur la pelouse, un verre à la main, et par moments ils se mettaient à danser quand la musique était assez entraînante.

Près de la cabane de rondins, il y avait deux feux de charbon de bois ; sur le petit, cuisaient toutes sortes de hamburgers et de saucisses. Au-dessus du grand feu, on faisait rôtir un porc entier. Un porc a encore plus la forme d'un porc sur une broche qui tourne. De temps en temps, Davy Crockett ou un des préposés prenait une louche dans une bassine pour verser quelque chose sur l'échine de la bête. Les ordres étaient lancés en anglais, un anglais défiguré tirant sur l'américain. Il y avait une grosse femme debout devant une marmite de haricots.

J'ai été surpris de voir là Sulima et Massoud. Hadja est allée leur dire deux mots, et puis elle nous a rejoints au bar, Wolf et moi. On m'a présenté à Konrad et à Kristl. Kristl a dit qu'elle avait beaucoup entendu parler de moi. Mais dans ces cas-là, on n'arrive jamais à savoir ce qu'on a dit de vous. Tristan, le chien de Kristl, attirait l'attention de tous les côtés.

On servait des boissons à une table près de la piscine. D'où j'étais, je voyais le contour des jambes massives de Hadja se dessiner sur le fond lumineux de la piscine éclairée. Nous avons vu venir à nous une femme avec une plume plantée tout droit sur la tête, des perles autour du cou et une jupe de daim déchirée ; elle s'est présentée sous le nom de Uschi. Elle paraissait ravie de trouver quelqu'un qui parle l'anglais. Généralement, dans les soirées, Wolf et Hadja vont chacun de leur côté et ils conviennent de se rejoindre plus tard. Je me suis retrouvé là, à faire la conversation à Uschi. Elle avait les jambes nettement plus minces que Hadja. J'ai dû lui dire de faire attention, elle risquait de tomber dans la piscine en reculant.

Dieter avait décidé de rouler de nuit. De traverser l'Allemagne de l'Ouest de nuit. Les routes seraient dégagées. Il arriverait à Ostende, pour prendre le ferry, dans la journée du lendemain. S'il avait besoin de dormir, il pourrait s'arrêter sur une aire de repos et faire un somme d'une heure. Il a pris la route peu avant minuit. Il a mis une cassette de Bach dans le lecteur de l'autoradio et il a tourné le bouton. Il s'est arrêté pour prendre de l'essence avant d'atteindre la frontière. A minuit et demi, il était déjà engagé dans la traversée du territoire est-allemand.

Quand on a enfin servi le barbecue, il y a eu comme un vent de panique. On a laissé tomber des conversations importantes. Les gens ont eu l'impression qu'il n'y aurait pas assez à manger.

Quelqu'un est passé avec une assiette pleine. Nous en avons été troublés, Uschi et moi. Au point de ne plus savoir de quoi nous parlions.

Ah, Waiija ! s'est-elle écriée, ça a l'air tellement bon. Ça me donne faim illico.

Elle a disparu et elle est revenue avec deux assiettes pleines de *Schweinehaxe*, de saucisses, de salade et de haricots. Je ne la perdais jamais de vue dans aucun de ses déplacements grâce à la plume qui se dressait sur sa tête, plantée bien droite dans un mince bandeau.

Mmm... schmeckt aber, a-t-elle dit.

Qu'ajouter à cela ? Elle a repris la conversation au point où nous l'avions laissée. Elle a enchaîné sur le végétarisme. Je lui ai dit que je n'avais rien à faire des végétariens. Que c'était du racisme déguisé. Elle est passée aux animaux. Les phoques. Les baleines. La vivisection.

Je suis très pour les droits des animaux, a-t-elle dit.

A peu près à mi-chemin entre Braunschweig et Hanovre, Dieter est sorti de l'Autobahn pour prendre une bonne tasse de café bien fort. Il a préféré s'arrêter dans une petite ville plutôt que sur l'autoroute elle-même. Il a cherché un certain temps avant de trouver un café ouvert toute la nuit. L'idée de manger quelque chose n'était pas dans ses projets jusque-là, mais, tant qu'il y était, il a décidé de prendre un sandwich rapidement. Quand il a eu fini, il a trouvé qu'il avait déjà perdu trop de temps. Il s'est dépêché de reprendre sa voiture et il est reparti en direction de l'Autobahn. Tout d'abord, il a eu du mal à retrouver son chemin. Il y avait des routes et des ponts en construction à la sortie de la ville. Quand il s'est enfin reconnu, il a cru un instant s'être trompé de direction. Mais non, c'était impossible. Il allait dans le bon sens, il en était sûr. Les panneaux routiers le confirmaient.

Uschi a supplié Wolf de chanter une chanson. Et puis elle m'a supplié de le supplier. La fête étant en son honneur, il lui était absolument impossible de refuser. Il a pris une des guitares à cordes de nylon qu'on avait apportées pour tous ceux qui voudraient jouer un air plus tard dans la soirée. Wolf a chanté une seule chanson : *Atlanticsucht*. Il y a eu un tonnerre d'applaudissements qui s'est propagé au-dessus des jardins, des piscines et des courts de tennis du voisinage. On en voulait encore. *Zugabe! Zugabe! Zugabe!* Mais Wolf a souri et il a fait semblant d'aller vers le bar en titubant. Quand on a compris qu'il ne chanterait rien d'autre, certains ont saisi les guitares avec passion et se sont mis à jouer. Quelqu'un a sorti un harmonica. Une femme assise les jambes pliées s'est mise à frapper un tambourin contre sa cuisse.

La brise s'est levée. Uschi m'a demandé si je voulais chanter avec les autres. J'ai dit que je ne pouvais pas. Elle a cru que je ne connaissais pas les paroles, alors elle a disparu dans la cabane et elle en est revenue avec une pile de photocopies.

Le TEXTE, a-t-elle dit.

Dieter roulait dans la bonne direction. Ce qui s'est passé, c'est qu'il a pris une portion de l'Autobahn qui n'était pas encore ouverte à la circulation. Comment il a pu prendre une rampe d'accès à une autoroute encore fermée aux voitures, voilà qui est inexplicable. On allait s'interroger. Mais les accidents sont toujours incompréhensibles. Les gens des environs ont dit avoir entendu quelque chose d'incompréhensible également. Dieter a remonté la rampe sans s'étonner de ne rencontrer aucun autre véhicule. C'était en pleine nuit. Il a accéléré en arrivant sur l'Autobahn proprement dite. Il a décidé de mettre une autre cassette. Une cassette de U2. Il a tourné le bouton. Il a accéléré et il a foncé tout droit dans un engin de travaux publics, le premier de toute une rangée d'engins jaunes garés sur les deux voies. Il a eu le temps de voir, mais pas de s'arrêter. Il est rentré dans un bulldozer. Le choc a fait reculer l'engin dans celui qui était derrière. Dieter a parfaitement compris ce qui se passait. Il a vu la chose arriver. Il est resté conscient pendant presque deux minutes. Mais il n'avait aucun désir d'aller ailleurs, où que ce soit. Tout était silencieux et immobile. Il se rendait compte que rien de ce qui était sur le siège arrière n'avait été projeté à l'avant de la voiture. Il se faisait du souci pour ses cadeaux en pensant que certains avaient peut-être été brisés. Il est encore resté en vie pendant vingt-cinq minutes. Mais on ne l'a trouvé que vers six heures du matin.

Hadja nous a ramenés en voiture. Wolf et moi avons décidé de nous arrêter un moment à Sonnenallee pour écouter un peu de bonne musique. Hadja est rentrée directement. Elle était fatiguée, a-t-elle dit.

Quand nous avons été là-haut, j'ai fait du thé. Tout était si familier. A Sonnenallee, j'aurais pu faire n'importe quoi les yeux bandés. Wolf s'est mis à fouiller dans toute sa collection de cassettes et d'albums. J'ai apporté deux tasses que j'ai posées par terre au milieu de la pièce. Puis j'ai fermé la porte avec son souffle habituel. Il n'y avait que la moquette et des coussins pour s'asseoir.

Wolf a choisi une cassette. Le son est sorti tout fort. Mets plus fort, ai-je dit. Il FAUT que ce soit FORT. C'était une chanson que nous connaissions bien l'un et l'autre. On aurait presque pu penser qu'il l'avait choisie spécialement pour moi. Mais on a toujours cette impression quand c'est une musique qu'on aime. Wolf a cherché un signe de reconnaissance dans mon regard. Il s'est tourné vers moi avec une expression cruelle sur le visage et il a donné un coup de poing dans le vide devant lui, comme pour frapper un estomac imaginaire. Et puis il s'est assis sur ses coussins.

On a toujours à peu près le même rapport à la musique qu'à l'alcool, à la drogue, au voyage ou aux gens. On aime ou on déteste. C'est une question de besoin. Il faut que ce soit FORT.

Je continue à penser à Helen. A attendre. Je continue à me demander ce qu'elle peut bien se dire. Je continue à penser à l'arrivée des cadeaux. Au remboursement d'impôt.

Il faut que la musique soit assez forte pour éliminer la pensée. Assez forte pour éliminer tout désir de parler. Tout désir de répondre et de s'exprimer. Pour vous frapper au creux de l'estomac et faire descendre la terreur dans vos entrailles. Assez forte pour tuer tout le savoir ambiant. Pour arrêter le temps. Mets plus fort. Il faut que la musique hurle comme un stade, comme un fleuve, comme une Autobahn. Comme un choc qui n'en finit pas. Il faut qu'elle soit plus forte que la douleur du métal qui se tord. Assez forte pour vous empêcher de bouger, de respirer. Assez forte pour que le pouls cesse de battre.

TABLE

DU MÊME AUTEUR
AUX ÉDITIONS PHÉBUS

Sang Impur, roman, 2004

Traduit de l'anglais (Irlande) par K. Holmes
Prix Femina Étranger 2004

PHÉBUS
libretto

des livres au format de poche
faits pour durer

MARCEL LÉVY
La Vie et moi

JOHN M. FALKNER
Moonfleet

VLADIMIR BARTOL
Alamut

DAPHNÉ DU MAURIER
Le Bouc émissaire
Mary Anne
Le Général du roi

CLAUDE SEIGNOLLE
La Malvenue
Intégrale des Romans et Nouvelles
Les Malédictions ☆
Les Malédictions ☆☆
La Nuit des Halles

JEAN-BAPTISTE LABAT
Voyage aux Isles

T. C. BOYLE
Water Music
La Belle Affaire

W. WILKIE COLLINS
La Dame en blanc
Pierre de Lune
Sans nom
Armadale
Cache-cache

LUDWIG LEWISOHN
Le Destin de Mr Crump
Crime passionnel

DEBORAH SCALING KILEY
Albatros

WILLIAM TREVOR
En lisant Tourgueniev
Ma maison en Ombrie
Lucy

CHARLES MATURIN
Melmoth

AHMAD AL-TIFACHI
Les Délices des cœurs

CHRISTIAN CHARRIÈRE
La Forêt d'Iscambe

VICKI BAUM
Shanghaï Hôtel
Grand Hôtel

HEINRICH VON KLEIST
La Marquise d'O… et autres nouvelles

MARTINE ROFFINELLA
Elle

SHUSHA GUPPY
Un jardin à Téhéran

CHRISTIAN DEDET
La Mémoire du fleuve
Le Secret du Dr Bougrat

GEORGE SAND
Consuelo
La Comtesse de Rudolstadt

OLIVE SCHREINER
La Nuit africaine

MEYER LEVIN
Crime

PATRICIO MANNS
Cavalier seul

ROBERT MARGERIT
L'Ile des Perroquets
La Terre aux Loups

NEIL BISSOONDATH
Retour à Casaquemada

MAURICE COYAUD
Fourmis sans ombre

JACK LONDON

Le Peuple d'en bas

Les Enfants du froid

John Barleycorn

(Le Cabaret de la Dernière Chance)

Patrouille de pêche

Le Fils du Loup

Le Vagabond des étoiles

La Route

Martin Eden

Contes des mers du Sud

La Vallée de la Lune

Le Loup des mers

Avant Adam

Sur le ring

Le Talon de fer

L'Appel sauvage

Parole d'homme

La Petite Dame dans la Grande Maison

Les Mutinés de l'« Elseneur »

Michaël, chien de cirque

LEO PERUTZ

Le Cavalier suédois

Le Judas de Léonard

CHARLES SIMMONS

Les Locataires de l'été

MIKA WALTARI

Les Amants de Byzance

Jean le Pérégrin

PIERRE MAC ORLAN

L'Ancre de Miséricorde

JAMES MORIER

Les Aventures de Hadji Baba d'Ispahan

Les Aventures de Hadji Baba en Angleterre

La Poésie arabe

JOSEPH O'CONNOR
Desperados
Inishowen

SIR ERNEST SHACKLETON
L'Odyssée de l'« Endurance »

WALLACE STEGNER
Vue cavalière
La Vie obstinée
Angle d'équilibre

ROBERT PENN WARREN
L'Esclave libre

ALEXANDER KENT
Cap sur la gloire
Capitaine de Sa Majesté
Mutinerie à bord
Toutes voiles dehors
En ligne de bataille
Ennemi en vue

HELEN ZAHAVI
Dirty week-end

MAX AUB
Crimes exemplaires

SERGE FILIPPINI
L'Homme incendié

ROBERT LOUIS STEVENSON
La Route de Silverado
Intégrale des Nouvelles (2 vol.)

MATHIEU BELEZI
Le Petit Roi

ANTOINETTE PESKÉ
La Boîte en os

DANIEL ARSAND
La Province des Ténèbres

NORMAN LEWIS
Le Sicilien
Naples 44

Les Mille et Une Nuits, tome I
Les Mille et Une Nuits, tome II
Les Mille et Une Nuits, tome III
Les Mille et Une Nuits, tome IV

GILLES LAPOUGE
Les Pirates

SIR ARTHUR CONAN DOYLE
La Compagnie blanche
Sir Nigel

EDWARD JOHN TRELAWNEY
Mémoires d'un gentilhomme corsaire

PETER FLEMING
Courrier de Tartarie

FAWN BRODIE
Un diable d'homme
Sir Richard Burton ou le démon de l'aventure

SVETLANA VELMAR-JANKOVIĆ
Dans le noir

LOUIS GARNERAY
Corsaire de la République
Le Négrier de Zanzibar
Un corsaire au bagne

Les Aventures de Sindbad le Marin
Les Aventures de Sindbad le Terrien

DANIEL VAXELAIRE
Les Mutins de la liberté

VAMBA
Giannino furioso

ANONYME ARABE
Le Livre des Ruses
La Stratégie politique des Arabes

MATT COHEN
Le Médecin de Tolède

DANIEL DEFOE
Histoire générale des plus fameux pyrates (2 vol.)
I. Les Chemins de Fortune
II. Le Grand Rêve flibustier

NICCOLO MANUCCI
Un Vénitien chez les Moghols

Italia magica

RAFAEL SABATINI
Captain Blood

CHARLES NORDHOFF
J. N. HALL
L'Odyssée de la « Bounty » (3 vol.)
I. Les Révoltés de la « Bounty »
II. Dix-neuf hommes contre la mer
III. Pitcairn

JEAN-PIERRE OTTE
L'Amour au jardin

FRANCISCO COLOANE

Le Passant du bout du monde

Tierra del Fuego

JEAN AICARD

Maurin des Maures

THOR HEYERDAHL

L'Expédition du Kon-Tiki

Le Roman d'Aladin

PATRICK CARRÉ

Le Palais des Nuages

Sublimes paroles et idioties de Nasr Eddin Hodja

MARCEL SCHWOB

Œuvres

KATHLEEN WINSOR

Ambre

SARAH BERNHARDT

Ma double vie

FLANN O'BRIEN

Le Troisième policier

L'Archiviste de Dublin

CHARLES PALLISER

Le Quinconce (5 vol.)

I. L'Héritage de John Huffam

II. Les Faubourgs de l'Enfer

III. Le Destin de Mary

IV. La Clé introuvable

V. Le Secret des Cinq Roses

MARC TRILLARD

Eldorado 51

ANDRÉ DHÔTEL
Lumineux rentre chez lui
Ma chère âme
Un jour viendra
Pays natal
Ce lieu déshérité
Les Premiers Temps
Ce jour-là

JAN VAN DORP
Flamand des vagues

EMMANUEL ROBIN
L'Accusé

ABOU-ABDALLAH MOUHAMMAD AL-NAFZAWI
La Prairie parfumée où s'ébattent les plaisirs

ODETTE DU PUIGAUDEAU
Pieds nus à travers la Mauritanie

FREDERIC PROKOSCH
Ma sauvage Amérique

E. T. A. HOFFMANN
Fantaisies dans la manière de Callot
Le Chat Murr
Contes nocturnes

ADALBERT STIFTER
L'Homme sans postérité

MARGARET DRABBLE
La Voie radieuse

JACQUES YONNET
Rue des Maléfices
Chronique secrète d'une ville

SYBILLE BEDFORD
Visite à Don Otavio

MICHEL VIEUCHANGE
Smara
Carnets de route d'un fou du désert

WASHINGTON IRVING
Contes de l'Alhambra

NICHOLAS MONTSARRAT
La Mer cruelle

PAUL DEL PERUGIA
Les Derniers Rois mages
Chez les pasteurs-poètes du Rwanda : chronique d'un royaume oublié

MATHIEU TERENCE
Les Filles de l'ombre

JOSEPH VON EICHENDORFF
Scènes de la vie d'un propre à rien

ARMEL GUERNE
Les Romantiques allemands

FREDERIC MANNING
Nous étions des hommes

Les Saisons bleues
L'œuvre de Wang Wei, poète et peintre

JAN YOORS
Tsiganes
Sur la route avec les Rom Lovara

CATHERINE POZZI
Journal 1913-1934

Cet ouvrage
réalisé pour le compte des Éditions Phébus
a été mis en pages par In Folio,
reproduit et achevé d'imprimer
en janvier 2005
dans les ateliers de Normandie Roto Impressions s.a.s.
61250 Lonrai
N° d'imprimeur : 04-3443
Imprimé en France

Dépôt légal : janvier 2005
I.S.B.N. : 2-7529-0042-2
I.S.S.N. : 1285-6002